LA REGARDER EN FACE

Aucun vivant n'a vraiment le droit de parler de la mort. Et ceux « qui l'ont vue de près » moins que tout autre : car ils finissent par croire qu'elle ressemble à ce qu'ils ont connu et qui, forcément, n'a rien d'elle. Ils en parlent comme Chateaubriand de George Washington : ce sont, eux aussi, de prestigieux menteurs. Cette porte, ils en ont touché la partie visible; mais la mort est précisément l'autre face, et qui l'a vue?

Et je ne puis croire davantage ceux qui ont risqué un pied de l'autre côté : je veux dire ceux qui, tombés dans un « coma dépassé », sont morts cliniquement avant d'être ranimés. Ou plutôt réanimés *– et cette petite lettre de rien du tout ajoute au mot une dimension imposante : on leur a rendu le souffle, rendu leur âme. Ceux-là non plus je ne puis retenir leur témoignage – et j'en suis bien contrarié car il est toujours consolant. Ils ont jeté un coup d'œil par la porte qui, cette fois, était entrebâillée. Ce qu'ils en rapportent concourrait à nous apaiser si, dans ce domaine, tout rassurement à bon compte n'était pas si peu honorable. Dans la banlieue de l'au-delà, ces morts clandestins ont rencontré une Lumière, une Présence, et reconnu des visages aimés... Quel chrétien pourrait* *entendre de tels témoignages sans frémir d'une espérance si longuement enracinée qu'elle prend, au crépuscule, les couleurs de la nostalgie?*

Mais non! La mort doit rester vierge pour chacun d'entre nous. Le rideau se lèvera d'un coup, et nous serons suffoqués comme nous l'aurons été parfois, du temps de la terre, devant quelque spectacle inspiré. La Beauté et la Mort communiquent : l'une et l'autre relèvent aussi mystérieusement de Dieu. Oui, le rideau s'ouvre d'un coup; et notre main, comme tout au long de nos jours, cherche la main familière afin de communier en silence, mais nous sommes seuls dans la salle.

Comparaison dérisoire, c'est vrai, mais le propre de la mort est aussi que toute comparaison, à son sujet, soit dérisoire. Nous aurons passé notre existence entière à comparer, classer, cataloguer; utilisé notre mémoire, notre imagination, toute notre intelligence à nous situer, à nous orienter : à « tenir en main la situation », comme disent les gouvernants débordés, les généraux déjà vaincus, les navigateurs qui vont faire naufrage... Mais voici la fin du voyage; voici le récif qui se voit de loin, de partout et qu'aucune brume ne nous dérobe bien longtemps. – Le récif ou le port? Le naufrage ou le salut? Oui, nous aurons passé notre vie à résoudre ou à contourner chaque problème : une navigation habile – un peu sinueuse, vue de haut, mais très habile. Pourtant ici, mes compagnons, ni l'astuce ni la science (et l'expérience encore moins) ne vous permettront d'éluder ce mystère majeur, la mort. Nous savions déjà que nul, et pas plus le souverain que le milliardaire ne l'abordait avec davantage d'assurance que nous autres; mais, de surcroît, le savant génial ou le philosophe universel ne s'en approche différemment. Einstein a trouvé le secret du monde et il tient en cinq signes; mais celui de la mort, il l'aura appris humblement en franchissant la frontière. Tous des écoliers! Lorsque les chercheurs des temps à venir auront démonté tous les mécanismes de la Création, il restera cet ultime secret de Dieu. Les génies eux-mêmes abordent la mort comme des enfants qui viennent de naître, tout nus.

Einstein. Je ne me lasse pas de regarder son regard : celui d'un enfant triste. Non pas effrayé : résigné. Ce front immense résume, à mes yeux, la lente, l'opiniâtre recherche de l'humanité. Ses vagues successives sont pareilles à ces rides que j'observe avec une sorte de gratitude et d'affection. Qu'y a-t-il de comparable entre ce vieil homme et moi, entre cet immense génie et le petit témoin transitoire qui vous parle? – Eh bien, mais ceci justement : ce regard d'enfant triste parce qu'au-delà de nos jours (et, aussi bien, de la puissance et de la gloire), nous ne pouvons cesser un seul instant d'apercevoir la mort.

D'enfant triste, mais d'abord d'enfant – ce qui est la seule manière raisonnable *d'affronter la mort. De l'affronter un peu effrontément, comme l'enfant qui a fait une sottise et se présente devant sa mère qui le sait déjà. Une sottise? – Allons! dix mille millions de sottises, tel est le bilan de chacune de nos vies. Et d'enfantillages, et de ces naïvetés d'orgueil et d'égoïsme qui nous irritent tant chez les autres! Les autres sont des miroirs où nous nous observons à notre insu mais sans complaisance.*

Confrontés à l'immense muraille où, tel un avion, le Temps vient s'écraser; où notre existence si ingénieuse, si bien organisée, devient aussi, d'un seul coup, cet amas informe, immobile et comme stupéfait – nous heurtant soudain au butoir inévitable, combien ce bilan de petites intrigues, ambitions, revanches, jalousies, combien ce fourmillement si médiocre, si léger surtout, doit nous peser! Le fameux « Si c'était à refaire... » n'est qu'une frivolité de plus; car ce n'était pas de profession ou de résidence ni même d'épouse qu'il eût fallu changer, mais de cœur, de vision, de vérité. *Le vieil Einstein le sait bien, comme moi, comme vous, quand il nous livre ce regard de chien perdu. « J'aurais mieux fait d'être plombier... » Mais, derrière ce remords en forme de boutade, je lis que « la seule tristesse est de ne pas être des saints ». Oh! le temps perdu, oh! les Béatitudes, une à une bafouée, oh! la transparence... « Je ne l'ai pas fait exprès, je ne l'ai pas fait exprès! » – c'est aussi ce que l'enfant répète à sa mère quand il a autant* besoin *d'être grondé que d'être consolé, et il attend en suffoquant. J'attends.*

1973

JANUS

Celui qui vient de mourir devient, d'un coup, Janus, le personnage aux deux visages. On pourrait aussi comparer sa mystérieuse effigie à ces astres qui ne nous montrent qu'une partie d'eux-mêmes; mais tôt ou tard, les hommes exploreront leur face cachée – tandis que celle invisible du mort, nous sentons bien qu'elle restera toujours un secret.

Elle est tournée vers l'inconnu, vers la nuit, la vraie : pas celle des persiennes closes, mais « la nuit des temps ». Tournée vers le mystère des mystères, celui auquel la raison, l'expérience et la science ne prennent aucune part. Nous pressentons seulement, Dieu sait pourquoi, qu'il rejoint celui d'avant la naissance. Bienheureux et malheureux tout ensemble, ceux qui pensent que nous ne venons de personne et que nous retournons à rien! Mais, d'âge en âge, l'humanité ne s'est jamais résignée à le croire vraiment, et, suprême dérision, elle s'est entre-tuée plus d'une fois en l'honneur de la mort et de ce qu'elle cache.

Janus ignorait à quoi ressemblait son second visage; le mourant aussi. Celui qu'il nous montre au dernier instant est terrible. Je ne parle ni de convulsions ni de défiguration, mais seulement de cette absence, de ce *détachement à jamais* au moment même où notre amour et notre attachement à nous se trouvent à leur comble. Pour nous consoler, nous évoquons la « beauté » de ce visage, l'ombre de sourire que nous croyons y percevoir, et surtout cette paix soudaine. Mais elle est aussi trompeuse que celle de la mer ou celle du ciel : quels combats se livrent dans les profondeurs aveugles de l'océan ? Et, au-delà de l'espace visible, quel tumulte de galaxies !

En vérité, *l'autre visage* « aimante » celui qui nous reste; il l'absorbe jusqu'à le défigurer. Nous le veillons quelque temps, non sans l'espoir d'un retour vers nous autres, d'un subtil changement qui nous le rendrait un peu. Hélas, le changement est tout autre. Ce visage va s'altérer insensiblement; et, par un cruel paradoxe, plus notre vigilance sera attentive, moins nous risquons de nous en apercevoir. Du moins, jusqu'à ce qu'il soit entré dans le royaume d'Edgar Poe et de Baudelaire : dans cette horreur familière, si facile à exploiter, et qui constitue un genre littéraire aussi imposant mais tout aussi conventionnel que les apocalypses. Si les hommes étaient sages, si une inavouable curiosité et l'exorcisme dérisoire de leur propre destin ne se mêlaient pas à leur tendresse et à leur désespoir, ils se détourneraient de ce visage qui déjà s'est détourné d'eux. On ne veillerait pas ces morts faussement impassibles; on les cacherait avant qu'ils cessent de se ressembler. On abandonnerait ce visage encore intact à son autre face : à cet inconnu qui est vraiment lui, et plus fort que lui, et qui l'attire irrésistiblement. Quels « honneurs » rend-on à ce mort en se préparant des cauchemars ? en substituant, à celles qu'on aimait, des images qui mettront si longtemps à s'effacer ?

Mais non ! nous tenons à jouer notre rôle dans cette mise en scène immémoriale. Tragi-comédie, avec ses gestes appris, ses figurants et son détestable dialogue.

Mais n'est-ce pas la même que les ethnologues retrouvent, avec des variantes qui les passionnent, à la base des folklores de tous les pays et de tous les temps? Tragi-comédie – mais aussi industrie prospère, la seule qui ne manquera jamais de matière première, la seule dont les clients, de noir vêtus, n'ont pas la force de discuter les barèmes...

Quel déchirement, quelle honte de voir mon Église se prêter si bien à ces rassemblements, tout de convenance, dont Dieu et le mort semblent le plus souvent pareillement absents! Quelle assemblée sacrilège de faux fidèles qui se trompent de gestes, qui seraient bien en peine de répondre à n'importe quelle parole du prêtre et sont plus occupés à se reconnaître et à se faire reconnaître qu'à cacher leur visage pour pleurer ou pour prier. Qui croirait, en assistant à cette noire comédie, que ces pierres froides, notre église, soient autre chose qu'un immense tombeau? Qui croirait que le Christ est ressuscité et que Dieu est amour? La liturgie nouvelle vient enfin bousculer l'ancienne représentation et déroute son public habituel; mais ne devrait-on pas ne prier pour un mort qu'entre croyants et ne le pleurer qu'entre amis? « Vous qui entrez ici, laissez toute espérance! » – Si jamais un texte eût mérité d'être mis à l'*Index*, c'est bien ce fameux vers de Dante; et si un monument devait être dynamité, c'est bien celui qui l'illustre et le porte, gravé en exergue, à l'entrée du plus grand cimetière de Paris...

« Au moment d'entrer librement dans sa passion », comme le dit superbement l'une des nouvelles prières eucharistiques, le Christ prie pour les siens, pour ces morts que nous serons tous, et c'est tout le contraire qu'il demande, qu'il promet, qu'il affirme : « Afin qu'ils aient en eux la plénitude de ma Joie »... – On est loin du Père-Lachaise!

Les veillées mortuaires, les pompes funèbres... Et que

dire de l'argent! Celui qu'on vient de gâcher en transports et en tentures noires; mais aussi celui que le notaire et l'Administration vont mettre des mois à recenser, à partager, à prélever. Déjà, dans cette chambre où gît l'absent hautain, à qui appartient tel ou tel meuble? et même ce lit où il paraît reposer?

Reposer, mot trompeur! car que vit, que voit, en ce moment même, l'autre visage de Janus? Et voit-il déjà celui qui n'a cessé de le voir? – De siècle en siècle, l'esprit de l'homme s'exaspère dangereusement autour de cette question comme l'insecte autour de la flamme tranquille. Et le croyant, tout comme les autres. Et le chrétien aussi, malgré les promesses du Christ *et malgré son exemple.* « Pourtant, je vous ai montré le chemin! » – Sans doute, Seigneur Jésus, mais... mais c'était Vous. Ah! que Lazare n'a-t-il parlé!

Il y a deux paroles qui devraient pourtant nous servir de garde-fou, de « garde-peur », pour franchir l'étroite passerelle – et les voici. « Laissez les morts enterrer leurs morts »; et « Il n'est pas le Dieu des morts mais celui des vivants ». Elles ne sont rudes ou mystérieuses qu'en apparence; elles signifient bonnement qu'*il n'y a pas de morts.* Ou plutôt que les seuls vrais « morts » sont ceux qui croient qu'il en existe, au sens déchirant et définitif que nous donnons à ce mot. Les cimetières sont des malentendus, et la « piété » dont ils deviennent le lieu se trompe d'objet. Quand nous y pénétrons, par devoir ou fidélité, nous devenons « ces morts qui enterrent leurs morts ». Les seuls morts qu'on y trouve, dignes de prières et de pitié (« ce pauvre Untel! »), sont ces fantômes noirs qui, l'arrosoir à la main, viennent y raviver des chrysanthèmes. Des chrysanthèmes ou leurs propres souvenirs? Mais les seuls souvenirs dignes de leur amour et de leurs larmes sont précisément ceux qui prirent place ailleurs qu'ici.

Je sais que ces propos peuvent blesser certains; mais je crois plus fortement qu'ils peuvent en aider et en consoler davantage qui, moi le premier, se battent, seuls dans leur nuit. Sinon, je les tairai : un écrivain n'a le droit de « blesser » qu'à la manière du chirurgien.

Il est probable aussi, que ces affirmations soient peu orthodoxes. « Que faites-vous de la résurrection des corps? me demandera-t-on. Et ne doit-on pas les honorer en l'attendant? » – Honorer ce qu'ils furent et ce qu'ils seront, j'y consens (d'assez mauvais gré et plutôt par obéissance); mais ce qu'ils sont en train de devenir? Marie-Madeleine l'a fait, c'est vrai; mais précisément, elle ne croyait pas à la Résurrection.

Non, tout ce qui m'écarte de ces Vivants dont il est le Dieu, m'effraie : tout ce qui me tourne de force vers ce visage, si visiblement périssable, et me détourne de l'autre, seul ressemblant. Ressemblant enfin à lui-même, tel que Dieu l'a formé pour l'éternité : à ce visage qu'il ne nous montrait qu'à son insu, au moment où l'âme y affleurait, et que, de leur vivant, seuls les saints nous présentent constamment. C'est même à cela qu'on les reconnaît.

Et cette grande écluse de larmes, par laquelle passe le survivant, devrait le faire changer d'amour. Mon pauvre enfant, gagne un peu de temps sur l'éternité : abandonne sans remords ni regrets ce visage tant aimé, qui, d'instant en instant, t'abandonne un peu plus, et force-toi à aimer l'autre, l'invisible. Ah! jusqu'au dernier moment, *et même au-delà :* jusqu'à ce qu'advienne cette « mort réelle » que tu pressens distincte de la « mort apparente [1] », réserve-lui ta tendresse et ta compassion. Mais, le moment venu (et lui-même t'en

1. La pièce L'ÉCLUSE, qu'on trouvera dans ce volume, traite à sa façon du problème, ou plutôt du mystère de la mort *apparente* et de la mort *réelle.*

avise en s'altérant imperceptiblement), renonce à ce visage qui, si longtemps, fut ton compagnon et qui te déserte à présent. Ferme les yeux et tandis que, par compassion et piété vraie, on te cache celui-ci, toi, ne t'attache plus qu'à l'autre. Laisse les morts enterrer leurs morts, mon pauvre enfant, et tourne-toi vers les vivants, des deux côtés de la frontière, vers les vivants et vers leur Dieu. Voilà la vraie fidélité.

Je connais le visage d'un mort, qui, lui, n'est pas Janus : dont la face cachée transparaît déjà sous l'effigie visible, et la déborde de toutes parts et la transperce. C'est la Sainte Face : c'est l'image que Jésus le Christ a laissée de lui sur un linge dans ce tombeau vide et qui, tout ensemble, rappelle son visage vivant et anticipe son visage éternel. Aucune duplicité, cependant; c'est la figure même de l'unité. Nous pouvons éprouver, à scruter ce visage, un avant-goût du face à face définitif. Mais c'est encore la nuit du tombeau; le soleil de Pâques, celui qui jamais ne se couchera, n'est pas encore levé; les paupières sont closes.

Parfois le même prodige se produit, mais pour un instant, chez ceux qui n'ont vécu que de Dieu et pour lui. Au moment de leur mort, l'autre visage, celui qui est tourné à jamais vers sa lumière, remplace celui que la souffrance a décharné et le reflux du sang rendu livide. « Son visage avait repris ce teint de lys qu'il avait en pleine santé (tant d'années auparavant)... De ses paupières baissées rayonnait une telle intensité de vie et de bonheur que ce n'était plus du tout la mort. » C'est de Sœur Thérèse de l'Enfant-Jésus et de la Sainte Face qu'il s'agit. Sans doute faut-il, à son exemple, une vie entière pour récuser ainsi le Janus de marbre qui nous attend à l'instant dernier. « Peut-être est-il déjà trop tard », penserez-vous. – Allons, c'est aussi ce que pensait l'Ouvrier de la onzième heure.

LE DERNIER QUART D'HEURE

Voici, paraît-il, la 112e émission de cette série [1]; voici donc, ne vous y trompez pas, le 112e imposteur qui vous parle. Car, même s'il tombait mort à la fin de son monologue, l'homme qui le fait n'aurait pas vécu son vrai « dernier quart d'heure », mais une comédie concertée. Quoi! les condamnés à mort, on ne les réveille qu'à la dernière minute afin de leur éviter le plus possible de ce moment insoutenable – et vous voudriez que, de son plein gré, un homme le vécût sincèrement devant vous? Oui, quelle imposture! Personne ne peut, comme on nous y invite, « imaginer qu'il vit ses derniers instants »; et bien peu, qui les vivent pour de vrai, le *savent*. Sauf le condamné à mort, justement; et encore, n'espère-t-il pas jusqu'au dernier moment sa grâce, comme dans tous les livres de son enfance, comme dans tous les films du samedi soir?

Et pourtant, ces quinze minutes que voici sont *vraiment* les dernières pour des milliers d'hommes à travers le monde. Le dernier soupir des hommes qui

1. *Tel qu'en lui-même...* – une émission de Pierre Lhoste.

meurent forme une brise continue; et les larmes neuves des survivants, une source jaillissant nuit et jour. Des milliers d'êtres humains vont mourir durant ce quart d'heure-ci MAIS ILS NE LE SAVENT PAS. C'est la définition essentielle de l'homme : il sait qu'il doit mourir, mais il ne sait pas quand. Et voici, à l'inverse, ce qui définit l'enfant et l'animal : l'ignorance de ce terme inévitable. Un enfant cesse de l'être, le jour où il apprend – non! où il *accepte* de devoir mourir un jour. Devenu homme à cet instant même, et quel que soit son âge, il fuira toute sa vie cette pensée insupportable. Les livres, le cinéma, la radio, les voyages ne sont que des machines à fuir l'idée de la mort. L'ambition, les honneurs, la passion forcenée d'agir, l'amour tyrannique du métier sont de pitoyables boucliers contre un ennemi toujours vainqueur. Bonaparte dresse sur un charnier le personnage Napoléon afin de se masquer l'inévitable cadavre de Bonaparte. Suprême leçon : son masque mortuaire n'est pas celui de l'empereur chamarré mais du maigre sous-lieutenant...

Un homme qui parle de sa propre mort (comme on nous y convie ici), cet homme triche. Il escompte à bon marché ce qui lui coûtera si cher. Le ventre plein et l'œil humide, il se voit parmi les pleureuses. Il met en scène la tristesse des autres. Le voici, tout ensemble, acteur et spectateur. Tragédien de banlieue, il s'attendrit et prétend attendrir sur lui-même. Il joue à la poupée avec son cadavre...

Épargnons-nous cette bassesse! et considérons seulement ces derniers instants à la seule lumière qui importe – et elle ne vient pas d'ici.

Car ce quart d'heure impitoyable est justement ce qu'un croyant peut demander au Ciel de plus précieux. « Préservez-nous de la mort subite! » implore la prière des chrétiens. Oui, dans un monde où chacun la souhaite ouvertement et où la première question des survivants est toujours : « Est-ce qu'il s'est vu mourir? », le chrétien, le croyant est celui qui, désireux d'assumer pleinement sa condition d'homme, réclame de vivre en toute lucidité son dernier quart d'heure, combat essentiel. C'est que, pour lui, la mort a un sens. Le plus grand mot de notre religion, celui qui en exprime la joie et la certitude : le mot PÂQUES signifie « passage ». Et qu'est-ce d'autre que la mort sinon un passage? Tous ceux que j'ai perdus, tous ceux qui, au jour dit, me perdront, je les retrouverai dans la Maison du Père. « Ce n'est qu'un au revoir, mes frères... » Ainsi chante le cantique viril dont les scouts saluent leurs morts.

« Je crois en la résurrection de la chair, je crois en la vie éternelle... » ces paroles du Credo, je les aurai répétées chaque dimanche de ma vie : vais-je les nier en tremblant parce que le temps est venu? D'ailleurs, depuis que je sais que je mourrai un jour, je puis dire avec l'Évangile : « L'heure vient *et elle est déjà venue* ». Ceux qui ont accepté leur mort vivent déjà dans l'éternité.

Je crois en la vie éternelle. Et je crois en la Justice, la vraie, en l'Amour, le vrai; en la Paix, la vraie. Et je crois que tout cela me sera révélé d'un seul coup dans la lumière de la Vérité. Et j'aurais peur? – Tremble, carcasse, bien sûr! Ce n'est pas la première fois... Mais mon âme immortelle, elle, exulte. Car tout au long de ma vie, *j'ai eu peur des hommes* – de leurs guerres, de leurs tribunaux, de leurs policiers, peur de leurs casernes et de leurs hôpitaux – et j'aurais peur de mon frère et Seigneur Jésus? Allons, ce sont les hommes qui ont inventé l'horreur de la mort et vous la font subir mille fois avant le terme fixé. Debout, chrétien! La mort n'est qu'un passage.

Plaise à Dieu seulement que je puisse, en ce dernier quart d'heure, me rendre sans imposture ce témoignage que toute ma vie, de chute en relèvement, j'aurai tenté, dans la limite de mes forces, de faiblesse en faiblesse, d'instaurer sur la terre, la justice, l'amour et la paix! Que j'aurai fait avancer, fût-ce d'un seul pas, avancer, fût-ce d'un seul instant, le Royaume de Dieu parmi les hommes de mon temps. Car nous n'avons pas d'autre mission. La gloire, l'argent, la réussite ne sont que des « sous-produits », des sous-produits inévitables et nocifs. Nous ne sommes que des instruments, mais des instruments *libres* – tout le mystère est là. Ce mystère et tous les autres, et cet ultime : la Mort, ne m'arrêtent pas. J'ai confiance. Je me confie aux grandes mains inconnues comme un enfant se laisse aller à celles du chirurgien. Que peut-il y comprendre? Mais son père et sa mère sont là qui lui sourient; il s'abandonne. Mon père et ma mère sont là-bas qui me sourient à travers mes larmes, à travers l'automne et la pluie du temps qui passe. Là où ils sont ne puis-je pas aller à mon tour, moi qui ne suis qu'un enfant aux cheveux gris? J'ai confiance.

Un dernier barrage à franchir – et après, *nous saurons*. Notre vie durant, nous ne voyons que l'envers de la tapisserie. Mais alors nous comprendrons tout, d'un seul coup. Et puis « nous verrons face à face ». Face à face... Tout cet amour accumulé en une vie d'homme et qui éclatera comme une étincelle entre Lui et chacun de nous!

Bien sûr, je meurs seul, tu meurs seul, nous mourons seuls. Mais chacun de nous possède déjà tant d'amis, tant de témoins en terre inconnue! Ceux que nous avons aimés, si douloureusement aimés – ah! pouvoir enfin le faire sans aucune angoisse, sans suivre sur leur visage fragile l'implacable progrès du temps – c'est aussi cela l'éternité : remplacer par un amour serein « notre amour taciturne et toujours menacé »...

Et tous les Saints et les Saintes, compagnons invisibles sur nos routes humaines : les yeux fermés, je vous salue d'avance, petite fille Jeanne, de Domrémy, petite fille Thérèse, de Lisieux, petite fille Bernadette, de Lourdes! J'ai depuis longtemps dépassé votre âge – et pourtant, à jamais, vous restez mes aînées...

Et avez-vous jamais songé, chrétiens, que nous pourrons alors, les yeux dans les yeux, dire comme l'ange : « Je vous salue, Marie... » La saluer, la connaître – non, la *reconnaître*! Joie, joie, pleurs de joie...

Vivants qui m'écoutez, passez votre existence à vous faire des amis pour les temps au-delà. Aimez! même en secret, même sans retour; même dans le partage et la douleur, aimez! C'est l'amour seul qui compte. Et la solitude, même confortable, est le pire mal, parce qu'elle préfigure non point la mort mais l'agonie; tandis que l'amour, même déchirant, est la plus haute joie, parce qu'il préfigure la vie éternelle.

Si, durant ce dernier quart d'heure, je devais faire mes comptes, tenter – mais à quoi bon? – de me juger moi-même comme s'il s'agissait d'un autre, discerner le visage de ma vie, je sais bien à quelles unités de mesure je me référerais : aux huit juges inéluctables, aux huit paroles du Sermon sur la Montagne : « Bienheureux ceux qui ont l'esprit de pauvreté, bienheureux les non-violents... » Et moi, demanderai-je, ai-je été, tant soit peu, de ceux-là qui ont faim et soif de sainteté, qui font miséricorde, qui militent pour la paix, qui se laissent persécuter pour la Justice? Bienheureux, dit aussi la voix sur la Montagne, ceux qui ont le cœur pur CAR ILS VERRONT DIEU! – Arrêtons-nous là... Non, la mort, ce n'est pas l'agonie, le cancer, l'hôpital! pas le cimetière ni les tentures noires, c'est cette éclatante promesse : ILS VERRONT DIEU!

Mais pourquoi donc attendre la frontière inconnue pour récapituler, dévisager sa vie? Les projecteurs de la Mort, qu'y changeront-ils? Et mon tremblement d'homme risque alors de tout fausser. C'est aujourd'hui, c'est *chaque matin* et *d'un œil neuf*, qu'il faut examiner le monde et soi : qu'il faut prendre ses distances. La mort, c'est la Porte étroite et il faudra laisser ses bagages sur le seuil. La vanité, le vide d'une existence que l'on croit bien remplie, se mesurent précisément à cet excédent de bagages qu'il nous faudra jeter par-dessus bord : honneurs, calculs, fortune... Que de temps perdu!

Il me semble que si je savais vivre en ce moment mon dernier quart d'heure je ne serais préoccupé que de cet avenir : plus que quinze minutes pour *agir* encore. Mais qu'est-ce qu'agir, alors? Achever de marquer sa « personnalité », comme tant y songent jusqu'au dernier moment : metteurs en scène d'eux-mêmes, comédiens soignant leur « sortie »? – Mais elle s'est formée peu à peu à leur insu, leur vraie personnalité, et ils sont peut-être les derniers à la connaître... songer à la « postérité »? Allons donc! la seule vraie postérité se mesure au vide qu'on laisse dans des cœurs vivants, pas à la place qu'on tiendra dans des manuels d'histoire ou de littérature. Non! agir, dans ces minutes ultimes, c'est faire encore pencher la grande balance de la Communion des Saints. Oui, moi, gisant, exsangue, ligoté et garrotté par les estafettes de la Mort, je peux encore PRIER. D'un balbutiement, d'un battement de cœur ou de paupières, prier. Dans un quart d'heure, je ne pourrai plus rien, même plus souffrir; mais, pour l'instant, jamais ma prière n'a eu un tel *poids*. Oui, j'espère savoir que je vis mon dernier quart d'heure et avoir la force de prier. Pour le reste, trop tard! Notre vie est une stalactite; chaque instant, chaque goutte de temps a laissé son dépôt. Notre vie est, le plus souvent, achevée aux yeux des hommes bien avant notre mort. Mais, au regard de Dieu pour qui le temps ne compte pas, il suffit d'un instant, d'un mot, d'une pensée pour que l'iceberg bascule. Qui sait ce que chacun de nous a accumulé dans ses caves – et peut-être l'a-t-il oublié lui-même! Le taudis s'effondre et, dans les fondations éventrées, brille un trésor...

« Pieusement décédé », disent les faire-part. Mais les survivants ne se rassurent-ils pas ainsi à bon compte? N'imaginent-ils pas ce mystérieux « sacrement des malades » (et non pas des mourants) comme une formalité de douane? Comme si la mise en ordre de dernière heure avait le pouvoir d'ouvrir cette porte dont une vie entière de perfection assure à peine l'entrebâillement? Allons, il ne s'agit pas de décéder « pieusement »; mais, encore une fois, de se remettre comme un enfant entre les mains du Seigneur – et cela n'a rien à voir avec les volets clos, l'eau bénite et les prie-Dieu. C'est le secret des yeux fermés et de ce visage qui ressemble enfin, pour la première fois, à celui du Crucifié. Il marche dans la nuit des Oliviers, ce gisant immobile. « ... Maintenant et à l'heure de notre mort! » Sa vie durant, il a prononcé ces paroles en pensant aux autres; à présent, que d'autres, le cœur serré, les prononcent à son intention. Lui s'avance, dans sa nuit, sur le chemin d'Emmaüs à la rencontre de Celui qui lui a promis d'être là. De Celui qui est la fidélité même et qui a *promis* d'être là. De Celui qui est ressuscité d'entre les morts (et des dizaines de témoins l'ont vu!) mort et ressuscité à nos yeux – lui seul! – afin de donner un sens à notre mort.

1956

ANDRÉ MALRAUX

Ce tumulte suspect de la gloire qui s'exerce au moment où un grand homme se change en sa propre statue ne devrait jamais nous faire oublier que la mort d'un génie, celle d'un empereur, d'un pape ou d'un milliardaire sont la même, exactement la même que celle d'un clochard. Il s'agit de la seule égalité véritable qui subsiste entre les hommes : ne la reléguons pas trop vite! « Il est plus facile de mourir quand on n'est pas le seul », dit l'un des personnages de Malraux. C'est la bienheureuse illusion d'optique des guerriers et des militants; mais, en fait, on meurt toujours seul, nu, navré.

« André Malraux lutte contre la mort... » Chaque fois qu'un grand homme agonise, on publie cette formule creuse et mensongère. Car on ne « lutte » pas contre la mort, du moins pas à ce moment-là : elle a déjà gagné. C'est *toute sa vie* qu'il convient de lutter contre elle, ou plutôt contre la peur de la mort. N'est vraiment adulte que celui qui, la regardant en face, parvient à l'apprivoiser. Je ne parle pas ici de la peur viscérale : mauvais cheval, la carcasse bronchera toujours devant la mort; je parle de l'esprit, du cœur et de l'âme.

On peut accepter la mort à la manière des marxistes – et ils m'en imposent sur ce point : se savoir un chaînon périssable, un parmi tous les autres, et en tirer humblement sa fierté d'homme. C'est bien le seul secours que nous apporte l'intellect dans ce combat perdu. Car tout l'attirail philosophique n'est, face à la mort, qu'une panoplie dérisoire.

Sur le plan du cœur, la seule façon de défier la mort chaque jour de sa vie est d'aimer. D'aimer « à tout venant », expression admirable! Car toute rencontre est source d'amour, tout être humain, fût-il le plus disgracié (et celui-ci plus que tout autre, peut-être), est irremplaçable. Et pourtant, pareil aux souverains de légende, on l'enterrera avec son trésor si personne ne s'est donné, de son vivant, la peine d'aller voir de plus près en quoi il était unique, c'est-à-dire pour quelles raisons Dieu l'aime. Car il l'aime autant que vous, hommes héroïques, hommes géniaux! Il l'aime autant que vous, saintes et saints de toutes les religions! Ainsi, la seule réponse du cœur humain à la mort, c'est l'amour.

De l'âme, je ne voudrais rien dire qui puisse blesser ceux qui ne partagent pas ma croyance, ou les faire ricaner. Toutefois, je ne puis laisser passer ce contresens si répandu que, face à la mort, « la religion est la solution la plus facile » – alors que la facilité, c'est, à l'inverse, la croyance au néant. Celui qui pense, comme moi et quelque deux milliards d'hommes, que la mort n'est qu'un commencement, qu'elle débouche sur Dieu, qu'elle est, contrairement à l'apparence, l'anti-ténèbres, l'anti-néant, et que notre passion et notre mort, fussent-elles les plus douloureuses, les plus humiliantes, ne sont que le ténébreux prélude à la résurrection – celui-là attend cet instant avec ce que Mauriac, dans un conte admirable, a appelé « le démon de la Connaissance ». Celui-là ne veut pas mourir à la sauvette, mais vivre sa mort lucidement. Et cette fin inéluctable éclaire de sa lumière noire tous les jours de sa vie, et seule, donne son prix à chacun de ses instants, à chacune de ses amours.

Mais il faut répéter que la mort est un mystère, que la mort est un scandale, le mystère des mystères, le scandale des scandales. Il est indigne, il est inadmissible que ce corps qui fut si gracieux, ce cœur si aimant, cet esprit si profond deviennent « ce quelque chose qui n'a de nom dans aucune langue ». Aussi bien, l'âme en nous le refuse. Elle nous crie que tout cela n'est qu'un faux-semblant, qu'aucun amour n'est perdu, aucune disgrâce définitive, aucune injustice sans appel. Que m'importent alors les brillants arguments de la Raison? Je sais, inexplicablement mais de toute certitude, que ce monde de douleur n'est que le *négatif* de celui que l'Amour nous prépare de toute éternité; de même que ce monde de joie et de beauté ne nous en donne que l'avant-goût fugace. Je sais qu'ils sont vivants ailleurs, ceux-là que j'ai aimés irremplaçablement et dont je me refuse à parler à l'imparfait.

La funèbre mise en scène dont les hommes entourent le départ des leurs, l'hommage officiel, le monument de marbre, tout cela ne constitue qu'un malentendu immémorial. Hommes de peu de foi, hommes de peu d'espérance, ne pouvez-vous accepter, par fidélité, de suivre le même chemin que ceux que vous avez le plus aimés et dont l'amour a donné un sens à votre vie? A la sortie de l'effrayant tunnel ils vous attendent en souriant.

LES EMMURÉS VIVANTS

Il ne se passe guère de semaine qu'un lecteur (et, le plus souvent une lectrice) me fasse part de son désir d'écrire, ou plutôt d'être publié, ou plus secrètement d'être lu. Et d'écrire non pas un récit imaginaire mais, sous forme de fiction, sa propre histoire. Certaines de ces lettres relèvent d'une telle complaisance, reflètent un tel contentement de soi qu'il semble inutile de leur donner une suite : leur auteur, en les écrivant, a déjà eu sa récompense. Mais la plupart, dans leur naïveté, me semblent poignantes et, bien que ce correspondant aille presque certainement à de grandes déconvenues, je ne me permets jamais de le décourager. D'abord, parce qu'il peut en sortir un chef-d'œuvre; ce ne serait pas la première fois. Mais aussi parce que les difficultés de l'Écriture, l'opiniâtreté qu'elle exige, le doute et la sorte de solitude qu'elle entraîne sont proprement incommunicables. Enfin, parce que face à certaines souffrances on est son meilleur médecin et que, si cet inconnu ressent à ce point non pas tant l'envie d'écrire que le besoin de se raconter, c'est que son état l'exige. En décidant de publier sa vie, il a établi son propre diagnostic et prescrit son traitement – c'est de la psychiatrie élémentaire.

Il n'empêche que, sur l'instant, on se sent irrité par la présomption, la prétention que semble impliquer un tel comportement. Mais c'est un coup d'humeur, et le problème mérite beaucoup plus qu'un survol agacé. Naguère, lorsqu'un courtier d'assurance (je prends cet exemple au hasard) me disait : « Vous devriez bien écrire un roman sur les courtiers d'assurance : si vous saviez, quel sujet passionnant ! » – cela aussi m'irritait ou m'amusait, suivant les jours. J'avais grand tort. Il est évident que cet homme n'aurait pu consacrer le tiers de son temps et les trois quarts de ses soucis à ce gagne-pain s'il n'était persuadé (ou ne se persuadait) que celui-ci constituait une profession passionnante, donc romanesque. Naturellement, sa petite barque montait avec la marée : en vantant son métier, il se promouvait lui-même; c'était inconsciemment « le but de la manœuvre ». Mais pourquoi? – Pour la même raison que l'apprenti romancier veut nous raconter sa vie : afin de se justifier à ses propres yeux. Démarche vitale ou plutôt, comme disent les biologistes, *revitalisante*. On exorcise un péril en le niant, tout comme le petit garçon chantonne dans le noir parce qu'il a peur. Ici, quel danger ? – Celui de parvenir à cette pensée : « Si jamais je m'assure que j'ai raté mon existence, je suis perdu. Proclamons donc qu'elle fut exceptionnelle, passionnante par ses malheurs mêmes, par ses malchances inouïes : digne d'être portée à la connaissance de tous. Non pas exemplaire, mais unique ! » Alors, on entreprend de se la remémorer, carrément trop rose ou trop noire; et de la transcrire selon son déroulement chronologique – ce qui, d'entrée de jeu, prive l'entreprise d'un certain atout romanesque. Car, même si cette existence a connu quelque sommet (par lequel il conviendrait de commencer le récit, se réservant de revenir en arrière après avoir « aimanté » le lecteur), si le soleil éblouissant d'une rencontre ou la foudre du malheur innocent ont transformé cette vie, l'auteur improvisé ne manque jamais de *s'attarder d'abord sur son enfance.* Voilà qui mérite réflexion.

L'enfance est tout ensemble le plus grand commun dénominateur entre tous les êtres et l'exception qui les personnalise. Chacun de nous pressent que la sienne fut unique, mais aussi que tout le monde pourrait en dire autant. Personne ou presque ne jalouse vraiment l'enfance des autres – voilà un fait remarquable et surtout une grâce. Et l'enfance, dans tous ces récits d'amateur, c'est d'abord *la mère.* On touche là au mystère fondamental, on est limitrophe de Dieu. La mère, ou l'absence de mère – ce qui revient tragiquement au même. Le creux, ici, obsède davantage que le plein; un abîme est plus impressionnant qu'une montagne.

L'enfance, c'est aussi (mais secondairement) *le père.* Ombre immense, soleil quelquefois. Le père qui garantit tout ensemble le passé et l'avenir. Le père, statue et rempart : le jour où celle-là sonne le creux, où se dessine une brèche dans celui-ci, c'est l'Enfance tout entière qui se lézarde. Il arrive ainsi aux plus lucides de devenir orphelins en plusieurs étapes, bien avant la mort de leurs parents. Mais, le plus souvent, la seule existence, même lointaine, même végétative de ces parents continue de vous « protéger » bizarrement : entre la mort et vous il existe encore une génération; encore une enceinte entre la ville et l'assaillant. Quand vos parents disparaissent (et quand bien même seriez-vous, par une interversion des rôles, devenu leur protecteur), vous voici soudain en danger, *à découvert.*

Certains, il est vrai, s'aviseront avant de devenir orphelins, que ce qui les sépare vraiment de la mort, ce ne sont pas leurs parents mais leurs enfants. Toutefois, ce sentiment ne s'exprime jamais dans les manuscrits de mes correspondants inconnus. Sans quoi ils ne brûleraient plus de raconter leur vie : ce serait l'indice qu'ils en auraient maîtrisé l'échec, commun à toutes les existences, et qu'aucune solitude panique ne les conduit à recourir à un moyen aussi hasardeux de se rassurer.

La mère, le père et enfin *la maison* – c'est la trinité de l'enfance. Ou, pour les plus privilégiés, les maisons : celle de la ville et celle des champs, des vacances, des grands-parents. Celle où il advient qu'on retourne, des années plus tard, et alors tout vous y semble minuscule. Mais cette sensation, loin de vous rassurer (« J'ai grandi, j'ai pris ma stature ») vous inquiéterait plutôt. Les choses, ici, ont changé à la manière des coquillages qu'on sort de l'eau, des fleurs qui se dessèchent : la vie s'en est retirée. C'est donc nous qui l'avons emportée avec nous, qui en sommes investis depuis tant d'années *et qu'en avons-nous fait?* « Dis, qu'as-tu fait, toi que voilà, de ta jeunesse? »

Notre romancier amateur, lui, retourne en esprit dans sa maison d'enfance; mais, à l'inverse, il la trouve plus grande, plus secrète, plus sûre encore qu'elle ne l'était. C'est qu'elle est devenue le seul refuge contre son étouffante demeure d'adulte, contre sa vie présente. Il ne songe pas, il se refuse à songer, que ce paradis perdu, s'il n'a pas été détruit ou loti, des étrangers l'habitent. Non, non, cette maison-là ne peut disparaître! elle est son repaire, son château fort. Alors, patiemment, l'escargot se met à la tâche : il secrète de nouveau sa coquille pour l'éternité. « Si vous ne redevenez semblable à des enfants, vous n'entrerez pas dans le Royaume. » Son royaume à lui, le royaume de tous ceux que frôle la certitude insupportable de l'échec, c'est cette maison de leur enfance, sublimée, hantée par les fantômes du Père et de la Mère. Et le récit qu'ils en font, pour médiocre qu'il soit à leur insu, est d'autant plus poignant qu'entre les lignes on en déchiffre sans peine le contrepoint qui les entraîne au fond : « J'étais heureux, j'étais heureuse : on m'aimait alors. Personne ne m'aime plus vraiment, c'est-à-dire comme on aime un enfant... »

Ces mémoires désespérés qu'un inconnu a rédigés sous forme d'une chronique d'un rose tendre ne proclament pas seulement : « Mon enfance fut unique », mais bien : « *Je suis unique.* » Tout semble démontrer le contraire, je le sais. Ma vie paraît uniforme et impersonnelle. Dans l'entreprise où je travaille, dans ma famille elle-même, personne ne me *reconnaît;* mais je sens que je suis unique et irremplaçable – et ce récit le prouve bien! « Cependant, pareil à l'innocent qui bafouille devant un juge dont le siège est fait, son manuscrit ne prouve rien. Rien du tout, sinon qu'aux yeux des hommes ce destin qu'il narre si complaisamment est, en effet, indiscernable. Et que lui-même ne semble apporter à la famille humaine qu'une unité de plus. Une unité anonyme à cette foule insupportable qui déjà l'investit de toutes parts, l'opprime, l'écrase. Quel mystère et quel malentendu représente une foule lorsque rien – ne fût-ce que le spectacle de vingt-deux hommes se disputant un ballon – ne la rend un peu unanime! Composée d'individus dont *chacun* se sent oblitéré par l'ensemble des autres et voudrait, lui aussi, hurler : J'existe!

Oui, tu existes; oui, tu es unique et irremplaçable. Mais tes parents qui te le garantissaient en silence sont morts. Il n'y a plus qu'un Être qui le sache vraiment et puisse t'en assurer : Dieu. Ce Dieu dans lequel tu ne crois point – sans quoi c'est à lui que tu t'adresserais et non à un pauvre diable d'écrivain qui, à ses heures, partage ton angoisse. Dans cette foule qui t'étouffe et t'en veut de contribuer à l'étouffer, tu cries en vain.

Comme personne ne t'écoute ni premièrement ne t'entend, tu cherches, par cet écrit et par mon entremise, le moyen de *percer*. Verbe tragique, expression d'emmurés vivants, d'assiégés réduits au désespoir... « Faire une percée », ultime solution, presque toujours vouée à l'échec : mourir en courant plutôt qu'en restant immobiles, rien de plus! Ce bras qui se lève n'est pas celui de l'écolier qui connaît la réponse, mais bien celui de l'homme qui appelle au secours. « Au secours! J'existe, mais si vous persistez à ne pas le reconnaître, je vais couler à pic car je ne le croirai plus moi-même. Il vous faut le reconnaître officiellement, publiquement, et je ne vois guère d'autres moyens de vous y contraindre – sinon le drame, le fait divers. Ce projecteur, sans cesse braqué sur les mêmes, qu'il se détourne d'eux et m'éclaire enfin! Voici mon histoire – écoutez-la, mais écoutez-la donc! »

Ce sont des gens simples, pas forcément pauvres mais toujours de quelque façon opprimés, qui écrivent de la sorte aux écrivains. Je laisse de côté les vaniteux, les satisfaits que leur fausse humilité et leur écriture elle-même suffisent à trahir. Mais les autres, on le devine aussitôt, ont toujours vécu le dos rond. Et nous, avec un soupir de lassitude plutôt que de compassion, nous les classons avec leur envoi dans le tiroir du bas. Une fois pour toutes, au rayon de ceux qui ont tout accepté – et tant pis pour eux, n'est-ce pas? Tout accepté, c'est vrai, sauf de ne pas être reconnus au moins une fois dans leur vie. Une seule fois! et voici que c'est aujourd'hui ou jamais. A quoi le pressent-on? – Eux seuls pourraient répondre; eux seuls ont senti que le désespoir allait affleurer et tout emporter. Une nuit, sans raison, un paysan se lève, ouvre sa croisée et regarde ce fleuve soudain méconnaissable. Demain, ce sera l'inondation... Allons, debout, vous autres! – Eux aussi, ces correspondants sans visage, se sont levés au cœur de leur nuit sans fin, de ce train-train médiocre qui pourrait aussi bien durer encore des mois, des années. Eh bien, non! Dieu sait pourquoi, la cote d'alerte est atteinte. C'est aujourd'hui, aujourd'hui vous dis-je, qu'il faut crier avant que l'eau noire ne vous emplisse la bouche, ne vous réduise définitivement au silence. Crier : « Moi aussi j'existe! » raconter sa vie, s'inventer une vie. Et déjà, première ouverture, première brèche par où respirer, écrire à ce type dont un livre – mais comment donc s'appelait-il? – vous a touché autrefois. Écrire à ce type qui est connu (on l'a vu à la télé), lui dire en tournant son chapeau : « Il y a longtemps que j'hésitais à vous écrire, à vous envoyer ce cahier... Je m'y décide enfin, je ne sais pas pourquoi... » – Moi, je le sais : parce que vous étouffiez, et voici la première fenêtre ouverte – mais sur quoi donne-t-elle? « Écrire à ce type parce qu'il sait, lui, raconter des histoires. Si seulement je le touche, je saurai le faire moi aussi, on me lira moi aussi... » – Hélas, nous sommes loin de l'Évangile et « aucune force ne peut sortir de moi ». Me voici, au contraire, effrayé d'avance de toute la peine qu'il lui faudra pour mener son récit. Mais j'ai tort : sa plume courra toute seule, les mots lui paraissent enchantés, et tout neufs! comme s'il les inventait à mesure... Profite bien de cette joie, l'inconnu! de cette ivresse, de cette création – car tu es le seul à en percevoir le charme. Tu es pareil à celui qui chantonne un air qu'il entend si distinctement dans sa tête qu'il est sûr que chacun pourra le reconnaître à son balbutiement. Ce récit, que tu as rédigé avec tant de bonheur, voici qu'à tout autre lecteur il paraîtra poreux, banal. Et l'éditeur te renverra ton manuscrit avec un mot plus banal encore : « Malgré les qualités certaines... Une sincérité et une sensibilité qui risquent de dérouter le public... »

Réponse banale, mais à laquelle notre homme va se

tromper, sinon il toucherait le fond du désespoir. Alors, le voici qui change de tristesse, de malheur. C'est important de changer de malheur! c'est même, passé un certain âge, la seule chance qui nous reste de nous sentir vivre. Il relit pour la cinquième fois la lettre de l'éditeur et déjà n'y voit plus que les mots *qualités, sincérité, sensibilité...* Ou bien, s'il est plus avisé : « Ils ne l'ont même pas lu », pense-t-il. Ou encore : « Ils n'y ont rien compris! » Et il feuillettera son écrit d'un œil neuf, celui dont on regarde son enfant quand il revient de pension ou d'un séjour chez les autres : « On ne devrait jamais se séparer... » De ce moment, pourtant si décevant, son enfance et toutes les circonstances de sa vie lui paraîtront encore plus précieuses : *incommunicables.* La preuve en est faite. Oui, le voici (je veux le croire) déçu et cependant rassuré. L'instinct de conservation lui avait commandé d'entreprendre ce récit; ce même instinct le console de ce qu'il demeure secret.

Secret? Pas tout à fait. Un secret partagé avec quelqu'un qui, lui, aurait compris. Qui comprendrait. Qui comprend. Qui, bizarrement, est tout ensemble le Père, la Mère et la Maison. Quelqu'un qui l'aime, ce veuf, cet orphelin, et de la seule façon dont il supporte d'être aimé : Quelqu'un qui le préfère.

Ce qui sauve le nain, la fille laide et le gars qui retourne en prison (et c'était fatal) pour la onzième fois; et aussi le malade qu'on vient de transférer dans le service des chroniques (et le médecin ne passera plus le voir, à quoi bon?) Et aussi cet inconnu à qui l'éditeur exprime poliment que son récit ne présente aucun intérêt – ce qui les sauve et que nous appelons aveuglément complaisance, prétention, et que je nomme ici instinct de conservation, c'est seulement cela : leur alliance indestructible, irréversible, unique, éternelle, avec un Dieu qui est Amour.

LA RÉSURRECTION DES CORPS

« Je crois à la résurrection des corps... » – Voilà une phrase que je répète par fidélité mais sans conviction, un dogme dont je me passerais volontiers. Ce corps lâche, impur, paresseux, que ne peut-il, dans l'anonymat de la tombe, devenir terreau, forêt, pétrole et se racheter, par cette abjection éternelle, de son insupportable pesanteur ? Ce corps où la mort a fait son nid dès le premier jour, ce corps, prison de l'âme et son mauvais génie, je le regarde, quant à moi, vieillir sans déplaisir: il ne l'a pas volé...

A cette attitude (injuste et dangereuse) envers le corps, les théologiens opposent mille objections que j'oublie à mesure. Une seule me touche parce qu'elle vient de plus loin qu'eux : c'est que le Seigneur Jésus a tenu à ressusciter avec son corps de douleur, semblable quoique méconnaissable. « Avance ta main, Thomas, et mets-la dans mon côté... » Mais n'était-ce pas seulement parce qu'il n'avait pas encore achevé sa mission parmi nous? Et puis, son corps à lui méritait cette transfiguration définitive : lui, du moins, était sans péché.

Pourtant, il est deux raisons qui me font espérer

malgré tout la résurrection des corps. La première, c'est que ce corps est aussi un porte-visage, un « montre-l'âme » et que je veux, de tout mon cœur, de toutes mes larmes, revoir les visages que j'ai connus et aimés et voir enfin tous ceux que j'ai aimés sans les connaître. Thérèse, Bernadette, Jeanne, Charles de Foucauld, Jean-Marie Vianney – joie de voir enfin votre regard, votre sourire, votre âme – même, à travers ce visage transparent! Et que dirais-je de la Sainte Face, soleil noir qui éclaire déjà chacun de mes jours...

Mais voici un second motif. La résurrection des corps sera la juste et bienheureuse revanche des infirmes, des disgrâciés, de tous ceux que le mal a foudroyés dès leur naissance ou en plein vol. De tous ceux que Jésus guérissait au long de son chemin et qu'il attend, par-delà la Frontière et l'Instant, pour les guérir à jamais : « Va, ton courage t'a sauvé... » Intacts ! Ils renaîtront intacts, et Vive Dieu ! Cela, je le crois de toutes mes forces; cela, je le sais.

Je me suis longtemps trompé sur le courage, comme tout le monde. A présent, je sais que les combats qui requièrent le plus de volonté, de bravoure, de persévérance sont ceux que l'on mène contre son propre corps. A la guerre, on est proprement ivre de dévouement, de fraternité, « d'honneur ». Mais se battre tout seul au milieu de l'indifférence, de la hâte des autres, de leur horrible pitié, se battre en sachant que la victoire ne sera jamais qu'ébauchée...

J'ai rencontré et aimé quelques grands infirmes. Quand je pense à eux, je les vois toujours marchant devant moi, et plus vite que moi, sur le seul chemin qui m'importe – et, pareil aux enfants, je leur crie : « Attendez-moi ! » Et que dire de ceux qui, non satisfaits de maîtriser leur corps rebelle, ont entrepris d'en faire obstinément, douloureusement, un instrument pour aider et sauver leurs semblables... Je pense à Suzanne Fouché et à quelques autres que j'ai eu l'honneur indu et brûlant de rencontrer. M. Vincent n'aurait fait ni mieux qu'eux ni davantage; il n'aurait pas marié autrement le respect des autres et l'efficacité.

Quand je songe à de pareilles vies, à de pareilles œuvres, un vertige me saisit. Vertige de mon inutilité, de ma médiocrité personnelles – passons là-dessus. Mais surtout vertige, comme toutes les fois que la grâce nous est donnée de voir l'Évangile traduit en actes au cœur d'un monde qui le bafoue, et de constater qu'à cause d'un corps dompté par une âme indomptable, le Royaume est déjà parmi nous.

« ET A L'HEURE DE NOTRE MORT... »

Il y avait, dans bien des couvents de femmes, une tradition de puérilité que la psychanalyse croit avoir sans peine tirée au clair. Frustration d'amour physique et de maternité; transfert sur le Christ, époux mystique, et sur l'Enfant Jésus; peur de la vie, et désir de demeurer en enfance sous le regard d'un père tout puissant et d'une mère toute pure...

Cela peut rendre compte, en effet, d'un certain style de vie, de chant, de langage qui ont dû entraîner bien des fausses vocations et en décourager beaucoup de véritables. C'était un profil bien peu ressemblant du Christianisme, l'autre étant le *dolorisme*, « l'espagnolisme »; et tous les deux ont contribué à éloigner davantage encore des catholiques romains leurs frères séparés. Cette puérilité qui rend docile faisait, de surcroît, l'affaire d'une hiérarchie paternaliste sinon tyrannique, et contribuait traditionnellement à l'oppression de la femme par l'homme.

Mais il faut, là aussi, faire la part de l'air du temps. Il eût été exemplaire et probant, bien sûr, que l'Église, elle, se tînt à l'écart de ces tares immémoriales; mais enfin l'Église, c'est nous : l'Église, c'est tous les chrétiens – et ceux-ci, dans le siècle, se complaisaient innocemment à cette injustice, héritée de la nuit des temps. L'homme n'a pas cessé d'être cet ogre déguisé en bonne grand-mère, comme dans le conte célèbre. Aujourd'hui, du moins, le Petit Chaperon rouge ne se laisse plus dévorer.

Mais à cette puérilité traditionnelle (et qui persiste, dans ce qu'on appelle le « catholicisme populaire »), il faudrait peut-être chercher des racines plus profondes et des raisons à la fois moins savantes et moins superficielles. Elle n'est qu'une caricature de l'esprit d'Enfance, comme le prouvent la vie et les écrits de sainte Thérèse de Lisieux auxquels on s'est trompé si longtemps et dont il n'est pas sûr qu'elle n'ait pas *volontairement* accentué cette puérilité apparente, comme on enrobe d'une dragée un médicament dont l'amertume ferait oublier l'efficacité. En ce qui concerne Thérèse Martin, la réponse tient dans le nom qu'elle s'est choisi et qu'on élude toujours : Sœur Thérèse de l'Enfant-Jésus *et de la Sainte-Face.* Cette alliance de la douleur et de la grâce, de la tendresse et de l'angoisse, est une des clefs du Christianisme, et quiconque privilégie l'un de ces deux aspects trahit gravement le message. Noël et le Vendredi saint sont inséparables : l'un conduit à l'autre ou perd toute signification ; et l'autre conduit à Pâques, sinon ce serait l'échec et le désespoir.

Ainsi devons-nous, Chrétiens, aborder le mystère de notre propre mort avec cette même clef; et si l'honneur de partager, de quelque façon, la passion du Christ (et notamment sa solitude et sa peur au Jardin des Oliviers) nous place sous le signe de la Sainte-Face, il est permis et naturel d'introduire dans ces ténèbres ce « bonheur des pauvres », cette espérance toute simple que Noël exprime comme aucun autre événement de l'histoire des hommes.

Tout cela est difficile à dire car on côtoie sans cesse deux précipices. D'une part la grandiloquence théologique, les mots à majuscules, une vision tout intellectuelle de notre destinée particulièrement peu convaincante au moment où l'ombre de la mort nous fait frissonner. D'autre part, cette puérilité dont l'assurance et la consolation qu'elle procure sont tout aussi creuses et malvenues quand on approche l'instant le plus important (ou, en tout cas, le plus redoutable) de notre vie. Et c'est alors qu'intervient en silence – à sa manière – Marie, mère du Christ.

Près de cent mille fois dans sa vie un catholique ordinaire aura répété les paroles du « Je vous salue Marie », prière dont les auteurs sont l'ange Gabriel, puis Élisabeth, puis le peuple chrétien. C'est ce dernier qui, aux salutations glorieuses, ajoute humblement : « Priez pour nous, pauvres pécheurs, maintenant et à l'heure de notre mort. » Bernadette est morte en répétant cette prière, les yeux pleins de larmes, avec cette pathétique variante : « Pauvre pécheresse, pauvre pécheresse... » Au double de son âge, cent années plus tard, le père Jean Rodhain, fondateur et animateur d'un immense organisme – un *manager*, comme l'on dit, et peu suspect de naïveté – meurt en la rédigeant d'une écriture tremblante. Cela fait réfléchir. Cet appel vers sa mère « à l'heure de notre mort » monte du fond de la chrétienté et même de l'humanité. Nous avons tous appris que, sur les champs de bataille, les soldats meurent en appelant leur mère; si c'est une image d'Épinal, elle est née, comme la plupart d'entre elles, d'une vérité universelle et, cette fois, les psychanalystes ne trouveront guère à ricaner. Ils nous confirment (en termes moins simples) que, jusqu'à notre dernier souffle, l'amour maternel demeure notre nostalgie, notre recours, notre impossible mais irremplaçable protection. Ou encore, certains diront que la mort nous fait retourner dans le ventre de notre mère, paradis perdu où nous ne faisions qu'un avec l'amour. Je les laisse dire avec bonheur : pour une fois, ils ne parlent pas un autre langage que celui du christianisme. Notre Dieu est Amour, et Mère plus encore que Père. Mourir est retourner à lui, en lui, très mystérieusement et à jamais. Voilà qui est vite écrit ! Pourtant, il y a là un tel écart à enjamber que le vertige nous saisit...

N'en déplaise à Voltaire, si Dieu nous a faits à son image, il est logique, inévitable, désirable même, que, dans une certaine mesure, nous le fassions à la nôtre ! Non pas à la manière naïve et trop rassurante des vieux vitraux (ou des religieuses du siècle dernier), mais à la façon du Christ lui-même, preuve vivante de notre *ressemblance.* « Il y a plusieurs demeures dans la maison de mon Père... Alors, la table sera dressée pour vous... Je ne boirai plus de ce vin jusqu'à ce que je le boive, nouveau, dans le Royaume... » Ces images familières s'insèrent parmi des prédictions tragiques et des prescriptions exigeantes. Ce ne sont pas des consolations faciles, des promesses comme on en fait aux enfants. Il y a là une réponse à notre angoisse primordiale; or, elle n'a rien d'intellectuel; elle est plus que familière : familiale. Et c'est le Christ qui parle, au nom de Dieu : non pas un prophète de plus, mais Celui qu'ils annonçaient et qui a récapitulé et clos toutes les prophéties. Si l'on croit en sa Personne et en chacune de ses paroles, si exigeante ou rude soit-elle, au nom de quel « adultisme » de la foi se verrait-on privé de recevoir pareillement ces promesses si humaines?

Certes, en les imaginant trop complaisamment, on tombe dans les statuettes si mièvres et dans un au-delà de peluche rouge et d'encaustique à la ressemblance des évêchés d'autrefois. Mais est-ce tomber à notre tour dans l'anesthésie et la puérilité que de penser qu'au-delà de cette agonie-spectacle, si effrayante *à observer de l'extérieur,* se retrouve, je ne sais comment, ce que le Christ lui aussi a goûté chez nous : le silence de l'amitié, la douceur du soir qui tombe, Béthanie ? Et si, cloué sur la croix, à un moment où chaque parole constituait un supplice qui abrégeait sa vie, il nous a explicitement légué Marie pour mère, n'est-il pas logique qu'elle remplisse cet office à l'instant où chacun de ses enfants en a le plus besoin ?

Personne ne sait comment se fait le passage hors du temps mesurable, hors de l'espace visible. Mais il me semblerait bien dans la manière de ce Dieu – *de ce Dieu qui est Amour ou qui n'existe pas,* telle est notre foi – et dans le droit fil des promesses du Christ que cela se fît très « humainement » et que Marie fût là. Sinon, pourquoi aurait-il inscrit en nous, antérieurement à tout et plus profondément que tout, cet amour maternel, cet amour filial ? Et pourquoi nous aurait-il, au-delà de cette maman dont la mort (la sienne ou la nôtre) nous prive forcément, fait don d'une mère immortelle ?

Non, l'humanité ne se trompe pas quand inlassablement, tel l'enfant qui prend peur, elle réclame, elle espère, elle attend la présence et le secours de sa mère Marie à l'heure de notre mort, amen.

LE PLATEAU DE GISEH

J'ai subi – je parle de l'âme – un affrontement sans pareil, une nuit, en basse Égypte sur le plateau de Giseh.

Là s'élèvent ces trois pyramides colossales dont nous avons tous appris qu'elles figuraient parmi les sept merveilles du monde antique. Vues sous tous les angles sauf un seul, ce sont des monstres, d'abruptes montagnes de pierres ébréchées. Blasés, comblés, accoutumés aux formes les plus parfaites dans les objets les plus familiers, nous ne pouvons même plus imaginer ce qu'exigea de génie « l'invention » de la pyramide. L'homme de ce temps jouit de trop de merveilles pour éprouver une admiration rétrospective ou conditionnelle. Il ne peut davantage glisser son âme dans celle d'un Égyptien d'il y a cinquante siècles que dans celle d'un constructeur de cathédrales. La saturation, une exigence sans limite, l'absence ou la perversion de la naïveté sont les maux des « civilisés », des « modernes » – termes que nous appliquons fièrement à nous seuls, alors qu'ils ne font que changer de contenu d'âge en âge.

Bref, décevantes pyramides jusqu'au moment où,

descendant du plateau poudreux et rocailleux, on peut enfin les apercevoir d'assez loin selon une perspective qui, tout ensemble, les groupe et les dissémine, troupeau monstrueux laissé à la garde d'un chien à leur mesure : le Sphinx de Giseh.

Lui-même n'est guère qu'une masse de pierres qu'érosion et profanation ont rendue informe et qui figurait en sa gloire un lion de granit d'environ cinquante mètres de long et vingt-cinq de haut. Mais le monument de Belfort aussi qui, de plus, ressemble vraiment à un lion, et que, pourtant, personne ne songe à venir voir des extrémités de la terre! Celui de Giseh présente une face humaine, celle du roi Mykérinos au pied du tombeau de qui il monte la garde. Mais on n'y reconnaît ni ce souverain ni personne : le temps et le bombardement commandé par un mameluk exaspéré ont pratiquement détruit ce visage. Il a la laideur poignante de ceux qu'on a recousus en tous sens après un accident. Encore dans nos « gueules cassées » reconnaît-on par instant ce qui fut un regard, un sourire; ici, à peu près rien – mais d'où vient qu'il nous fascine et que nous lui prêtons les traits qui lui manquent? Et cette *expression* impassible mais vivante, nous la tirons d'un trésor ténébreux fait de terreurs d'enfance, de grandes peurs historiques, de musées de cire, de films d'épouvante – bref de ce bric-à-brac de l'inconscient qui hante nos nuits ou nos délires. C'est qu'à peine aperçu, *nous exorcisons de toutes nos forces le Sphinx de Giseh.* Douze mille mètres cubes de pierre presque informes, qu'est-ce au regard de ces trois pyramides gigantesques et parfaites? Et pourtant elles ne figurent que le décor où cette Bête maléfique a installé sa tanière pour les siècles. Il ne les garde pas, le monstre sans figure! Il leur donne vie. Elles dorment pesamment; lui veille en souriant : *lui sait.*

De jour, et vu d'en bas, ce spectacle immobile vous

saisit au point de vous ôter toute envie de le commenter, de le comparer. Et pourtant, comme la vermine sur un grand corps inerte, touristes, marchands, ânes, chevaux, chameaux grouillent là dans un désordre de fourmis déconcertées. Mais de nuit, sous la haute lune, quand plus un être ne s'y aventure et que le site a repris sa dimension sidérale, qu'il redevient le rendez-vous glacé du temps et de l'espace, sa vision est presque insoutenable. Au point qu'en attendant le spectacle « son et lumière » qui, chaque soir, traduit ce lieu, je me mis à prier comme au chevet d'un mort ou dans l'attente d'un danger indéfinissable. Entre le Sphinx et moi s'accumulait une formidable charge. « Du haut de ces pyramides »... Il me semblait qu'une armée se massait à l'ombre de ces citadelles escarpées. Et que toutes les forces obscures qui, dès l'origine des temps, n'ont cessé de renforcer le Mal sur la terre, les bataillons de l'Orgueil et de l'Oppression, tout ce qui jette un défi permanent à l'Amour, à la Patience, au Pardon – toutes les troupes du Prince de ce monde se rassemblaient dans l'ombre derrière ce chef sans visage, homme et bête, ambassadeur de toutes les légendes de la Peur.

Les spectacles « Son et lumière », lorsqu'ils sont réussis, bâtissent pour une heure une vivante cathédrale en un lieu mort. La musique, les chœurs et les voix, alternant, se chevauchant comme les vagues, jaillissant des quatre coins de l'horizon selon une rose des vents inattendue; ou tout proches, au contraire, combattants surgis de l'ombre et vous coupant le souffle. « Spectacle » fait de rien, fantômes aussitôt évanouis mais dont l'espace tremble encore. Magie de la création humaine et, comme l'homme même, peuplant de son génie le cosmos pour disparaître l'instant d'après, car le vide originel disperse et dissout toutes nos inventions. Spectacle imposant et nul, comme l'homme.

Le « Son et lumière » des Pyramides m'a paru, par instants, d'une grandeur et d'une beauté presque insupportables. Dans le même temps qu'il vous exalte, il vous écrase, vous rapetisse. Mais l'auteur ne s'y est pas trompé : c'est, de bout en bout, le Sphinx qui mène le jeu, donnant hautainement la parole aux pharaons, au Nil, ou aux trois pyramides réduits au rôle de comparses. Le texte rappelle – on s'y laisserait prendre – l'élan de foi de tout un peuple construisant le tombeau de son souverain comme les bâtisseurs de cathédrale la demeure du Dieu vivant. Il rend hommage à ce que non sans présomption, nous considérons comme la première de toutes les civilisations humaines – en fait la première où nous nous retrouvions : notre plus ancien miroir. Qui nierait le génie de l'architecte et du médecin, du sculpteur et du scribe? Mais lorsque, dans cette nuit d'un bleu métallique où les étoiles immuables narguent de haut nos présences périssables, où des projecteurs invisibles dosent le gris de la mort et l'orange de la vie sur ces pierres inertes – lorsque la voix du Sphinx affirma que ces gigantesques tombeaux, et leurs trésors enfouis, et leurs momies intactes avaient lancé à la Mort le plus grand défi de l'histoire et assuré, par l'or et par l'art, la victoire de l'immortalité, l'oreille de mon âme m'alerta enfin. Ce lieu unique, ces lumières, ce texte si habile et si complaisant m'anesthésiaient. Allons, il fallait se réveiller promptement, rétablir le vrai, répliquer.

Non, Sphinx, c'est tout le contraire et tu le sais bien. Les empires se démantèlent, les trésors sont pillés et l'or, ciselé tant d'années durant, est fondu en un seul instant. Corridors souterrains, passages secrets, fausses portes – toutes ces précautions sont vaines. Elles n'arrêtent ni les voleurs, ni les archéologues, ni premièrement la mort. Le souverain, dont tu gardes obstinément la tombe vide, sait bien, comme moi cette nuit, sa fragilité et qu'il s'est, toute sa vie, aveuglément confié au néant. Il sait à présent que le pouvoir ne consiste pas à commander, à conquérir, à édifier des monuments à son propre personnage. Le pouvoir consiste à se commander, à se conquérir, à se construire patiemment. Chien fidèle, la tempête de sable qui vous a ensevelis, toi, ton maître et les siens, c'est le Christianisme. Il est venu, le Voleur, sans que vos astronomes aient su prévoir le jour ni l'heure. Tu avais fait dissimuler tes merveilles entre tes bandelettes, Pharaon! Serrées, sanglées comme les papiers du voyageur ou le nécessaire du soldat; mais il aura été bien bref, le voyage, et bien vain le combat. Tu t'es trouvé, d'un coup, en face de la Vérité et elle ne portait pas une tête de faucon ou d'ibis. Elle était, pour toi, la plus surprenante, la seule inattendue; elle était le contraire même du pouvoir et de l'or – et si simple surtout : elle était l'Amour. Tu as vécu ton existence entière enfermé dans des bandelettes : celles que tes grands prêtres, tes scribes, tes sculpteurs eux-mêmes t'avaient imposées dès l'enfance. Rites et traditions, pittoresques ou cruelles, mais toujours futiles, fatales. Et ne t'eussent-elles pas été transmises que tu en aurais inventé, comme Louis XIV ton descendant. C'est la maladie des puissants, c'est la tare des souverains, que de jouer à la poupée avec eux-mêmes. Que de passer leur vie entière à construire leur mausolée, au propre comme au figuré. Et aussi, lorsque l'heure sonne, que de prétendre emmener avec eux sur l'autre rive leurs sujets et leurs biens. De l'or enfoui entre les bandelettes... « Là où est ton trésor, là aussi est ton cœur ». Ton cœur ne bat plus, Pharaon, et ton trésor a été pillé. Les esclaves qui s'étaient épuisés à te creuser un tombeau, tu les as fait égorger de crainte qu'ils ne trahissent le secret de son emplacement. Et ce sont, dit-on, ces grands prêtres et ces architectes dont tu étais si fier qui t'ont trahi et se sont partagé tes dépouilles. Ta momie sacrée est exposée parmi vingt autres dans un antre poussiéreux du Musée du Caire. On fait payer quelques piastres le sacrilège de te voir face à face, toi qui avais accumulé entre ton visage et celui des vivants, outre des millions de tonnes de pierres, tant d'or et de bois précieux. Dans ce visage parcheminé et qui fut adoré, seules les dents demeurent intactes. « Ce crâne vide et ce rire éternel... » L'enfant égyptien qui te dévisage si effrontément est vivant, lui.

Ce n'est pas, Pharaon, que je veuille t'humilier ou me ranger à mon tour dans le camp des vainqueurs. Le seul souverain, le seul vainqueur que je reconnaisse ressemble à l'un de tes esclaves. Regarde-le gravir un chemin pierreux, et porter, sous les huées, un madrier trop lourd qui, dans un instant, va tout ensemble le tuer et le ridiculiser. Des soldats bien nourris l'insultent tandis qu'il avance pas à pas vers sa mort. C'est lui qui m'a appris à me méfier des vainqueurs : à ne plus les voir que couchés à terre comme tes colosses, et leurs statues démantelées par leurs successeurs ou érodées par l'empire du vent. Oui, je les vois à terre, mais écrasant toujours sous eux ces myriades de vivants que leur pouvoir, leurs conquêtes et leur or avaient hypnotisés. « Empire » est l'un des mots magiques de la terre. A ton actif, Pharaon, à l'actif des Vainqueurs, il faut cependant inscrire qu'ils suscitent et entretiennent ceux-là qui font la gloire de l'humanité, sinon la leur : architectes, artistes ou savants. Le jour viendra, et ce sera l'aube du Royaume, où nul autre souverain que l'Amour, et la Liberté inséparablement, les susciteront. Ceux à qui nous réserverons notre attention et nos soins inquiets ne seront plus des souverains chamarrés, des généraux vainqueurs ou des milliardaires – mais un petit enfant malade, un vieillard trop seul, une mère trop pauvre. Alors, l'Histoire ne sera plus ce tissu écarlate où figurent ton nom, tes corvées, tes combats, Pharaon; mais, entre ses lignes, apparaîtra enfin le signe de l'Homme : un sourire plus mystérieux que celui de ton Sphinx. Le fanatique qui fit détruire son visage à coups de canon ne pouvait supporter ce regard insolent, *assuré*. Il pressentait bien que cette bête à tête de Pharaon ne pouvait avoir raison, mais il ne connaissait pas la réponse. La violence naît toujours de ce qu'on ne possède pas la réponse; c'est cela qui enrage les enfants et ceux qui leur ressemblent. La réponse ne devait survenir que trente siècles plus tard, inévitable, évidente, et cependant tellement déconcertante que nous n'y croyons pas encore. Il y a du Pharaon en tout homme.

Ce n'est pas dans la mort dorée des Pharaons que je basculerai, le jour venu. Ce n'est pas dans la citerne ténébreuse des Pyramides que m'étouffera le sable du temps. Je préfère ma tombe étroite et cette pourriture sans défense. Mon Dieu à moi n'est pas un embaumeur; il ressuscitera d'un coup, lorsque cela lui plaira, ce corps de douleur, de faiblesse et de lâcheté, « dépouille et semence » – et vraiment peu m'importe. Mais cet être mystérieux, ô mon âme, plus moi-même que moi, qui m'a toujours mené et que j'aurai tant malmenée, la voici qui se délivre enfin de ce corps de cire, de marbre, de pourriture, et se rend sans conditions, se remet entre les mains de son Père. Chez lui, tout est douceur, vérité, transparence; les ténèbres et les terreurs héritées de toi, Pharaon, sont seulement pour les survivants crédules et qui, tels les enfants, aiment avoir peur – pour ceux qui payent afin de voir ta momie.

Comme toi, Pharaon, j'aurai passé ma vie entière à songer à la mort et à l'apprivoiser, à édifier dans l'invisible un monument informe qui me surprendra le premier. Mais aussi ma vie entière à me défier des recettes, des rites et des prédictions, des faux prêtres et des faux prophètes; de tout ce qui te rassurait et dont la capitale nocturne est ici, sur le plateau de Giseh.

Ma capitale à moi se trouve sur un plateau près de Tibériade, en Galilée : le soleil qui s'y lève chaque matin n'est pas un dieu mais une créature; et les paroles qui y furent prononcées et qui donnent un sens à ma vie ne sont pas gravées dans la pierre friable de Giseh, mais dans ce cœur plus tendre encore. Dans ce cœur plus périssable encore, mais qui a reçu, lui, la promesse de l'immortalité.

LONGUE VEILLE DANS LA NUIT

Naguère le mot « adorer » s'employait ailleurs que dans les chansonnettes et la publicité. Enfant, quand on l'utilisait d'une manière frivole, on s'entendait répondre : « On n'adore que Dieu seul! »

Car *Adorer* signifie, en quelque sorte, se dorer au soleil de Dieu. A ceci près qu'il est beaucoup plus sain pour l'âme de s'exposer à Dieu que, pour le corps, aux rayons de l'été. Ce soleil de Dieu, pour un catholique, c'est le Saint-Sacrement et cet ostensoir qui, souvent, en reproduit naïvement les rayons dorés. Pour un incroyant, voilà qui est tout à fait extravagant; mais, à ses yeux, le moindre rite, le moindre symbole, ne le sont-ils pas? Le christianisme ne se soucie pas d'être compréhensible : son évidence est d'un autre ordre. Il est, tout ensemble, obscur et transparent. « Prenez et mangez, car ceci est mon corps livré pour vous » est, depuis vingt siècles, un objet de scandale ou de haussement d'épaules. Pour les chrétiens (et particulièrement les catholiques), c'est un mystère – un de plus! – mais qui les enchante; un mystère moins familier que Noël, mais à peine plus surprenant. Quand on entre dans les eaux de Dieu, on perd pied très vite mais on surnage aussitôt, et l'on y progresse sans peine à la condition d'avoir confiance; c'est aussi l'inlassable conseil des maîtres nageurs.

Naguère, il existait dans presque toutes les grandes églises des veillées d'adoration nocturne. On se relayait toute la nuit, de deux en deux heures, devant le Saint-Sacrement. On veille bien les morts, assez mystérieusement : pourquoi ne pas veiller ce Vivant?

C'était doublement symbolique. D'une part, on prenait sur son sommeil, son repos, ses rêves, sur cette solitude hantée qu'est chacune de nos nuits; d'autre part, on ne voulait pas *le* laisser seul. « Pourtant, je ne serais pas seul car le Père est avec moi... » – Tes frères aussi, cette nuit, Seigneur Jésus!

Et puis l'on ressentait, plus ou moins consciemment, qu'il eût été néfaste, illogique, indécent qu'un tel rayonnement, une telle puissance se perdissent : un *gâchis* inexpiable. Alors, on se succédait, sans un mot, du crépuscule du soir à celui du matin, devant ce soleil nocturne qui n'aura, jusqu'à la fin des temps, ni lever ni coucher. En silence, car, pareil à l'avion qui décolle, l'adoration naît de la prière : les mots nous manquent soudain comme le sol sous ses roues. « Planer », disent les gens qui se droguent – et c'est bien cela, mais sans artifice : dans la nudité de la Présence, dans la rencontre imméritée, dans ce face à face inouï. L'adoration, ce sont les arrhes du Royaume. Un avant-goût qui, pour un moment, ôte au reste tout son goût. Une certaine façon, trop fugace, d'être et de n'être pas : d'être plus et de n'être plus. Se sentir soudain submergé par la Beauté du monde et la Bonté des êtres, reflet lointain de celles de leur Créateur – submergé à en perdre le souffle. Mais aussi, et jusqu'aux larmes, par la honte d'en mesurer chaque jour : de ne pas être assez attentif aux créatures et ne pas partager équitablement avec elles tous les bienfaits de la Création. Adorer... – Mais, par définition, les mots sont tout à fait impuissants à expliquer ces choses; tout au plus les cernent-ils, comme chaque fois qu'il s'agit d'amour pur.

J'ai, plus d'une fois, participé à ces nuits dans une église dont les ténèbres s'épaississaient à mesure qu'on s'éloignait de cette chapelle, tout au fond de la nef (mais n'était-ce pas la proue, au contraire?) où, suivant la formule modeste et somptueuse, le Saint-Sacrement « était exposé ». Comme je ne puis tenir longtemps à genoux quand je veux oublier mon corps, je me levais et déambulais lentement dans ces ténèbres imposantes. Mais, à quelque distance que je fusse, je ne m'éloignais jamais de Lui. Si bien que, parvenu à l'autre extrémité de l'église, devant ces immenses portes qui, tels des vantaux d'écluse, s'opposaient à la ville et à son agitation nocturne si suspecte, je demeurais cependant dans sa mouvance à lui. Quoique personne d'autre, durant ces heures, ne respirât sous ces voûtes si élevées que l'obscurité les rendait invisibles, moi non plus « je n'étais pas seul ». Hors de la vie et cependant plus vivant que jamais, je marchais dans cette nuit sans compter le temps, sans même ressentir son écoulement. Oui, hors du temps : vivant un perpétuel instant; et dans l'attente de quoi? – De rien, enfin! De rien, Dieu merci. Quand j'étais parvenu au bout de la nuit, je m'en revenais vers cette lumière qui, de si loin, n'était plus qu'une lueur mais tellement sûre. On n'a pas besoin d'avoir été perdu pour éprouver la joie du Petit Poucet...

Chemin faisant, je croisais (à peine reconnaissables dans leurs ténèbres si une longue amitié ne nous avait unis), les statues des saints, hautes mais nullement hautaines, plus grandes que nature – mais ne l'étaient-ils pas déjà de leur vivant? Et à mi-chemin du Ciel et de la terre, ce qui n'avait jamais cessé d'être leur place.

Quand un autre silencieux venait me relayer, si las et ensommeillé que je me sentisse soudain, je l'enviais. Sortir de cette enceinte de pierres froides, retourner « à l'air libre », comme on dit, n'était nullement une libération. A la satisfaction toujours mesquine d'avoir accompli son devoir, d'avoir achevé ma faction, se mêlait une nostalgie si déchirante et pourtant si vague que je ne l'eusse confiée à personne.

Ces confidences ne présenteraient guère d'intérêt si je n'ajoutais – ce qui, cette fois, concerne tout le monde – que c'est ainsi qu'à mesure que j'approche d'elle, je me représente la mort.

Je ne puis croire qu'il nous soit accordé (qu'il me soit donné, en tout cas) de basculer d'un coup dans la Lumière. « Entré dans la Maison du Père... Endormi dans la Paix du Seigneur... » – toutes ces formules, je le crains, sont mensongères. J'en ai employé de semblables quand je n'étais pas encore du côté de l'ombre; et peut-être les vivants ont-ils besoin de cette euthanasie verbale, de cette anesthésie. Mais je sens, à présent, s'approcher tout autre chose. « Jésus, il est temps de nous voir... » Quelle sainteté tranquille souffle à certains une telle parole! Pourtant, il me faut, la mort dans l'âme, la récuser. Les yeux pleins de larmes, j'ajourne un face à face dont je suis trop indigne et ne demande, mais de toutes mes forces, qu'une lumière au loin, très longtemps. Mais *longtemps*, ou *ajourner*, que signifient ces termes aux lieux dont je vous parle – et que signifie *lieux?*

Je crois que je basculerai dans la nuit, mais non pas seul, mais non pas déserte. J'y marcherai inlassablement, comme dans cette grande église nocturne et, bien plus sensiblement encore quoique invisiblement, dans sa mouvance à lui. Longues ténèbres, mais « Celui qui voit dans le secret » sait bien que, malgré mon indignité et cette marée de souvenirs insupportables ou déchirants, je souris dans ma nuit.

Marcher comme au temps de la terre, mais sans soir ni matin; marcher interminablement jusqu'à ce que la lueur apparaisse. Marcher, non pas en ressassant mes remords (c'est une tâche de vivant), mais en adorant en silence. Cette fois le Soleil est tout proche.

Je croiserai, là aussi, mais enfin ressemblants, les saints que j'aime; et je reconnaîtrai d'un coup d'œil, d'un battement de cœur (quel œil? quel cœur?) tous ceux que j'aurai méconnus. Mes amours, comme dans un songe, me souriront au passage. « A bientôt! » ne voudra plus rien dire non plus; je sais cependant, dès maintenant, que cette pérégrination nocturne aura un terme et que j'aurai pu le hâter en vivant autrement – et qu'au moment où j'écris ceci je le puis encore. Jésus, au secours!

Mais alors, il ne sera plus en mon pouvoir de l'abréger, *ni même en mon vouloir*. Marcher, marcher tout seul, pressentant pourtant dans cette nuit des myriades de compagnons; tendant en vain, pas tout à fait en vain, la main vers ceux d'entre eux que j'aimais. Marcher, heureux de ma honte, heureux d'être si loin encore mais si sûr d'approcher.

Et mon souhait ne serait-il pas, juste avant la Lumière, la Transparence – « Et alors vous ne me poserez plus de questions » – oui, juste avant les Retrouvailles et l'inimaginable bonheur, *de m'arrêter un instant* comme le fit sans doute l'Enfant prodigue quand il parvint en vue de la maison de son père?

Mais, d'ici l'avant-dernière halte, sous cette nuit étoilée de regards, marcher, marcher, marcher...

MILLE COPEAUX D'ÉBÈNE

La mort nous fait passer en un instant de la routine à la stupeur.

Un soir, je me suis dit : « Lorsque tu seras mort, tu ne pourras plus respirer la lavande... » J'en ressentais un regret déchirant. Mais une voix me souffla : « Qu'en sais-tu ? »

(Elle est morte : elle ne vieillira plus...)

La Mort pince les narines de ses victimes afin que leur propre odeur ne les incommode pas.

Mort de l'amant de la bonne. – On sonne. Madame va elle-même entrouvrir la porte : « C'est lui, encore ! » Elle referme. Alors il se tue d'un coup de revolver, là, sur le paillasson. « Tu as entendu ? Tu crois qu'il aurait... qu'il se serait...? » Monsieur sort; les voisins sont déjà là. Monsieur, furieux : « Eh bien, quoi ! vous l'avez assez vu, non ? » – Il appelle la police, ne touche à rien en l'attendant, bien sûr, et se remet à table. Il s'entend dire : « Alors, Maria, vous apportez le fromage ? »

(Maria, hébétée, reniflant.) – Le commissaire de police arrive peu après, cascadeur, une plume au chapeau; il sort de table, il sent encore la viande. « Un suicide, oui, c'est évident. Seulement je suis obligé de le laisser là : *c'est son domicile provisoire*... – Quoi! sur ce paillasson? Avec tous les voisins? – A moins que... Quand est-il mort? – Il y a dix minutes. – Seulement? Alors, bravo! (Aux agents qui tiennent un brancard) : Emportez-le, vous autres! (A Monsieur, en clignant un œil) : On dira qu'il est mort en route... »

Bon, mais durant ces simagrées, que se passait-il entre cet homme et Dieu? Entre Dieu et la bonne?

Matière de la mort : du plâtre, mais qui pèse autant que le marbre.

Les truands et les écrivains mettent la Mort dans leur jeu, partenaire familier.

La mort est une mare
où tu vas t'engloutir.
La mort est une mire
dont l'œil noir te fascine.
La mort est une mère
qui t'engendre à nouveau.
Et la mort est un mur
dont l'unique portail
s'ouvre dans les deux sens
et se nomme l'Amour.

Les gens en deuil : éponge de larmes qu'on presse d'un seul mot.

Il voulait qu'on l'achève. Il répétait : « J'en ai assez de *durer*... j'en ai assez de *durer*... »

Plongés dans l'eau pure de la Mort, nos actes prennent enfin leur vraie densité et s'établissent à des hauteurs inattendues. Certains, qu'on croyait graves et importants, tombent au fond, en effet; et ceux qu'on jugeait si légers surnagent, demeurent bientôt seuls visibles.

La plupart des hommes sont si occupés à craindre la vie qu'ils n'ont pas le temps d'avoir peur de la mort.

Un aveugle qui portait de fausses dents me donna l'image de la mort.

Certaines chansons populaires expriment à la sauvette, mieux que Bossuet, le déchirement de la mort. Par exemple : *Ah! les frais' et les framboises... et l'bon vin qu'nous avons bu... et les belles villageoises... nous ne les verrons plus...*

Les mêmes drogues servent pour dormir et pour se suicider. Et, en effet, c'est la nuit plutôt que la mort que cherchent les désespérés.

(Il s'agit de mourir poliment.)

Rien ne peut donner plus de violence ou plus de tendresse que la certitude qu'on peut mourir d'un instant à l'autre. Un tyran cardiaque. Un saint cardiaque.

« Cette grande stupeur qui marie l'instant à l'éternité. » (*Geneviève Pelletier.*)

La mort comme une source pétrifiante. Ce froid, ce calme, cette patience qui viennent des profondeurs...

Ce que désigne impérieusement l'index tendu des chefs de guerre, sur leur statue équestre, c'est la Mort.

Certains hommes, le même en blanc c'est leur cadavre.

Un petit garçon demande : « Les gens, quand ils sont morts, pourquoi est-ce qu'on les plante ? »

Une mouche qui se promène sur la photographie de Victor Hugo. Vous pouvez l'en chasser; il n'empêche qu'elle est vivante et qu'il est mort.

Celui qui vit à Lourdes
vit entre Ciel et terre.
Celui qui meurt à Lourdes,
la moitié du chemin
se trouve déjà faite.
Pas besoin de miracle :
celui qui meurt à Lourdes
était déjà guéri.

Toute une vie pour masquer une minute, mais cette minute masquait l'éternité.

Des gens très riches, très privilégiés, très snobs considèrent un peu la mort comme une *garden-party* que Dieu donne plus ou moins en leur honneur.

Jours des morts. – Peut-être est-ce à cause de leur fête que nous pensons à eux; mais c'est sûrement parce que nous pensons à eux que c'est leur fête.

Les ermites, au désert, emportaient un crâne avec eux pour n'y pas oublier la mort. Pour songer à elle, les chrétiens n'ont qu'à descendre dans le métro et observer certains visages.

Un paysan dit à sa femme : « Je vais me pendre... » – Elle veut l'en empêcher. « Si tu ne me laisses pas faire, lui dit-il, je te pends d'abord et moi après! » – Terrorisée, elle assiste au suicide sans intervenir. Elle raconte tout aux gendarmes; on l'arrête et on la condamne.

Si tous les agonisants souriaient au dernier instant, notre civilisation en serait transformée.

Seul dans une grande ville, à l'étranger : si l'on mourait, là, maintenant, personne ne prendrait garde à vous, n'en souffrirait. Cette pensée donne le vertige; sans doute parce qu'elle cerne de près ce qu'est vraiment la mort.

Toute sa vie, on n'observe la Mort qu'au téléobjectif : sans danger, de très loin, muette.

Assistantes sociales. – A un certain degré de misère ou de maladie, la seule assistante sociale efficace, ce serait la Mort.

Les êtres frivoles butent un jour contre la Mort : « Oh! pardon, je ne vous avais pas vue... »

Deux heures après leur mort, Dieu fait don à certains de leur statue de cire enfin ressemblante. Un vieillard défiguré par la souffrance devient, sous nos yeux, le jeune chef transparent qu'il eût mérité d'être.

On croit communément que le contraire de la vie,

c'est la mort. Mais non! le contraire de la vie, c'est la vie que mènent certains.

(Ce reflet *gris* de la mort sur les êtres condamnés à brève échéance; et aussi, les premiers jours, sur les survivants qui les aimaient...)

Il serait essentiel – mais il est impossible – de savoir si ceux d'entre nous qui sont morts les premiers le pressentaient vraiment.

– Tu sais, dit le premier enfant, j'ai failli avoir l'agonie l'année dernière.
– Qu'est-ce que c'est? demande l'autre enfant.
– La grande cinq minutes où tu meurs...

Les avant-gardes de la mort
campaient sur la place déserte.
C'était entre l'aurore et l'aube.
Par les fentes de mes persiennes
j'ai vu sur les pavés transis
les avant-gardes de la mort,
leurs chevaux frissonner au vent,
leur commandant tourner la tête
lentement vers mes volets clos :
entre le casque et le manteau
la meurtrière du regard...
Quand ses yeux croisèrent les miens
mon cœur s'est arrêté de battre.

Tout le monde meurt *le dos au mur*, et pas seulement les fusillés.

Le suicide est souvent un luxe : on préfère mourir plutôt que de ne pas continuer à vivre comme l'on vivait. Tandis que ceux qui ont toujours vécu ainsi...

Dostoïevski dit que la mort est en chacun de nous, dès l'origine, « comme un noyau ». C'est aussi ce que les chercheurs pensent à présent du virus du cancer.

L'homme a créé la mort à son image.

Une curiosité irritée de la mort pouvant aller jusqu'au suicide : comme le joueur de poker qui paye « pour voir »...

La seule différence apparente entre le cadavre d'un chrétien et celui d'un incroyant, c'est que les mains de l'un sont jointes sur sa poitrine et celles de l'autre sur son ventre.

Ceux qui meurent sous anesthésie en salle d'opération sont pareils aux poissons qui, sans le vouloir, sans s'en douter, passent d'un bief dans l'autre.

Le médecin, le prêtre ou l'embaumeur en savent à peu près autant sur la mort que l'enfant qui n'a jamais vu de cadavre.

Le pont qui nous relie aux morts
Est si léger, frêle, ténu
Qu'il s'écroule sous nos efforts
Si l'on ne s'y avance nu.

La bouche des morts est-elle ouverte en forme de Oui ou en forme de Non ?

Le seul aspect de la mort auquel ils veulent bien penser, c'est leur testament – c'est leur survie artificielle.

On peut se montrer grand par son refus comme par son acceptation de la mort.

Quand je pensais à l'océan et à mon père mort l'an passé, mon cœur se serrait à la pensée qu'il n'en profiterait plus. Mais quand je revis la mer, j'éprouvai aussitôt la certitude qu'il ne cessait plus d'en profiter.

La mort fait sa besogne de photographe : elle révèle, elle développe, elle agrandit.

« Jésus » est le dernier nom que prononcent beaucoup de mourants : c'est le mot de passe; c'est, par définition, le trait d'union entre le temps et l'éternité.

L'homme qui va mourir (ou qui le croit) ne tend plus qu'à rejoindre sa maison, sa chambre, son lit. Là parvenu, il éprouve le seul soulagement qui lui était encore permis. Ne plus pouvoir bouger? – Il ne s'en soucie pas. La pétrification est commencée. « Mon corps, *ils* s'en occuperont », pense-t-il.

Peu après minuit, ils virent leur vieille domestique pénétrer sans frapper dans leur chambre, le souffle court, le bougeoir à la main. « Je viens dire adieu à Madame et à Monsieur, murmura-t-elle, car je crois bien que... » – et elle s'écroula.

Se confier à la Mort comme on n'hésite pas à le faire entre les mains de cet inconnu masqué, ganté, botté qui va nous opérer le cerveau ou le cœur.

C'est aux morts qu'on met des draps propres...

C'est une pensée banale mais imposante que, quel que

soit son âge et quoi qu'il fasse : monter vers l'autel se marier, défiler sous un arc de triomphe – chacun marche vers sa mort.

Un veillard bâille. En un éclair on le voit mort, la bouche ouverte.

Le froid, la peur, l'exil, la solitude – tout ce qui, pour la plupart, définit la mort est le lot de millions de vivants. La misère et le malheur offrent souvent la même apparence que ce qu'on croit être la mort.

Condamnés. Tout homme qui sait le jour et l'heure auxquels il va mourir participe pleinement à la Passion du Christ.

La seule vraie richesse consiste à ne pas craindre la mort.

La crainte de la mort n'est pas la même le soir que le matin et, comme la fièvre pour un malade, elle n'a ni la même cause ni la même signification.

S'il y a quelque chose « qu'il faut voir pour le croire », c'est bien la mort!

Tempes creuses des moribonds. La mort, jardinier sans égards, semble avoir pris ce visage entre deux doigts, comme un fruit, pour voir s'il était mûr...

(Là où se trouve ma mère, je puis bien aller de confiance.)

> Ta main de marbre sur la mienne
> comme la neige autour d'un nid...

« Souviens-toi que tu es poussière... » – Voici un rappel bien trivial! Non, souviens-toi que tu es fils de Dieu et que tu retourneras à Dieu.

Leur fameuse *4e dimension*, mais c'est la mort.

Quand on va sortir dans le froid, on peut s'y préparer de deux façons opposées : en se couvrant d'avance, afin de faire provision de chaleur; ou en se découvrant d'avance, pour s'accoutumer. Il existe aussi deux façons de se préparer à la mort.

« Achevé » signifie à la fois *terminé* et *réussi*. Le signe d'une existence vraiment réussie est peut-être le désir qu'elle se termine.

Qui mourra verra.

Chaque guerre change pour quelque temps la définition de la mort et, par là, tranche secrètement entre les générations.

Sans défense mais intouchable, tel un cadavre sur un lit.

L'orphelin. « On demande apprenti présenté par ses parents. S'adresser à la mort. »

Le froid, l'écho, la solitude – bref le tombeau, c'est pour les survivants.

La joie devant la mort est l'apanage des saints, et la jovialité celui des gens courageux; mais celle-ci nous met mal à l'aise et pas l'autre.

Le pire mal n'est pas la mort, mais la mort vivant.

Ni qui vit ni qui meurt!
Je t'ai abandonné,
je t'ai laissé tout seul
dans cette nuit de sang
dans ces rumeurs de mort.
J'en ai honte, j'ai honte,
jamais je n'oserai
te regarder en face,
ta face de lumière
et ta face de sang.
Je t'ai laissé tout seul...
(Quoi! Je n'étais pas né?
Mais le suis-je vraiment?
– Seulement quand je pleure,
pleure tes propres larmes
dans ce jardin de sang.)
Ni qui vit ni qui meurt :
Je vis entre deux mondes,
indigne de chacun,
abandonné de tous
sauf de toi que j'aimais,
que j'ai laissé tout seul
dans cette nuit sans fin.

La familiarité avec la mort fait de nous des personnages de romans russes.

Mystérieuse différence entre un homme qui mérite cent fois la mort – et ce même homme mort.

Ils ne « reposent pas en paix » : ils *vivent* ailleurs, et dans la *joie.*

Se laisser tomber dans la mort comme l'oiseau hors de son nid pour la première fois; comme le parachutiste à son premier saut, ivre de peur et de curiosité.

Peut-être allume-t-on une flamme au chevet d'un mort afin que quelque chose de vivant tienne compagnie au veilleur; et veille à sa place s'il s'endort de tristesse.

Rien n'est proprement *inimaginable*, excepté la mort.

Les chrétiens possèdent, de la bouche même du Christ, une définition en quatre points de la mort.
– Je vous reverrai, promet-il,
– et votre cœur se réjouira,
– et personne ne vous ravira cette joie;
– et, ce jour-là, vous ne m'interrogerez plus sur rien.

En présence de son fils, un paysan grimpe au pylône de métal, saisit à pleines mains les câbles sous haute tension – et retombe, mort, aux pieds de l'enfant. Comme si, récusant ce volontaire orgueilleux, refusant qu'on lui force ainsi la main, la mort le rejetait brutalement, exemple et témoin, parmi les vivants.

Ce passage instantané de l'être à l'objet.

(J'ai conduit mon navire comme j'ai pu. Le voici à l'entrée du pont. Je le remets aux mains du Pilote.)

Bien des gens n'ont pas peur de la mort mais peur de mourir. Ils craignent l'anesthésie, pas l'opération.

Savants. – L'homme qui a inventé de quoi faire exploser la planète, et celui qui a lancé des satellites dans l'espace : ils ne savent même pas où ira leur âme ni s'ils en ont une.

En novembre, à six heures du soir, il y a une façon de se sentir seul et d'avoir froid qui n'est pas sans douceur et préfigure peut-être l'agonie.

La mort approche, ouvre la bouche – et c'est une tout autre voix qui nous redit : « C'est moi, n'ayez pas peur ! »

Si les humains accordaient aux vivants le dixième de la considération et de l'indulgence qu'ils réservent aux morts, la terre deviendrait respirable.

La psychanalyse met des années à nous découvrir imparfaitement et douloureusement ce que la mort nous révélera en un éclair.

Ils sont si fiers de leur bonne mémoire! Qu'ils attendent seulement l'instant de leur mort : de quels tourments, de quels remords ne sera-t-elle pas l'instrument...

On est plus beau mort que vivant
mais ça ne dure qu'un instant :
entre le marbre et le marais.

Que la mort est le lot de tous, voilà une singulière consolation. Elle ne fait qu'épaissir le mystère de quatre cent mille unités par jour.

De l'extérieur, statistiquement, la mort d'un homme n'est rien; mais pour lui elle est tout. L'écart entre ces deux vérités extrêmes définit *la solitude.*

Il faut d'abord retirer à la mort son masque immémorial pour observer son vrai visage.

Si presque tous les hommes étaient immortels, mourir serait sans doute un privilège. Si tous l'étaient et que l'un d'eux mourût, ils se le donneraient pour dieu.

« Aimer quelqu'un, c'est lui dire : Tu ne mourras point. » *(Gabriel Marcel.)*

Le souvenir des morts devient vite semblable à un parfum très précieux qui s'évente peu à peu et qu'il ne faut pas respirer trop souvent si l'on veut en conserver l'arôme authentique.

Après le décès de quiconque, ses objets familiers sont détestables ou déchirants à voir, selon qu'ils semblent lui survivre ou attendre son retour.

« Il s'en moque bien, lui ! Il nous met son corps sur les bras... »

Dans une salle d'hôpital où tous les malades sont condamnés et le savent, l'attachement de chacun pour son lit, sa guenille, son corps défiguré – *pour sa mort elle-même...*

Quand j'étouffe la nuit
c'est sous le poids des morts,
de ces morts si légers.
Pour mes chers étrangers
c'est chaque jour dimanche
et le bal au printemps.
Sur la pointe des pieds
ils passent en chantant
tout au fond de ma nuit.
Et leur voix me parvient
après de grands détours

dans ce corps douloureux.
Et leur pas si léger
qui m'écrase et me brise
me plonge du fond des eaux
amères de la nuit.
Et si fort je suffoque
et j'étouffe et je crie
que j'aborde en pleurant
aux plages du matin.

Tout homme qui meurt est un mystère; et celui qui meurt sans parler en est un plus grand; et plus grand encore celui qui se tue sans un mot d'explication.

Pour le croyant, la mort est un miroir dont le tain se délite au fil des années et voici qu'apparaît peu à peu la face du Seigneur.

Mort subite. – La stupeur des survivants n'est rien à côté de celle du mort.

La terreur la plus répandue, en même temps que la plus vaine, naît de ce que l'on s'imagine subissant *vivant* ce que semblent subir les morts : cercueil, pourrissement, etc. – et qu'en fait ils ne « subissent » pas davantage! Ce malentendu, cette horreur (qui est celle d'Edgar Poe), devrait pouvoir se dissiper d'un mot.

Que le mot « feu », par les caprices de l'orthographe, désigne à la fois une flamme et un mort, voilà qui est le reflet involontaire d'un grand mystère.

La disparition de certains montre bien la différence entre le *volume* et la *densité* des êtres.

La révélation d'un mal incurable, la pensée de la mort toute proche, on peut s'y habituer comme à l'hiver : à ces matins noirs, à ces soirs transis que, dès novembre, on voyait revenir en frissonnant. L'important est de croire que, derrière la mort, il y a aussi un printemps.

Le sinistre *decorum* dont nous entourons la mort n'est que la projection de notre peur. Et il y ajoute! Cet exorcisme manqué est un cercle vicieux.

Notre vrai lien avec les morts n'est évidemment pas le cimetière mais l'église.

Le mort, d'un coup, entre en majesté : il devient le roi, un roi éphémère.

« Le plus dur est fait! » dit-on quelquefois – mais il n'est jamais fait : le plus dur est de mourir.

(Il me semble – mais je ne me chargerais pas d'expliquer pourquoi – il me semble que, sur notre rive, la mort est un coup de timbale; et sur l'autre, au même instant, un coup de cymbales...)

La mort est pareille à une gare : butoir pour les uns, pour les autres départ.

> Le temps de mourir, ô vous que j'aimais
> le temps de mourir et je suis à vous!

Le mort, dans ses habits tout raides, c'est le loup déguisé en mère grand; et chacun de nous, qui le regardons incertains, est le Petit Chaperon rouge.

« Il n'est pas le Dieu des morts mais celui des vivants. » – Cette mystérieuse parole signifie, pour les croyants, que Dieu est de ce côté-ci de la barrière; que les morts sont vivants, aussi invisibles que lui; et que finalement il n'y a pas de barrière.

La Mort lui avait déjà enfilé ses gants mauves, en attendant les blancs...

D'un seul coup, la mort renverse l'image : ceux que nous soutenions, voici qu'ils nous soutiennent; les branches que nous avons engendrées et qui se sont couvertes de fleurs et de fruits – voici qu'elles deviennent nos racines dans le ciel.

Ceux qui meurent subitement franchissent la frontière en fraude.

Les stigmates du deuil sont pareils aux marques que laisse le soleil sur un visage. Cet homme aux yeux rouges et larmoyants, aux traits tirés, aux rides profondes s'est approché de la mort plus que nous.

Les armoires pleines de linge et les placards bourrés de provisions sont aussi des *cache-mort.*

(Celui qui meurt en prononçant « Jésus », il appelle à la porte.)

Les petites gens font queue pour voir un mort comme pour entrer à l'Opéra en matinée le 14 juillet : spectacle gratuit! Quand on expose les morts célèbres dans un cercueil de verre, il y a dix fois plus d'amateurs que lorsqu'un couvercle les rend invisibles.

Et tandis que le défunt se décompose sous terre, les survivants commencent à le « recomposer » à leur façon.

En cherchant à donner un sens à la mort, les croyants – et eux seuls – s'avisent qu'ils en donnent un à leur vie.

Avant de mourir on hérite de soi, sans bénéfice d'inventaire.

Tout au long de sa vie, un chrétien a rêvé de se trouver un jour à l'église pour participer à l'eucharistie, entouré de tous ceux, absolument tous ceux qu'il aime... – c'est ce qui lui arrive, mais seulement le jour de ses funérailles.

Les incroyants eux-mêmes (sauf dans les films de truands) respectent les morts. Ils n'osent plus les juger; ils les traitent comme une « matière première » dangereuse.

Nous mourons tous inachevés.

Soudain, sans aucune raison physique, sans autre symptôme qu'un bienheureux vertige, nous nous sentons côtoyer la mort comme un astre en frôle un autre. Jamais plus vides et jamais plus comblés qu'à ces moments-là; jamais plus fragiles et jamais plus assurés...

Je les regarde irrité – et soudain plein de compassion : c'est leur futur cadavre qu'ils pavanent.

Il y a quelque chose de suspect à louer exagérément les morts : c'est une façon de critiquer les vivants.

Dans les moments de paix et de foi, il m'arrive de songer à mes morts, un à un, comme un père de famille à ses enfants qu'il a établis...

Il ne s'agit pas de vivre dans l'attente de la mort, mais dans sa considération.

> La mort, on ne sait pas
> à quoi elle ressemble.
> A l'automne? au tunnel?
> à l'hiver? à la nuit?
> Ou peut-être, la mort,
> au désert, à midi,
> au comble de l'été?

Par un paradoxe apparent, c'est dans la mesure même où l'on est très doué pour vivre dans ce monde qu'il est d'abord déchirant *et soudain plus facile* de s'en détacher.

Notre Dieu est le plus grand preneur d'otages : par milliards, depuis des siècles!

Si la mort n'était réservée qu'à quelques-uns et que rien ne désignerait à l'avance, les rapports entre humains seraient passionnants et terribles.

« Je connais quelqu'un qui dormira bien ce soir! » avait-il répété d'un ton jovial tout au long de la journée. Et le soir même, en effet, il était mort.

Par la mort, Dieu nous pose la Question de confiance.

Tout le mal vient de ce qu'inconsciemment nous considérons la douleur, la séparation, la mort comme une punition, alors que c'est seulement le prix à payer.

« – Et si vous deviez mourir dans les cinq minutes?

– Je continuerais de jouer à balle au chasseur! »
Cette réponse célèbre d'un saint prouve seulement qu'il avait, par ailleurs, suffisamment médité sur la mort. Ceux qui ne cessent de jouer, ou de travailler, devraient bien en faire autant, entre deux parties.

En exorcisant leur terreur de la mort, peintres et écrivains de tous les temps nous la communiquent.

La vie est absurde et la mort scandaleuse, à moins que... – Cet « à moins que » est le premier pas de beaucoup vers Dieu. Il n'est peut-être pas très honorable; mais, pourvu qu'il les fasse avancer...

Ils ont parfois envie d'être morts, jamais de mourir.

Même le plus disgrâcié des hommes sait qu'il vaut infiniment plus que ce qui lui survit. D'où sa révolte.

Panthéon. – Il n'y a plus de « grands morts », justement : plus que de grandes âmes et qui ne sont pas les mêmes.

Dans les films policiers, la grande affaire est de dévisager ses ennemis dès le début, afin, le moment venu, de les reconnaître à temps. Ne soyons pas, vis-à-vis de la Mort, plus bêtes que les truands!

Dans une église, devant le Saint-Sacrement, je n'ai jamais éprouvé la peur de mourir. Cette remarque peut paraître enfantine, elle est essentielle.

L'homme est apparemment la seule créature dont la mort ne soit utile à aucune autre.

« Le corps, ce mobile qui contient l'immobile », dit Paul Valéry. La mort inverse l'image.

Ceux qui se disent obsédés par la mort ne le sont généralement que par le cadavre.

Il n'existe, en fait, que deux thèmes romanesques parce qu'il n'existe que deux mystères absolus, l'amour et la mort.

Il était sur son lit d'agonie; son front ruisselait; et il ne cessait de murmurer : « Ben, mon 'ieux... » – Et cela signifiait : « Je ne savais pas qu'on pouvait souffrir autant »; mais aussi : « Je ne pensais pas que j'arriverais à tenir le coup... » « Ben, mon 'ieux » : il s'adressait à lui-même avec admiration, et à Dieu avec révolte.

La mort : en être *près*, y être *prêt* – deux homonymes cruellement peu synonymes.

Il n'y a pas de morts anciens : rien que des morts oubliés.

Il ne faut pas montrer à un enfant un mort qu'il aime – sauf pour lui enseigner ce qu'est l'âme, et seulement s'il a la force de *faire la soustraction.*

« La mort, c'est pour les autres... » – Oui, l'horreur, l'immobilité, le musée Grévin de la Mort, c'est uniquement pour les autres, pour les survivants.

De nos jours, la tentation est de maquiller la mort. Mais c'est tout le contraire! il faut la démaquiller de son grimage immémorial. Les meilleurs y passent leur vie entière.

Il faudrait parler des vivants avec respect, comme on parle des morts; et parler aux morts avec simplicité, comme on parle aux vivants.

(Et prions que la mort soit seulement *un pas de plus...*)

La mort défigure les uns et transfigure les autres – selon quelle justice?

« Viens avant l'hiver! » écrit l'apôtre Paul à Timothée. C'est ce que parfois l'on voudrait dire à la Mort.

> Dans ce train qui roulait
> je pensais à la vie,
> je pensais à la mort.
> Une lampe allumée,
> une fumée qui monte,
> croire que le bonheur
> est toujours chez les autres,
> c'était cela la vie.
> (Enfermé sans paroles
> avec des inconnus,
> n'était-ce pas la mort?)

Toute notre vie, nous aurons marché, avec tant de paroles vaines, vers notre silence.

« ... Et à l'heure de notre mort, amen. » – C'est Marie qui nous *met au monde.*

Longtemps je me suis dit, pour m'affermir contre les hommes : « Le pire qu'ils puissent me faire, c'est de me tuer! » C'était raisonner en enfant. Car, en fait, *ils* peuvent me faire peur, me faire mal et même, à présent, m'aliéner : me voler non pas ma vie mais mon âme.

Le fameux « sommeil du juste », c'est la mort.

Ces officiers dont parle Stendhal, « qui ont peur de tout sauf de la mort », je n'ai que cela de commun avec eux, mais mes raisons sont tout autres.

Un type seul devant son café-crème, dans le buffet d'une gare inconnue, au petit matin – voilà l'homme devant sa mort.

Ils veulent bien mourir pourvu que ce soit au son d'une musique militaire.

La mort est, pour beaucoup, une obscure revanche. (La mort des autres, naturellement.)

On passe sa vie a accumuler en vain de quoi ne pas craindre la mort.

Tous ceux que nous aimions et qui ont disparu seront, dans la forêt où nous serons perdus, les cailloux du Petit Poucet.

L'argent, irrémédiablement, empêche tout apprentissage de la mort.

(La mort qui joue à *la main froide...*)

A la guerre, du moins, et peut-être en toute circonstance on ne risque guère plus en s'exposant qu'en se terrant : la mort frappe dans le dos.

« Allons, il est dans un monde meilleur », assurent les survivants. Mais, quand ils parlent de lui, ils disent : Ce *pauvre* Untel...

Tout homme est Damoclès; il l'oublie seulement.

L'animal connaît, pressent, craint la souffrance – pas la mort. C'est qu'il n'a pas d'âme. Par paradoxe, seule l'âme immortelle a peur de la mort.

Il disait : On met une mentonnière aux morts pour les empêcher de bâiller aux anges...

Un milliardaire, son temps est moins précieux que celui d'un homme pauvre qui va mourir.

Comme d'un automate dont le ressort parvient à bout de course, l'instant de sa mort fixe *au hasard* sur un visage la souffrance, la rémission, la peur, l'espoir, tout cela dont le tourbillon constituait l'agonie.

Après quelque soixante-dix ans de grossesse, le corps meurt en donnant le jour à cet enfant, son âme, qui le faisait tant souffrir...

Les défunts meurent quelque temps après leur décès, quand notre infidélité cesse de les rappeler à la vie.

« Allons, allons, disent les bonnes gens, il ne faut pas pleurer comme ça : ça n'a jamais ressuscité personne... »

– Vraiment? Et quel autre moyen possédons-nous donc de ressusciter les morts?

Quand je t'ai prise par la main
tu t'étais déjà enfoncée
dans cette mer morte et glacée
où le cri se perd en chemin.
Et, lourde, tout au fond des eaux,
statue de toi, tu reposais.

En chacun de nous, dès le premier jour, la Mort a planté sa semence, et qui germe, secrète ou vite visible. Mais la Mort est pressée : elle triche sur son propre horaire – et ce sont les guerres, les crimes, les catastrophes...

Les timides se tiennent généralement bien devant la mort : toujours si désireux de ne pas se faire remarquer...

Les bons vivants font de bien vilains morts.

Il y a des gens tellement occupés qu'on se demande toujours comment la mort a pu trouver place dans leur emploi du temps...

Les grands malades meurent à l'aube. Pareils à la chèvre de M. Seguin, ils luttent toute la nuit; mais, au petit matin, à l'heure où les enfants naissent, ils leur laissent la place.

Les survivants font regretter les morts. Non que la mort choisisse les meilleurs, comme on le dit quelquefois, mais parce que la vie abîme les autres.

Les événements *démodent* les morts. « Elle était morte avant la guerre », dit-on.

« Le soleil ni la mort ne se peuvent regarder en face. » Mais Dieu oui, depuis Jésus-Christ.

Riches ou pauvres sont tous condamnés à mort, bien sûr; mais les riches croient longtemps qu'ils le sont « par contumace ».

Les grands de ce monde ont souvent quelque chose de dur dans le regard que, passé soixante ans, ils feraient bien d'atténuer car alors ils risquent à tout moment de changer d'interlocuteur...

La mort ferme les yeux des morts et ouvre ceux des survivants.

La Mort se venge des Malins
De la façon la plus cruelle :
En les laissant jusqu'à la fin
Amasser des armes contre elle.

Les vivants n'ont de cartes de visite qu'imprimées ; les morts seuls en ont de gravées.

Le « commun des mortels », c'est justement de mourir.

Une *révolte* n'est valable que si elle porte un espoir de modifier ce qui l'engendre. Devant la vieillesse ou la mort en soi, il peut y avoir de beaux *désespoirs*, pas de révolte.

(De toute une vie ne reste-t-il donc que ce sourire silencieux ?)

Il n'y a guère que la curiosité érotique qui puisse se comparer à celle que nous avons des choses de la mort – comme s'il s'agissait d'un antidote.

C'est un des mystères du Dieu vivant que sa chaleur se cache sous le froid des églises, le froid des couvents – le froid de la mort.

(« Si Dieu veut que j'en meure, c'est lui que ça regarde ! »)

Un homme qui s'adonne à la débauche, un homme qui travaille au-delà de ses forces, ne tentez pas de les effrayer en leur prédisant une défaillance cardiaque, la mort subite : ils ne souhaitent rien d'autre.

Mort du chrétien : « Dieu était avec moi et, brusquement, me voici avec Lui ! »

La mort est le dernier Oui du chrétien.

Une immense stupeur sur le visage de tant de morts; un rassérènement sur celui de certains autres. Comme s'ils se trouvaient soudain devant un spectacle auquel les premiers n'avaient jamais pensé, et que les seconds n'avaient jamais cessé d'attendre.

Ils meurent comme des chiens, et voici qu'ils sont reçus comme des rois...

« C'est moi, n'ayez pas peur... » – Voici, de la bouche même du Christ, la définition de la mort.

Il se leva, courut vers l'appareil, arracha le voile sous lequel se dissimulait le photographe : « J'en étais sûr ! » – La mort, c'était la mort, sous ce voile noir, qui s'apprêtait à le fixer pour l'éternité...

Peur ou non de mourir – finalement, voici la vraie définition du courage, de la foi. Peur ou non de mourir, mais seul, dans la nuit, face à face avec l'inconnu – et pas dans une brillante discussion d'après-dîner !

Tous comédiens ! De rôle en rôle, de costume en costume, jusqu'au suaire...

Pour les uns, la mort est gothique; pour d'autres, plutôt romane.

Notre pays, notre ville, notre maison : *là où quelqu'un nous attend.* Pour les âmes désespérées, c'est la mort, elle seule.

Nos parents sont morts avant nous; et les parents de nos parents, et ainsi de suite, en amont. Nous devrions pénétrer dans le tunnel aussi « tranquilles » que le wagon qui ne s'y engage que lorsque la locomotive en est déjà sortie.

En France, c'est une prescription légale que de fermer les yeux des morts. C'est la seule protection que nous confère la loi contre Baudelaire, Edgar Poe et Hitchcock.

La mort est le moment où Dieu retourne le sablier, mais à jamais.

On dit parfois que le temps passe,
Mais, hélas, c'est nous qui passons.
Nous sommes des petits garçons
Et le temps un oiseau rapace.
Il vole, plane, fond sur nous
Qui tombons enfin à genoux
Et qui, tandis qu'il griffe et mord,
Reconnaissons enfin la Mort.

« Assurance sur la vie » est un euphémisme commercial. On devrait dire : « Assurance contre la mort » – mais ce serait une formule dérisoire.

Les nobles, leurs *armes* ne les défendent pas contre la mort.

« Et voici que je m'en vais aujourd'hui par le chemin de tout le monde... » – Ce sont les adieux de Josué aux siens.

Rien ne nous apprivoise à la mort, rien ne nous met de plain-pied avec elle mieux que ne le fait la musique.

(Nous qui marchons tous vers le marbre...)

« Est-ce qu'il s'est vu mourir ? » est une question qui trahit celui qui la pose.

Saint Joseph, « patron de la bonne mort » ? – Certainement pas. Ce n'est pas une bonne mort que de laisser derrière soi ceux qu'on aime, que de laisser la charge et la responsabilité de tout à celle qu'on voulait tant préserver. La « bonne mort », pour ceux qui s'aiment, c'est de mourir ensemble.

Les pauvres, les êtres sans défense ont plus peur de leur vieillesse que de leur mort : du connu que de l'inconnu – des autres hommes que de Dieu.

On devine sa mort de l'intérieur, et on la lit sur le visage des autres.

Tout ce qui concerne la mort se veut noir ; tout ce qui concerne la guérison, blanc – obstinément, laborieusement, naïvement blanc.

Un soir de juin, j'éprouvai comme jamais l'assurance que j'allais mourir. Non pas sur l'instant, mais un jour – ce qui n'a rien d'original, mais qu'on ne ressent guère qu'en esprit. Ce soir-là, ce fut une certitude physique, viscérale. Et toutes choses m'apparurent (je me trouvais sur le quai d'une gare de campagne, entouré d'inconnus), non pas comme devant être quittées, mais comme devant me survivre. Le moindre arbre, la plus vilaine bâtisse en prenaient à mes yeux une majesté extraordinaire. *Ils me jugeaient;* c'était le monde à l'envers et, n'eût été la pensée de Dieu (qui suffit à remettre tout en place), le désespoir m'eût terrassé.

Cela ne dura qu'un moment; assez toutefois pour me faire partager la vulnérabilité des incroyants, mesurer l'abîme qu'ils ne cessent de côtoyer, et comprendre qu'ils puissent chercher l'assurance ou l'oubli dans le pouvoir, les plaisirs ou l'argent.

Mes parents m'ont donné la vie; je la leur rends mystérieusement en me souvenant d'eux.

On les inhume avec leurs secrets, gravés sur leur face, indéchiffrables. Autant enterrer un obélisque.

« Nous ne devons jamais donner la mort parce que nous ne savons pas ce que c'est. » *(Cocteau.)*

Le salaire ou le châtiment de ceux qui se font une certaine conception de la vie est qu'il leur en vient une certaine conception de la mort.

Les morts ne sont collectives que vues de l'extérieur, voilà une évidence. Toute statistique concernant la mort est inhumaine.

Pour mourir en paix, il suffirait d'avoir juste un peu plus confiance en l'autre monde qu'en celui-ci : en Dieu qu'en nous.

Panurge nous aide à mourir.

Le cœur cogne si fort et si longtemps que Dieu finit par lui ouvrir.

O mort, sentier battu,
tant de pas familiers
t'ont déjà aplani :
de quoi aurais-je peur?

Ceux qui furent des enfants mal aimés, des hommes injustement condamnés, ce que les autres appellent des ratés, se rangent volontiers à l'extrême gauche. Ils attendent de la Révolution ce que seule la mort leur donnera : une mère, un juste juge, un destin à leur mesure.

Le seul lieu où il me soit impossible de songer vraiment à ceux que j'aimais et de prier pour eux est le cimetière où demeurent d'eux des restes inimaginables.

« Rendre son âme à Dieu » – en cinq mots, voici l'essentiel de la foi.

Un peu d'imagination rend la mort terrifiante; un peu plus la rend familière.

« Aussi vrai que Dieu vit et que tu vis toi-même, dit David, il n'y a qu'un pas entre moi et la mort... »

(Touchant la mort, j'éprouve quelquefois le pressentiment d'une immense simplicité.)

A certains moments, on sent que presque rien, l'épaisseur d'une paupière, vous sépare de l'autre monde. Pourquoi faudra-t-il, le temps venu, agoniser interminablement?

Au moral, on ne devient véritablement adulte que le jour où l'on admet sincèrement que votre propre mort n'est pas ce qui peut vous advenir de pire.

La mort, c'est le trou de l'aiguille. La mort, c'est le détroit : le fleuve tumultueux qui charrie pêle-mêle regrets, remords, projets, souvenirs, doit passer par le minuscule canal pour déboucher dans l'océan. Mais celui-ci est d'une tout autre eau.

Être prêt à mourir à tout moment est le propre des hommes en guerre et de ceux qui vivent dans une paix extrême.

(Devant les femmes les plus éclatantes et les hommes les plus puissants, il m'est souvent arrivé de penser : « Son cœur peut s'arrêter, là, maintenant... »)

Les morts, on les endimanche
mais l'Homme à la robe blanche
les recevra sans apprêts.

Ce qui éloigne de Dieu tant d'humains, ce n'est pas tant qu'il leur semble avoir partie liée avec la morale qu'avec la mort.

En langue arabe, il existe, paraît-il, deux cents mots pour désigner la mort. Mais je doute qu'à eux tous ils parviennent à la définir.

Certains mettent soixante ans à mourir subitement.

Lorsque par caractère, profession ou mauvaise santé on est amené à vivre au bord de la mort, il vaut mieux vivre au bord de Dieu.

Il faut mourir ayant fait *à la fois* le plein et le vide.

Quand le petit enfant priait, il pensait : « ... et à l'heure de notre *moramène!* » – et il se demandait, avec plus de curiosité que d'anxiété, ce que pouvait bien être cette « moramène ».

« Nous mourrons tous... » – Cette pensée si banale peut consoler les meilleurs et les pires.

Toutes funérailles rassemblent des vivants autour de leur mort à venir.

« Puisque enfin tu vas tout savoir sans apprendre, désapprends donc ce qui ne t'a rien fait savoir... » *(Léon-Paul Fargue.)*

Certains meurent de la présence des autres, assez lentement ; certains, de leur absence, très vite.

Je les vois dans d'autres plaines
Vivant d'un autre printemps.
Je les vois au bord du Temps
Observant nos longues peines.
S'il leur restait une haleine
Leur cœur serait haletant.

(Le dimanche, à l'église, durant la messe, je ne tressaillirais même pas en reconnaissant mes morts parmi les assistants.)

L'image qu'on se fait de la mort physique dépend de l'approche qu'il vous est arrivé d'avoir d'elle. Par exemple, celui qui a manqué une fois se noyer y prévoit un étouffement sans recours ; le cardiaque, un évanouissement définitif ; le diabétique, un immense vertige. Et peut-être ne sera-t-elle, pour chacun d'eux, rien de cela. Ou peut-être tout cela à la fois.

Cancer ou pas, chacun est d'avance habité par sa mort.

La mort ne nous guette pas, comme on le dit ; c'est nous qui la guettons.

« Les coliques de *miserere* » – c'était, dans mon enfance, le nom que les paysans donnaient à l'appendicite. Quel merveilleux surnom pour l'agonie et la mort !

Nos pauvres honneurs funèbres commencent avec les volets clos. On ferme les paupières, puis les persiennes.

« Pourquoi, parmi tant d'expressions familières (qu'il ne cessait de se remémorer comme un avare compte et recompte son trésor et dont il pressentait déjà qu'une à une elles lui échapperaient), pourquoi avait-elle choisi – mais non, bien sûr, elle n'avait rien choisi ! – celle-ci qui resterait gravée dans sa mémoire parce que, sur ce visage mort, il l'avait observée, une nuit durant ? Pourquoi justement cette expression de dégoût, de détachement, qui paraissait récuser leur amour, réduire à rien leur vie entière ? »

Les chrétiens ont, comme chacun, peur de la mort ; mais, pareils aux enfants, ils aiment assez leur peur.

(Il agonisait ; il paraissait très loin de nous ; et soudain il chuchotait une petite phrase toute simple mais surprenante : « La cloche du dîner... » ou : « En octobre, une autre floraison... »)

La mort nous met dans de beaux draps !

L'agonisant accouche de son âme ; certains le font sans douleur.

C'est à pas comptés
Que je vais vers Toi,
comptés par Toi-même.

Considérer tout humain comme un iceberg : pressentir sa masse *immergée*, secrète, essentielle. A sa mort, il bascule invisiblement.

L'odeur des vieilles maisons, c'est le secret de leurs morts.

On n'a pas « la mort que l'on mérite » ; mais parfois celle que vous *mérite* l'amour que vous portent les autres. Cela se nomme, en chrétienté, la Communion des saints.

Celui qui a toujours eu peur de tout aura moins peur de la mort que les fanfarons.

Politesse. – « Je ne vais pas très bien », disait le moribond. « Il est très fatigué », disait son entourage.

Mourir pour fuir ; mourir pour retrouver ; mourir pour rencontrer... Et c'est le même verbe qu'on emploie !

Lorsqu'un chrétien dit qu'il est « prêt à mourir », cela signifie seulement qu'il a compris qu'on ne le serait jamais.

Les gens qui ont toujours raison, seule la mort aura raison d'eux !

La plus grande tentation du chrétien est de mourir pour fuir ces temps inhumains dont le Seigneur semble s'éloigner jour après jour. C'est le piège ultime du démon.

Je me vois cheminant
interminablement,
seul, absolument seul,
mais joyeux cependant,
le visage levé
et les yeux grands ouverts,
si sûr d'apercevoir
tout au bout de ma nuit
la fenêtre allumée...
L'au-delà est peuplé
de ces petits Poucet
qui marchent en silence
vers la lueur sentinelle
qu'ils ne méritent pas
d'apercevoir encore.

Mourir comme on se déshabille, le soir, sa journée accomplie. Se défaire de son corps comme d'un vêtement.

La plupart meurent morts ; et depuis si longtemps qu'on se demande comment Dieu les ressuscitera !

Mozart nous fait penser aux morts de la seule manière qui convient : avec une allégresse pathétique.

(Lieu à l'écart où Dieu m'attend. Longtemps ce fut l'église, à présent c'est la mort.)

Tous les morts ont, de quelque façon, le même âge : ils sont sortis du temps.

Les petits bonheurs n'ont plus guère de prise sur un homme qui va mourir. C'est même à cela qu'il l'apprend.

« La face *retirée* », dit du Christ mort sainte Brigitte.

Parce que notre existence n'aura été, en tout domaine, qu'un interminable contentieux, voici qu'en son dernier instant, le souci de notre évidente indignité risque de nous cacher, de nous gâcher l'immense espoir de voir l'Amour face à face !

Ils disent du bien des morts pour s'en faire des amis parce qu'on ne sait jamais...

« C'est peut-être qu'après tout je suis un type bizarre. Les morts ne me gênent pas du tout ; ce sont des vivants que j'ai peur... » (LEMMY CAUTION, *Peter Cheney*.)

Beaucoup « perdent la foi » en touchant le fond du désespoir ou en affrontant un deuil ou une injustice – c'est-à-dire au moment même où cette foi, qui est confiance, serait la plus justifiée. C'est donc qu'ils croyaient seulement l'avoir.

Il faut parler de la mort avec gravité, et de la sienne avec bonhomie, et que la différence ne se voie point.

Ce n'est pas en la rencontrant souvent qu'on se familiarise vraiment avec la mort – au contraire.

« J'ai tout dit, tout est accompli, murmure Thérèse de Lisieux en mourant, c'est l'amour seul qui compte... » – Mais surtout c'est l'Amour seul qui va compter.

L'univers de nos rêves nous effraie, et cette crainte rejoint confusément « la grande peur », celle de la mort. Car, sans autres motifs que la solitude, les ténèbres, les yeux clos, nous pressentons que la Nuit et la Mort ont un fond commun.

« On ne meurt qu'une fois... » – Et c'est dommage, car la seconde fois – demandez à Lazare ! – nous aurions moins peur.

(La mort m'intimide plus qu'elle ne m'effraie.)

La mort est tout ensemble notre seule certitude et notre plus grande incertitude.

Garde dans ton secret
celui qu'hier encore
j'aimais en souriant
et que j'aime toujours,
mais à travers mes larmes
et l'horrible respect
que nous portons aux morts.

Il n'existe pas de plus mystérieux contraste qu'entre ce qui, pourtant, se ressemble le plus : un homme vivant – et le même, mort.

« Je vous assure, dit l'éphémère, que lorsqu'on arrive au bout de sa journée, on est las à mourir... »

(Y parvenir les mains vides mais propres.)

Un croyant n'a peur de la mort que par manque d'imagination ; ou plutôt manque de confiance en l'imagination de Dieu.

L'image que bien des films d'aventures nous présentent de la mort est trompeuse et presque sacrilège. Par exemple, au moment d'entrer dans son éternité, l'agent secret ou le truand ne songent qu'à balbutier un indice, à transmettre un secret. La mort comme un ultime sursaut de conscience professionnelle, d'honneur, de courage, au moment même où toutes ces définitions basculent dans le néant – voilà qui est proprement dérisoire. Tous ces héros, qui ont passé leur vie à foncer en avant, meurent à reculons.

Il y a donc deux morts : l'une dont le Christ nous a délivrés, l'autre à laquelle nul n'échappe – pas même lui.

L'*égalité* de la neige, c'est celle de la mort.

« Voilà la fin... et ce n'est rien », dit Tolstoï en mourant.

Quand les morts se souviennent
ils ne savent jamais
si c'est de leur mémoire
ou si c'est de nos rêves
que naissent ces instants
qui leur rendent un cœur.

Le respect scrupuleux des dernières volontés d'un défunt relève souvent d'une étrange superstition. Dans la mesure où elles dépassent la personne même du mort et risquent de contraindre la liberté des survivants au nom d'un empire disparu, elles sont abusives. « Laissez les morts enterrer leurs morts ! »

Les athées ont souvent peur de la mort. Il est vrai que les aveugles, étrangement, craignent la nuit.

– Et toi le pauvre, toi l'infirme, qui as mendié toute ta vie aux portes de la cathédrale, entre à ton tour ! C'est pour toi enfin que jouent les orgues de l'éternité...

Aucune épargne n'y fait : on meurt par acomptes.

Son mari venait de mourir. Elle courut chercher la voisine. Elle paraissait folle de douleur ; c'était de terreur.

Tous les « mystères » dont s'émerveillent ou s'épouvantent les hommes sont de pacotille. Il n'en est que deux essentiels, inconnaissables, incompréhensibles : l'Amour et le Mal, *Dieu* et la *Mort* – et ils communiquent.

Tôt ou tard, chaque lit sera un « lit de mort ».

Vieilles personnes devenues étrangères à leur siècle, persécutées par l'Administration, succombant sous les formalités... Elles voudraient bien mourir tout de suite, si seulement elles étaient sûres d'avoir tous les papiers nécessaires !

L'injustice devant la mort est la plus choquante de toutes.

De la Mort nous ne connaissons que l'envers, incompréhensible et répugnant ; cela fausse tout.

O mes amis d'ivoire,
votre front couleur d'aube,
vos ongles transparents !
O le fleuve de sang
arrêté sous les glaces,

ô dégel invisible!
– Et nous, gardiens pesants
d'un peuple de statues...

On a disposé un à un, sans trop savoir pourquoi ni comment, les petites pièces, claires ou sombres, de la mosaïque; et soudain, en prenant un recul mystérieux, on en voit d'un coup le dessin. De son vivant parfois.

Un mort étendu sur sa couche nous paraît devenir un être à deux dimensions. En fait, il est tout absorbé dans une troisième, invisible, vertigineuse.

De la plus petite, de la plus noire de toutes les graines, germe très vite ce grand arbre, la peur de mourir – et il portera ombrage à toute notre vie.

Saints, héros, dandys, leur force vient de ce qu'ils n'ont pas peur de la mort, que ce soit par foi, par inconscience ou par frivolité.

(Regarde cette chambre : le moindre tabouret t'y survivra...)

Chacun possède deux armes absolues : sa mort, et la nôtre.

Nous aussi, rois ou bergers, nous marchons vers notre Bethléem : vers la plus grande joie au sein du plus grand dénuement.

Pavlov – L'odeur du chrysanthème apprivoise bizarrement à la mort.

Tout est mortel ici !
Et les plus beaux palais,
le soir y tombe aussi.
Et les cœurs les plus fiers,
allez! la mort sait bien en trouver le chemin...

La « difficulté d'être » vient de notre permanente angoisse de soudain n'être plus.

Suivre anxieusement la mode, se vouloir toujours « dans le vent », c'est aussi prétendre, inconsciemment et vainement, tourner le dos à la mort. Tous les êtres vraiment métaphysiques se moquent de la mode.

Certains se tuent comme d'autres émigrent.

Inhumaine, tellement inhumaine, la mort, que Celui qui savait que, trois jours plus tard, il ressusciterait, frémit à son approche avec une sueur de sang.

Le mort dans son habit de fête
entre aux dimanches éternels.

On peut parvenir à s'imaginer hors de la peur, de la violence, de l'injustice, de la lutte, de l'incompréhension – mais pas hors du temps.

La mort, c'est l'été qui se déguise en hiver pour nous effrayer.

Une nuit, durant la guerre, un avion en détresse se mit à tourner au-dessus de notre maison, de la Seine, du Louvre, interminablement, avant de s'abattre au milieu de la Cour carrée. Cette ombre immense, ce ronflement qui s'approchait, s'éloignait, revenait – et notre peur, au même rythme – *c'était l'image même de la mort.*

Tous les M. Seguin du monde meurent à l'aube, comme leur chèvre, après avoir lutté toute la nuit.

« Personne ne meurt : on ne sort pas de Dieu. » *(Jacqueline Vialard.)*

La mort est une auto
que conduit un aveugle,
qui roule n'importe où,
écrase ceux qu'on aime
et ne s'arrête pas.

Vers l'âge de cinquante ans, j'accomplis ma révolution. Ou plutôt, elle s'opéra en moi – quelle part prend l'iceberg à son retournement ?

Auparavant, je pensais à la mort (et même chaque jour) mais, comme chacun, je la voyais à travers la vie, au bout du corridor. Je m'avisai, ce jour-là, que tout avait basculé : *c'était la vie, le restant de ma vie que désormais je voyais à travers la mort.*

Tout s'en trouvait transformé, quoique invisiblement, comme dans un miroir. J'avais « digéré » la certitude de mourir : de mourir dans la peur, quelle que soit ma foi ; dans la solitude, quel que soit l'amour des miens ; et dans des souffrances que je n'aurais peut-être pas le courage de supporter dignement. Bon. C'était une chose acquise ; à jamais je me tiendrais de ce côté-là de la frontière.

Et cependant, au cœur de ce désespoir accepté, il y aurait encore le soleil de juin, le vent vivant, l'odeur du muguet, les dialogues des petits enfants, les fêtes qu'on prépare, les veilles de vacances... Que c'était bon de vivre, même à l'ombre constante de la mort ! Décidément, *pour la première fois, la joie l'emportait.* J'avais cinquante ans.

Je consens que la mort ne soit qu'un sommeil, pourvu qu'on y rêve du Royaume.

Il disait de la plupart des distractions : « Ce ne sont que des *cache-mort...* »

Mort, n'importe quel imbécile soudain nous impose. En fait, ce n'est pas lui, c'est Dieu.

Peut-être meurt-on fasciné ; on en donne l'apparence.

La mort, la mort seule apprend aux vieux singes à ne plus faire de grimaces.

Mon Dieu qui m'avez tout donné
Et qui pouvez tout me reprendre,
Eh Dieu! S'il le faut, reprenez
Ceux que j'aime, ce que j'aimais,
Mais ne me demandez jamais
Comme à Abraham de vous les rendre!

(Ses yeux nous cherchaient : des oiseaux vivants dans un arbre mort...)

Ils compulsent leur agenda : « Voyons, voyons... malheureusement je suis pris jusqu'à... » – Ils se sentent assurés de vivre jusqu'à la fin de leurs occupations; ils croient qu'ils dureront autant qu'elles, alors que c'est seulement le contraire.

Pour le seul voyage important, la plupart ne savent pas composer leur bagage.

La mort est un tourniquet où l'on passe un à un. Lorsqu'une guerre, une épidémie, une catastrophe en font un portillon où l'on s'engouffre, nous nous affolons.

« J'emporte votre image. Chassez vite la mienne! » dit le mort sans un mot.

Ce n'est pas assez dire qu'on meurt seul : on meurt abandonné, trahi. Et non pas au dernier instant mais depuis des années. Le siècle où nous vivons nous devient étranger. Il appartient, et c'est justice, à ceux qui vont y vivre plutôt qu'à ceux qui vont le quitter. Abandonnés, trahis *par l'œuvre de nos mains.* Les vieillards ne sont pas seulement dépaysés, mais amers.

Il faut *mourir guéri :* guéri de l'orgueil, de l'argent – de la terre.

Lèvres mauves et mains blanches :
lilas, couleur d'agonie...

C'est une grande chance, pour les vivants qui l'entourent, que les yeux d'un mort demeurent fermés.

Dites, si le printemps
Vous en laisse le temps,
Ne pensez, qu'un instant,
Aux morts qui l'aimaient tant!

Seuil de la mort, jamais usé malgré tant de passants...

« J'ai vu quelque chose de magnifique... Vite, écrivez! » – On s'approcha : il était mort.

(EDITH STEIN. *La fin d'Husserl.*)

Contre toute apparence, la devise de la mort c'est « Entre dans la joie de ton maître ! »

Il y a un contraste si *honteux* entre la Beauté, la Transparence, la Lumière, et puis « ce quelque chose qui n'a de nom dans aucune langue » – entre la fosse étroite, obscure, puante, et l'espace – qu'il rend le piège évident.

Partir au loin, fuir la mort familière : partir pour Samarcande, non pour la déjouer mais pour ne pas finir à la Garenne-Bezons!

Il n'y a que le premier trépas qui coûte. (Ceci est plus qu'une boutade.)

Importance de la barque funèbre dans la symbolique funéraire. Parce qu'il s'agit de passer sur une autre rive, sans doute; mais peut-être aussi parce que le mort lui-même ressemble à une barque. Il flotte, tout d'une pièce, à la surface de notre vie; il dérive invisiblement, la face tournée vers le ciel.

Pour peu qu'on en prenne l'habitude, on anticipe sans peine la mort sur chaque visage – et premièrement sur le sien.

Entre le Seigneur et nous, la mort dresse son mur. Et la plupart, pour l'oublier, y suspendent leurs trophées ou y affichent leurs images érotiques.

Comme au fond de soi descendu,
Le mort, en son absence hautaine,
Roide, froidement étendu,
Rend seul à l'Ame souveraine
Le muet témoignage dû.

Tout *rituel*, familial ou passionnel, est une naïve assurance contre la mort. Entre tant d'habitudes quotidiennes où pourrait-elle se glisser? Toute manie est panique.

Passé un certain âge, les morts n'arrêtent plus d'enterrer leurs morts!

La mort est le sel de la vie; ceux qui « ne pensent jamais à la mort » n'auront pas tout à fait vécu.

La certitude que chaque être est unique et irremplaçable entraîne comme son ombre l'insupportable paradoxe qu'il soit mortel.

Cimetières au ventre plein...

(Sur la voiture bariolée d'un jeune, cette inscription : « Je ne voudrais pas mourir sans avoir goûté la saveur de la mort. »)

Ce même mot, la mort, désigne un *instant* et un *état* qui, pour le croyant, n'ont rien de commun.

Certains aiment la compagnie des vieillards parce qu'ils se figurent que ceux-ci se tiennent entre la mort et eux.

Un invisible clair de lune éclaire tous les morts.

L'océan, la tempête, la nuit... – Il faut très tôt se rendre disponible à l'immense pour l'être à la mort, le moment venu.

Pour chacun de nous, après une longue vie, mourir est à peu près la seule situation sans précédent.

Quand on perd un enfant tout petit, on le pleure surtout au conditionnel.

Dieu passe à tous ses morts
Des menottes de buis.
Fragiles, si fragiles :
un geste, elles se brisent!
mais un si petit geste
dépasserait tes forces.
Absent, secret, lointain,
le combat que tu livres
hors de toi, hors du temps,
requiert toute ta force...

Les morts sont trop sages... Allons, cela cache quelque chose!

Le teint des « bons vivants » est plus effrayant à mes yeux que celui des morts.

Entre la mort et soi il faut toujours avoir un grand dessein ou une constellation de petits bonheurs. Si l'on perd l'un ou l'autre on devient sans défense.

(Ce n'est qu'un moment à passer
– mauvais moment, je le concède...)

« Mais je ne fais aucun cas de ma vie. Je désire seulement aller jusqu'au bout de ma course... » – Cette parole de saint Paul a très tôt été mienne.

Il faudrait parvenir à n'avoir, de la mort, qu'une peur toute physique, inévitable, irrépressible, tel le vertige.

Un homme qui, l'âge en étant venu, cesse de travailler, l'un des rideaux qui le séparent de la mort, le plus épais peut-être, vient de se lever.

« Pourquoi cherchez-vous parmi les morts celui qui est vivant? – C'est la parole qu'on devrait graver sur le porche de tous les cimetières.

O mort, sombre patrie
d'où nul n'est revenu,
d'où ne filtre jamais
un seul rai de lumière,
pays éblouissant
où marchent les aveugles
en souriant d'avance.

Il existe deux façons de mourir dignement : en songeant à ceux que l'on quitte; en songeant à ceux que l'on rejoint.

Si jamais tu as souhaité une fois, une seule fois, la disparition d'un homme; si tu as jamais songé une fois, une seule, que la mort de quiconque (même de vieillesse ou de quelque maladie incurable dont il était atteint) arrangerait tes affaires, simplifierait ta vie – alors, ne te plains jamais de ta mort!

« Grande loterie de la mort! Approchez, approchez... Il y en aura pour tout le monde, et c'est gratuit... Tirage chaque jour, tirage à chaque instant!... »

Cette *joie terrifiée* qu'éprouvent les enfants quand on va leur raconter certaines histoires – voilà peut-être ce que nous ressentirons à l'heure de notre mort...

(D'un visage à l'autre, des différences exquises; d'un squelette à l'autre à peu près aucune.)

Quant à leur mort, les humains sont pareils à ces joueurs fascinés par leur partie et qui ne s'avisent pas que l'autre blanchit déjà derrière les rideaux fermés.

Promis à la mort, nous le sommes tous; mais le croyant lui est « promis », au sens de fiancé.

> Gravez sur le revers mon profil périssable
> Et, sur l'autre face, la mort.

Entre deux morts, quand on le peut, ne pas choisir la moindre.

Une prison, un hôpital... On se fait, des lieux que l'on redoute, des représentations terrifiantes – et l'on est tout étonné de les trouver si *simples*, semblables à ce qu'imaginait l'enfant qui demeure au fond de nous et que nous passons notre vie à faire taire. Qui sait si, pareillement, la mort...

> Quand on va mourir
> on revoit sa vie
> toute en un instant.
> Moins long qu'un clin d'œil,
> moins qu'une seconde :
> pas même le temps
> de dire « mon Dieu! »
> c'était ça la vie.

La seule façon de « garder ses distances » avec la mort est justement d'en avoir sans cesse la pensée toute proche.

Il avait accumulé tant de titres, de distinctions... Ce n'était plus un homme, c'était une épitaphe!

Pour les uns, c'est « se colleter avec le néant »; pour d'autres, se confronter à soi; pour d'autres, se noyer en Dieu.

(Tous leurs pauvres « trompe-la-mort », il y a longtemps qu'ils ne me trompent plus...)

Certains matins, la trajectoire de notre vie se rapproche dangereusement de l'astre noir, nous entrons dans sa zone d'attraction. Aucun symptôme physique, mais une certitude insidieuse, une attente plus ou moins angoissée selon l'état de notre âme.

Et puis cela passe : les astres reprennent leurs distances, on trouve de nouveau de l'intérêt aux choses que cette lumière noire avait absolument dénuées d'intérêt. On est « sauf », cette fois encore. – Un matin, on ne l'est plus.

Il est mort : il a rendu à Dieu son sablier.

« J'étais dans la joie, alléluia, quand on m'a dit : Nous allons vers la maison du Seigneur... » – Ce psaume nous aura accompagné tous les dimanches matin; qu'il soit celui de notre agonie!

Les jeunes ne comprennent pas que les gens âgés se résignent ainsi à leur sort. Ils ne conçoivent le désir d'en finir que comme un geste passionné, pas comme une humble et lasse acceptation.

La mort n'est pas un aigle :
elle fond sur sa proie
sans même la viser,

sans la choisir, parfois!
Elle court au plus vif,
au plus proche, la mort!
Au plus inattentif...

(Ils auraient peut-être moins peur si, au lieu de songer qu'ils vont *comparaître* devant Dieu, ils songeaient que Dieu va leur *apparaître*.)

Respecter en chacun le drame qui s'apprête.

Mon meilleur ami, qui a été tué à la guerre, lorsque je le reverrai, quel âge aura-t-il ? Je veux dire : Quel visage ? – Et si nous nous ressemblions, s'il avait vieilli en même temps que moi ? ou si je lui montrais, moi, afin de ne pas le dépayser, le visage qu'il m'a connu ?... – Voilà une rêverie stupide, mais elle me met les larmes aux yeux.

Si l'on mourait recroquevillé, comme certains insectes, et non roide étendu, tout le folklore, tout l'art funèbre en seraient transformés.

Ceux qui prétendent « envier les morts » l'affirment par haine ou peur des vivants plutôt que par amour de Dieu.

(Moins j'avais peur de la mort et moins je m'en vantais.)

Les humains préfèrent mourir violemment : cela les dispense d'y penser.

« Longue et douloureuse maladie »... – Ce n'est pas du cancer qu'il s'agit, mais de la peur de mourir.

Vous croyez veiller un mort, mais déjà c'est lui qui veille sur vous.

Espèrent-ils donc passer la mort comme la douane, en trichant ?

Cadavre raide comme un tremplin – comme un tremplin qu'il est...

La bague de la morte,
je l'ai mise à mon doigt
– et c'est une alliance
plus forte que la vie
qui m'a pris par la main,
me guide et me conduit
par le même chemin...

Pour entrer dans la mort comme pour marcher sur les eaux, la seule recette est : « Ne crains point, crois seulement ! »

Les hommes, *pas les femmes,* jouent volontiers avec la mort pour ne pas qu'elle joue avec eux. Ils veulent garder l'illusion de mener le jeu.

(Je me suis préparé trop tôt à la mort ; et je ressemble à ces prévoyants qui arrivent une heure à l'avance à la gare. Le train n'est pas encore formé ; ils vont et viennent sans but ; tout leur semble étranger.)

Les hommes en guerre s'attendent à chaque instant à la mort, et cela les dispense de penser *vraiment* à elle.

Certains malaises (et certains seulement : cœur, indigestion...) sont, on le pressent mystérieusement, comme une maquette d'agonie.

Nous vivons *en pointillé* le long de la mort.

Les pauvres semblent mourir pêle-mêle, mais Dieu les reçoit un à un.

On meurt toujours jeune : soit qu'on ait très tôt – c'est le cas de beaucoup – tué en soi toute jeunesse ; soit qu'on ait su la préserver, et ce sera jusqu'au dernier souffle.

Il ne faut pas trop écrire à l'avance sur sa propre mort. On s'expose au démenti, et parfois au ridicule.

La Mort et le Sommeil
étaient deux lacs jumeaux.
O nageur imprudent
qui dors entre deux eaux,
d'un grand coup de talon
remonte vers la vie!

Henry de Bournazel, « l'homme à la veste rouge », la première fois qu'écoutant des conseils de prudence il dissimule cette vareuse légendaire sous une djellaba grise, des balles ennemies l'atteignent. – « C'est embêtant, toubib, de mourir sale! » murmure-t-il au médecin, et il meurt.

Il faut marcher *du même pas* dans la vie et vers la mort : c'est la seule façon de franchir la frontière sans trop d'appréhension. Mais choisissez votre pas à l'avance.

Devant la mort, la peur commune à tous les humains est celle de l'inconnu. Mais le croyant craint en outre – c'est son ultime tentation – que tout ce qu'il espère de l'au-delà n'existe pas. Dans ce cas, cela ne l'intéresserait guère non plus de vivre...

Ce qu'on peut apporter de plus précieux aux vieillards, c'est l'imprévisible. Leurs petits-enfants le leur apporte. La mort aussi.

Lorsque j'étais enfant, j'étais sûr que j'aurais eu le courage de mourir avec Jésus pourvu qu'à aucun moment je ne l'eusse quitté du regard. La recette demeure valable.

Depuis un demi-siècle, le cinéma dilapide la mort et la démonétise.

(Allons, Dieu qui vous a aimé, votre vie durant, ne va pas vous abandonner au moment où vous voici dépouillé de toute amour humaine!)

Nous formons la *race rose*; la race blanche, ce sont les morts.

(Instants où le monde est si beau qu'on éprouve la tentation de mourir sur-le-champ pour le retrouver à jamais...)

Compagnons de la nuit,
la Mort vient en dormant!
Il faut voler le temps,
sinon c'est lui qui vole
votre âme à chaque instant!

Il faut commencer très tôt à déjouer les épouvantails si l'on veut parvenir à récuser à temps le dernier de tous qui est la mort.

Ils n'avaient jamais cessé de laisser leur porte ouverte à tout venant, durant des années. Un soir, la mort entra.

L'orgue nous fait trembler et nous met les larmes aux yeux parce que l'orgue c'est la mort. Dans le silence d'une salle d'hôpital, dans la cellule où un prisonnier vient de se pendre, le grand orgue résonne soudain. Ni les infirmières ni les surveillants ne l'ont entendu : le mort, seul.

Lorsque, un demi-siècle durant, tout s'est toujours révélé tel qu'on l'imaginait, de quoi serait-on encore curieux excepté de la mort?

Le vrai « repos du guerrier », c'est la mort.

Mourir comme l'architecte Gandi, écrasé par un tramway et le chapelet s'échappe de votre main... Dans une rue de Barcelone ou d'ailleurs; par un tramway ou autre chose : peu importe, on meurt toujours écrasé – *mais priant...*

(Cet instant entre tout et rien – ou plutôt entre rien et tout.)

La mort inverse, d'un coup, la situation : elle nous fait retrouver ceux que nous aimions et nous languir de ceux que nous aimons.

Le moins que l'on puisse espérer est que notre mort ne nous ridiculise pas.

La mort est comparable à ces lumières aveuglantes qui, mieux que tout rideau, nous masquent ce qui se trouve derrière elles.

C'est Abel, le pauvre mort
que personne ne précède.
Il fait son chemin tout seul...

On croit éclairer les mystères par des comparaisons; on les fausse seulement. Ainsi lorsqu'on imagine la mort comme un abîme où ne cesse de s'engouffrer un flot de vies, d'actions, de pensées... La *mort-poubelle*. – Mais non! Quand il s'agit de l'homme, du trésor distinct de pensées et d'actions que représente chacun, il n'est pas permis de risquer une seule image imprudente. Chaque homme « passe à Dieu » avec armes et bagages, connu, reconnu, accueilli, unique. Dix mille meurent ensemble dans une catastrophe; chacun arrive seul. Tel est le contenu de notre foi; telle est la logique de Dieu, la définition de l'amour et de la toute-puissance. Comment Dieu peut-il aimer chacun de nous (le vieil esclave africain, l'enfant débile profond, l'assassin) comme un fils unique? Voilà le véritable mystère dont la mort n'est que l'enveloppe. Il rejoint cet autre: l'infini; qui rejoint cet autre: l'éternité. Comme les huit « Béatitudes », tous les mystères communiquent; ils sont conjoints, indissociables. En rejeter un seul, c'est les récuser tous; en accepter humblement un, c'est écarter toutes les murailles d'un coup. Les mystères ne se cumulent pas; ils se déduisent l'un de l'autre, s'éclairent l'un l'autre. Dieu, l'Amour, la Mort, c'est tout un.

« Sentant venir le froid éternel », écrit de Gaulle. Ce n'est pas le froid éternel que je crains, le froid *passager* seulement.

(Mon Dieu, je vous fais cadeau de ma peur de mourir. Tout le reste est déjà à vous, mais celle-ci est bien à moi. C'est tout ce que je peux vous donner.)

Peuple des morts, « peuple à la nuque raide », comme dit la Bible.

Agonie, râles, soubresauts. La vie s'écoule de vous trivialement comme l'eau dans un évier. On ne meurt pas, on se vide.

Remords rime avec *morts.* Aucun vivant n'a, devant aucun mort, la conscience tout à fait tranquille.

Quand la Mort les arrête
ils restent interdits,
ils se tiennent tout droits,
on leur passe aux poignets
les menottes de Dieu :
les voici ligotés
par quelques grains de buis.

« Je voudrais tant trouver les mots pour te dire adieu – et je ne trouve que « À Dieu! » »

On peut sentir approcher la mort moins au vieillissement de la carcasse qu'à un certain rajeunissement de l'âme.

Fontaine de la Vie
qui t'abreuves plus bas
que nos yeux, que nos pas :
aux nappes de la Mort...

Il faut prendre toute douleur, toute contrainte, toute solitude involontaire comme un apprentissage de la mort. Toute joie aussi.

Si seulement il y avait une justice *devant la mort* : si celle des pauvres et celle des riches, celle des bons et celle des méchants, etc., était finalement la même, les hommes auraient moins de peine à croire qu'il y a une justice *après la mort.*

Que mon meilleur ami saute en parachute devant moi ne m'épargne pas l'appréhension de me jeter à mon tour dans le vide; mais la pensée que je vais le retrouver au sol me soutient.

Ils conduisent leur vie comme on fait un *puzzle*. Et, quand la dernière pièce est posée, ils n'ont même pas le temps de comprendre, les malheureux, ce que tout cela représentait!

Nous vivons, Dieu merci,
dans la maison des morts :
c'est ce qui les fait vivre.
Vite, bâtissez-vous
des logis de tendresse!
Et pas pour vos vieux jours,
mais pour y revenir
lorsque vous serez morts.

Dans mes meilleurs moments j'éprouve devant la mort la curiosité tremblante des enfants qui attendent derrière la porte, le matin de Noël.

« Linceul » rime pathétiquement avec « seul ».

Aimer vraiment quelqu'un, c'est vouloir de toutes ses forces se trouver à jamais où lui-même se trouve. Serait-ce un lieu inconnu – la mort, par exemple.

Janus. – Ce n'est pas le visage du mort qui me fascine, mais son « antivisage ».

(Ultime dénouement. Ultime dénuement.)

Est-ce un mur ou est-ce une porte?
Un trompe-l'œil, un trompe-l'âme?

Et suffit-il, pour que l'on sorte,
De ce sourire pour Sésame?

Quand un enfant naît, avant même de savoir s'il verra ou s'il entendra, nous savons qu'il mourra. La seule fée qui se penche sur tous les berceaux, c'est la Mort, Carabosse suprême. Elle vient planter la graine de toutes les peurs, de tous les désespoirs. Mais c'est de ce désespoir même qu'est né aussi tout ce que les hommes ont réalisé de beau, de grand, de vrai.

La mort, c'est l'inexplicable, l'inacceptable, l'inévitable.

« Vivre sa mort », comme ils disent, cela s'entame très tôt.

Socrate lavant son corps afin d'épargner aux femmes d'avoir à nettoyer son cadavre – voilà la mort idéale. Tout préparer d'avance, en tout domaine, ne déranger personne. Si seulement on pouvait s'inhumer soi-même...

Hâte ou peur de mourir?
Ou juste un peu des deux
et, suivant l'air du temps,
passer de l'un à l'autre...

Face à la mort comme face au chirurgien, on ne s'en tire honorablement que par la confiance.

La chaîne partait du quai, bien visible, solide, tendue – et soudain elle disparaissait entièrement dans le brouillard. Pas une secousse, pas un bruit. Et je me dis : « Ce qu'elle amarre à notre port, invisiblement, c'est le navire des morts... »

Ils se défendent contre la mort comme un enfant défend contre la mer son château de sable : avec beaucoup d'agitation et aucun espoir.

Milliardaire. – Chaque jour de sa vie (et quelquefois à deux reprises dans la journée) il avait changé de linge de corps, et voici qu'il allait conserver ce linceul combien de temps ?

Encor quelques automnes
Et ce sera l'hiver :
Quelques tours monotones,
Puis le monde à l'envers !

(Je ne sais pas vers quoi je marche ; mais je sais bien à quoi je tourne le dos.)

Il est frappant que « le plus grand écrivain de la langue française » – Bossuet, selon Valéry – n'ait à peu près jamais parlé que de la mort.

Dans notre curiosité horrifiée de la mort, il entre le goût de l'inconnu (et même de l'inconnaissable), mais aussi celui de percevoir nos limites : une certaine *provocation de soi* qui définit le vrai courage.

L'âge nous éloigne des vivants et nous rapproche des morts qui deviennent bizarrement nos contemporains.

À peine une paupière
entre la mort et moi :
un ongle transparent,
une écaille du temps
entre la mort et moi.

Quel que soit votre âge ou le diagnostic des médecins et dussiez-vous mourir cette nuit, il vous reste à vivre un nombre d'*instants* incalculable.

« Il y a un baptême dont je dois être baptisé, dit Jésus parlant de sa passion, *et comme je voudrais qu'il fût déjà là...* » – Entre angoisse et espérance, cette impatience est quelquefois la nôtre.

Petits matins où l'on se sent
plus près des morts que des vivants...

Il y a parfois – attitude enfantine – une sorte de provocation du chrétien au sujet de la mort : parce qu'il n'a aucune preuve à fournir; parce qu'il a peur, lui aussi, et qu'il en a honte.

Mort, muraille effrayante, inexpugnable... Heureusement, nous connaissons la sentinelle.

Les morts vieillissent mieux que les survivants.

(« Il me fera sortir à sa lumière et je verrai sa justice », dit un Prophète. Et un autre : « Il a ôté mon sac et m'a ceint d'allégresse... »)

A partir d'un certain âge, il n'est honorable de « tourner le dos à la mort » que pour la masquer à certains autres.

Il faut vivre sa mort,
il faut mourir sa mort
chacun à sa manière
et dans la solitude.
Alors on s'aperçoit
que l'on n'était pas seul.

Ces engrenages infimes, ces rouages multiples qui auront constitué chacune des journées de notre vie pour marquer finalement l'heure de notre mort... Cette montre qui, comme dans les mauvais romans policiers, s'arrête à l'heure en question...

La vraie manière de se montrer fidèles aux morts est de survivre en souriant.

Elle disait : « Pour moi, mourir c'est sombrer enfin dans la grande paresse végétale... » – Mais son regard n'était pas si serein.

Toute vie est inachevée, visiblement ou secrètement. Historiens, partisans, familiers ou publicistes tentent de nous faire croire que certaines existences, certaines personnalités auront été sans faille. Seules, ces dernières auraient pu en témoigner; mais, sorties de scène, elles mignotent encore leur personnage. En réalité, à l'image de celle du Christ, toute vie est un échec et Dieu seul peut faire l'appoint. Qui ne croit pas en lui, s'il est lucide, meurt désespéré; qui croit en lui meurt humble.

Le front contre la vitre
On est pris dans les glaces,
on regarde les morts,
leur ville qui s'allume.

Mourir chez soi ou à l'hôpital, c'est finalement mourir entouré ou non de bibelots.

(Vivre « à l'ombre de la mort », c'est déjà, pour certains, vivre dans l'éblouissement de Dieu.)

Il nous arrive, en priant, de ressembler aux charmeurs d'oiseaux : de toutes petites miettes patiemment jetées en l'air... – Et voici, comme un vol d'oiseaux, que tous nos amis d'outre-monde nous environnent!

Tout visage est une tête de mort enrobée d'un charme unique mais périssable.

Meurs avant moi, l'ami!
Montre-moi le chemin :
Je n'ai peur qu'à demi
Quand on me tient la main.

(*Le dernier quart d'heure* : y est-il entré, cet ami en danger de mort? nous l'observons avec une tendresse anxieuse; nous ressentons entre nous une tierce présence, angoissante mais douce. Et de quoi parlons-nous? D'une foule de petites choses sottes, de souvenirs futiles. Plus une seule « idée », plus une discussion. Nous voici soudain de plain-pied avec les petites gens qui n'ont d'autre richesse, d'autre réserve que l'amour.)

La mort est notre fiancée.
Certains la fuient de femme en femme.

Je n'en sais pas plus long que vous sur ce qui se passe à l'instant de la mort. Je crois seulement que *nous entrons alors dans la mouvance de Dieu* – expression vague, sauf pour ceux qui, toute leur vie, y ont tendu.

Celui qui, sa vie durant, s'est complaisamment ou orgueilleusement préoccupé de lui-même, s'en occupe, quand la mort s'avance, avec plus d'angoisse que quiconque. Celui qui a vécu tourné vers les autres a moins de mal à se détourner de cette approche terrifiante. C'est presque une loi de la physique.

Il faut se préparer longuement à mourir subitement.

Dans le code helvétique, « troubler la paix des morts » est un délit.

Les mourants sont les figurants de la Mort. Ils impressionnent d'autant plus leur public qu'ils ne connaissent pas leur texte. C'est un spectacle de mauvais aloi.

Il disait : « La mort, c'est peut-être comme la mer : un peu froid en entrant, mais, une fois qu'on y est... »

Les riches ne laissent rien au hasard, hormis leur mort.

L'homme le plus misérable, parfois même on le dépouille de sa mort.

En mourant, on hérite de soi.

> (Quand l'un des leurs sort du temps
> pourquoi s'agitent-ils tant?)

Avec son air digne et morne de cocher de bonne maison, son air d'attendre depuis des heures quelqu'un qu'il ne connaît pas – allons donc! c'est l'un de nous que le destin attend chaque matin au coin d'une rue, faussement endormi sur le siège d'un carrosse ou, plus souvent, d'un corbillard.

Terreur et tentation, pendule de la mort...

Pour exprimer que l'on y fait parfois des retrouvailles inattendues, on dit que « le monde est petit »... – Et le Ciel donc!

Si tu veux *mourir réconcilié*, il faut t'y prendre très à l'avance.

Que la vieillesse et la maladie aient déjà, par bouffées, l'odeur de la mort, c'est dans l'ordre. Mais que la misère l'ait si souvent, c'est notre faute. L'odeur des pauvres nous condamne.

Le moment venu,
on meurt de dégoût.
Pas en mai, bien sûr,
mais vers février.
On meurt de béton
et de terrains vagues,
on meurt d'enfants maigres,
de femmes courbées,
de samedis soirs.
On meurt d'assassins
et de partisans,
et de gens si riches
qu'ils n'entendent plus
votre dernier cri.
On meurt de l'hiver,
de l'hiver des hommes
que ne suit jamais
le printemps des pauvres.
On meurt d'hôpitaux
sans même y aller,
on meurt de prisons
fussent-elles vides,
on meurt de la guerre
avant qu'elle éclate.
On meurt de dégoût,
le moment venu,
et c'est bien ainsi.

Il n'a plus envie de rire et plus besoin de manger, le mort; et pourtant ses dents seules sont intactes.

L'ÉCLUSE

ACTE I

Après les trois coups mais avant que le rideau ne se lève, on entend le bruit puis le fracas d'une voiture roulant vite, essayant de freiner, s'écrasant contre un arbre. Le silence. Un oiseau y chante, seul. Puis les sirènes des ambulances et de la police et de nouveau, le silence. Enfin le rideau se lève sur un couloir de clinique : des portes blanches semblables, numérotées 17, 18... Une plante verte sur un piédestal ridicule, un téléphone mural.

L'AUMÔNIER *de la clinique, tout noir, sort vivement de la gauche, vérifie le numéro des portes, s'arrête devant celle de gauche (17), baisse la tête un instant et va entrer. A ce moment, la porte s'ouvre et paraît* LE MÉDECIN, *tout blanc.*

SCÈNE I

LE MÉDECIN, L'AUMÔNIER,
puis LA MÈRE, puis AZRAËL

LE MÉDECIN. – Trop tard.

L'AUMÔNIER. – Pour vous, pas pour moi.

LE MÉDECIN. – Je voudrais bien savoir...

L'AUMÔNIER *vivement.* – Plus tard!

Il écarte doucement LE MÉDECIN *et pénètre dans la chambre.* LE MÉDECIN *considère la porte qui vient de se refermer et hausse les épaules. Puis il va au téléphone mural qu'il décroche :*

LE MÉDECIN, *à l'appareil.* – Secrétariat?... Le 17 vient de mourir... Comment?... *(Il consulte sa montre.)* Mettez : onze heures dix. Prévenez la police. Et dites à Azraël de monter... Quoi?... Non, je préfère Azraël. Merci. *(Il raccroche puis, à mi-voix, d'une manière plus pathétique que parodique, il « joue » le dialogue suivant.)* – Madame, soyez courageuse... – Docteur, ne me dites pas que... – Si, madame. – Mon Dieu!... Il n'a pas souffert, au moins? – Non, madame. – C'est bien la vérité? – Je vous le jure, madame. *(Il soupire, secoue la tête.)* Quelle comédie! Et l'aumônier ensuite... Le blanc et le noir... *(Mais il entend du bruit vers la droite; il se redresse, se place devant la porte et attend.* LA MÈRE *entre par la droite en courant presque. Elle est vêtue d'une robe de couleur.)*

LE MÉDECIN. – Madame, soyez courageuse... *(Elle ne semble pas l'avoir entendu; elle l'écarte sans ménagements et pénètre dans la chambre.* LE MÉDECIN *paraît assez éberlué et murmure)* Eh! bien...

Presque aussitôt L'AUMÔNIER *sort de cette chambre à son tour.*

LE MÉDECIN. – Elle vous a chassé?

L'AUMÔNIER. – Son visage m'a chassé. Ce n'est pas de nous qu'elle attend des paroles.

LE MÉDECIN. – Et de qui donc?

L'AUMÔNIER. – De son fils. Des explications... décisives.

LE MÉDECIN. – Elle aussi arrive trop tard.

L'AUMÔNIER, *doucement.* – Mais non.

LE MÉDECIN. – Expliquez-vous, cette fois!

L'AUMÔNIER, *après un temps.* – Vous savez aussi bien que moi qu'une mort apparente précède – mais de combien? *(Il fait un signe d'ignorance)* – la mort réelle.

LE MÉDECIN, *d'un ton sceptique.* – Je sais que des savants l'affirment depuis quelques années...

L'AUMÔNIER, *à mi-voix.* – Et nous depuis vingt siècles.

LE MÉDECIN, *poursuivant.* – Mais la médecine demeure à peu près impuissante entre ces deux états. Même s'il n'est mort « qu'apparemment », comme vous dites, je ne peux plus rien pour ce pauvre garçon.

L'AUMÔNIER. – Moi, si, peut-être.

LE MÉDECIN. – Vos prières ne le ressusciteront pas!

L'AUMÔNIER. – Ce n'est pas l'essentiel.

AZRAËL, *infirmier tout vêtu de blanc, est entré par la droite sans un bruit. Aucun des deux autres ne s'en est avisé. Comme ils lui barrent l'accès de la chambre,* AZRAËL *dit très doucement :* « Pardon! »

LE MÉDECIN, *sursautant.* – Azraël! Vous m'avez fait peur.

AZRAËL, *même jeu.* – Peur? moi? *(Il ouvre sans bruit la porte et disparaît dans la chambre après avoir salué* L'AUMÔNIER *d'une inclinaison de tête.)*

L'AUMÔNIER. – Vous insistez toujours pour que ce soit Azraël qui les veille...

LE MÉDECIN. – C'est qu'il est le plus attentif.

L'AUMÔNIER, *presque brutalement.* – Attentif? A quoi? (LE MÉDECIN *cherche une réponse et bafouille :* « Mais... »

L'AUMÔNIER *lui prend le bras, doucement, et dit en l'entraînant vers la gauche*) Vous voyez bien, Docteur, vous y croyez, vous aussi... Vous y croyez... *(Ils sortent. Le noir est fait.)*

SCÈNE II
FRANÇOIS, AZRAËL, LA MÈRE

La lumière se rallume sur une chambre de clinique. A gauche, une immense glace, en pied; à droite, un canapé, une table avec un téléphone blanc. FRANÇOIS, *le mort, repose sur un lit tout blanc. De chaque côté du lit, assis sur une chaise et nous tournant le dos, veillent* AZRAËL et LA MÈRE. *(En fait, une figurante vêtue comme elle tiendra le rôle de celle-ci.) Long silence. Puis* FRANÇOIS *appelle. Mais* LA MÈRE *ne l'entend évidemment pas; pas plus qu'elle ne paraîtra entendre ni voir tout ce qui va se passer.*

FRANÇOIS, *à mi-voix, sans bouger avec un silence entre chaque nom.* – Françoise!... Nicky! Geneviève!... Maman!

(Il se redresse lentement, puis se lève, marche vers la porte, voudrait l'ouvrir mais demeure, le geste suspendu.)

AZRAËL, *sans le regarder, sans se retourner.* – Non, tu n'as même plus envie d'en sortir. Tu as franchi l'autre seuil... Reviens!... (FRANÇOIS *retourne lentement vers son lit.)* Ce que tu veux, et ce que tu crains, c'est SAVOIR... La Vérité, enfin! Et d'abord *ta* vérité... *(un temps)* Allons, François, notre combat commence!... *(Il se lève, va vers* FRANÇOIS *et veut l'entraîner vers la grande glace qui nous fait presque face, à gauche.* FRANÇOIS *résiste. Ils s'empoignent : lutte, passes de judo.* (LA MÈRE *ne voit rien. Par instants, même, elle se lève, se penche sur le lit vide puis se rassied, dos au public.) Long combat, halètement des deux hommes. Enfin* AZRAËL *maîtrise l'autre sans grands efforts apparents et le maintient désarmé, impuissant, un bras tordu dans le dos.)*

FRANÇOIS, *haletant.* – Qu'est-ce que vous me voulez?

AZRAËL. – Rien que tu ne veuilles.

FRANÇOIS. – Laissez-moi!

AZRAËL. – Plus jamais. *(Il l'entraîne vers le miroir.)*

FRANÇOIS, *hurlant presque.* – Non! pas la glace! pas la glace!

AZRAËL. – Pas encore? Bien. Mais dépêchons-nous, François : les instants sont comptés, définitivement comptés maintenant. Tu vis au présent, pour la première fois. *(Il le lâche; mais l'autre demeure contorsionné, le bras tordu, comme si on le maintenait encore.)*

FRANÇOIS. – Votre baratin, j'en ai rien à foutre!

AZRAËL *(Tout ce qu'il dit de trivial est comme entre guillemets).* – « J'en ai rien à foutre! » – oui, c'était ton expression favorite, la formule même de l'époque... Ah! Tu te « défendais » bien, toi, l'enfant du siècle. Le « fric », hein? et facile : d'abord « l'import-export », mot magique; et puis le trafic des bagnoles; et puis les affaires immobilières... La filière des malins! *(Il secoue la tête)* Pauvre petit François...

FRANÇOIS. – Dites donc, votre pitié, vous pouvez...

AZRAËL, *l'interrompant.* – « T'en as rien à foutre », je sais. Mais tu te trompes encore. La pitié? Non, seulement la compassion; et que ferais-tu sans elle? Tu es seul, SEUL!

FRANÇOIS. – D'abord, lâchez-moi!

AZRAËL, *haussant les épaules.* – Mais tu es libre, plus que tu ne l'as jamais été.

FRANÇOIS *s'en avise, se redresse et demande hargneusement :* – Qui êtes-vous ? (AZRAËL *hausse de nouveau les épaules.*) Alors, qu'est-ce qu'on attend ?

AZRAËL. – Change d'impatience, François!... On attend que tu te regardes au miroir, que tu t'acceptes au miroir.

FRANÇOIS, *dans un cri.* – Non!

AZRAËL, *avec une résignation exaspérante.* – Bien. *(Il consulte sa montre à son poignet.)* Il va tout de même falloir y parvenir, à temps. *(Silence)* Qui as-tu appelé en premier, tout à l'heure?

FRANÇOIS. – Ma mère. Ça se fait, non?

AZRAËL. – Pas ta mère, justement. *(L'autre l'interroge du regard.)* Françoise.

FRANÇOIS, *le regarde avec stupeur.* – Françoise? *(Soudain, il se rappelle; mais aussitôt il hausse les épaules.)* J'en ai rien à...

AZRAËL, *durement.* – Tais-toi!

FRANÇOIS, *d'une autre voix, cachant son visage dans ses mains.* – Oh! Françoise... *Comme à cet appel, entrent, par la gauche, une petite fille de onze ans qui tient un baluchon; puis un petit garçon (*FRANÇOIS *à l'âge de treize ans) qui tient aussi un baluchon et un bâton.*

SCÈNE III

LES MÊMES, le petit FRANÇOIS,
la petite FRANÇOISE

FRANÇOISE. – J'ai peur, François. Embrasse-moi.

LE PETIT FRANÇOIS. – Plus tard. Est-ce que tu as pensé à tout?

FRANÇOISE. – Oui. *(Elle ouvre son baluchon, en sort son mouchoir noué qu'elle tend au petit garçon.)* Et regarde : mes économies!

LE PETIT FRANÇOIS. – Je ne veux pas.

FRANÇOISE. – Mais il nous faudra sûrement de l'argent : les grandes personnes ne parlent que de ça.

LE PETIT FRANÇOIS. – C'est au fiancé de le gagner, l'argent.

FRANÇOISE. – Et qu'est-ce que tu feras?

LE PETIT FRANÇOIS. – Des fagots. Ou du pain. Tout le monde a besoin de pain, et on nous a appris à l'école. C'est très simple : de la farine et de l'eau, voilà tout.

FRANÇOISE. – Tu crois toujours que tout est simple!

LE PETIT FRANÇOIS. – Et vous les filles, que tout est compliqué! C'est pour ça que les mères se laissent écraser par les pères.

FRANÇOISE *(après avoir hésité)*. – Ton père et ta mère se sont encore disputés?

LE PETIT FRANÇOIS. – Tais-toi!

FRANÇOISE. – C'est à cause d'eux que tu veux t'en aller! *(Silence. D'un ton de regret.)* Moi j'aime bien les miens...

LE PETIT FRANÇOIS. – Mais tu m'aimes encore mieux, puisque tu viens!

FRANÇOISE. – Oh! François, je voudrais mourir avec toi. On serait si tranquille après.

LE PETIT FRANÇOIS. – Tu es folle! Toutes les filles sont folles!... Mourir? Si tu m'aimais vraiment tu voudrais qu'on vive ensemble, toujours.

FRANÇOISE. – Tu crois? *(Elle lui donne la main. Ils sortent par la gauche.)*

AZRAËL, *doucement.* – Elle avait peut-être raison. *(François hausse les épaules.)* Pourtant, c'est elle que tu appelais au secours la première, ta petite fiancée, du fond de l'enfance...

FRANÇOIS. – Des histoires de gosses!

AZRAËL. – Les seules décisives. *(François hausse les épaules)* Les seules pures.

FRANÇOIS, *ricanant.* – Oh! pures...

AZRAËL, *avec un geste navré.* – Je sais.

A ce moment, la petite fille arrive en courant par la droite, affolée. D'une main, elle frotte ses yeux, car elle est en larmes. LE PETIT FRANÇOIS *la suit, la rattrape; mais elle se dégage presque brutalement.*

FRANÇOISE. – Va-t'en, va-t'en!

LE PETIT FRANÇOIS. – Ouvre les yeux! regarde-moi!

FRANÇOISE. – Non, je ne veux plus te voir. Plus jamais! Tu es un méchant! Tu es un sale!

LE PETIT FRANÇOIS. – Je ne t'ai pas fait mal!

FRANÇOISE, *d'une voix sourde.* – Tu m'as fait peur.

LE PETIT FRANÇOIS, *faraud.* – Je suis ton fiancé. J'ai le droit de...

FRANÇOISE. – Mais moi, je ne suis plus ta fiancée.

LE PETIT FRANÇOIS, *après un silence consterné.* –Tu n'es qu'une fille! une fille! UNE FILLE!

FRANÇOISE. – Méchant! *(Cette fois, elle éclate en sanglots.* LE PETIT FRANÇOIS *la considère; on croit qu'il va, lui aussi, se mettre à pleurer – mais soudain il éclate de rire : un rire méchant, forcé.* FRANÇOISE *s'enfuit par la gauche.)*

FRANÇOIS. – Cesse de rire, petit imbécile!

AZRAËL, *à mi-voix.* – Bien.

FRANÇOIS, *se tournant vers lui.* – Vous, laissez-nous! *(Il saisit le petit garçon par les épaules.)* Pourquoi as-tu fait ça? pourquoi?

LE PETIT FRANÇOIS. – Tu le sais bien! Quelque chose, en moi, qui était le plus fort...

AZRAËL, *à mi-voix.* – Ce sera toujours ta présence : « quelque chose en moi... »

FRANÇOIS, *à* AZRAËL. – Assez!

LE PETIT FRANÇOIS, *poursuivant avec hésitation.* – Et puis... tu te rappelles... la nuit dernière, dans le jardin, maman...

FRANÇOIS, *subitement, après un silence.* – C'est vrai! *(Il marche, furieux, vers* LA MÈRE, *toujours prostrée dans sa chaise, le dos au public.)* C'est votre faute, aussi! Tout est votre faute!

AZRAËL, *à mi-voix, amèrement.* – Mais bien sûr.

A ce moment, LA MÈRE *qui n'a rien vu, rien entendu, se lève, va se pencher sur le lit vide, reste longtemps à considérer de très près le visage absent, soupire, fait le signe de la croix et va se rasseoir. Mais, par la gauche, apparaît* LA MÈRE *(elle-même, cette fois) habillée à la mode d'il y a vingt ans et le visage rajeuni d'autant.*

SCÈNE IV

LES MÊMES, LA MÈRE DU PETIT FRANÇOIS

LA MÈRE DU PETIT FRANÇOIS. – Tu m'appelles, François?

LE PETIT FRANÇOIS. – Oh! Maman! *(Il va se jeter dans*

ses bras, mais soudain s'arrête et la considère comme une étrangère.)

LA MÈRE DU PETIT FRANÇOIS. – Tu ne m'embrasses pas? *(Le petit fait non de la tête et se réfugie contre* FRANÇOIS *qui s'est assis sur son lit et se trouve donc à sa hauteur, tête contre tête. Le dialogue va se poursuivre entre* LA MÈRE DU PETIT FRANÇOIS *et tantôt l'un tantôt l'autre.)* C'est à cause de cette nuit, naturellement?... *(Un temps)* On épie sa mère, à présent!

LE PETIT FRANÇOIS, *baissant la tête.* – Pardon, maman.

FRANÇOIS. – Mais tais-toi! (A LA MÈRE) C'est vous qui devriez demander pardon!

LA MÈRE DE FRANÇOIS, *au petit garçon, en soupirant.* – Ah! on peut dire que tu ne perds pas de temps...

FRANÇOIS, *achevant.* – ... « Pour entrer dans l'âge ingrat ». Me l'aurez-vous assez servie, cette phrase!... Et quel alibi pour ne plus m'aimer, ce fameux « âge ingrat »! *(un temps)* Mais moins vous m'aimiez, plus je devenais « ingrat » – c'était facile à comprendre, non?

LA MÈRE DU PETIT FRANÇOIS. – Être aimé! être aimé! Tu crois que je l'étais, moi?

FRANÇOIS. – C'est votre affaire. Vous aviez choisi.

LA MÈRE DU PETIT FRANÇOIS. – *Été* choisie.

FRANÇOIS, *criant presque.* – C'est votre affaire! Vous étiez une grande personne : vous aviez tous les autres. Moi, je ne possédais que vous.

LA MÈRE DU PETIT FRANÇOIS, *amèrement.* – Qu'est-ce que vous vous imaginez donc, tous? Que l'amour maternel monte en temps voulu, comme le lait?... *(un temps)* Ah! le piège est bien agencé. A trois ans, ils vous mettent une poupée entre les mains. « Oh! la gentille petite maman!... » On croit que c'est un jeu; c'est un apprentissage. Et on se retrouve avec une vraie poupée dans ses bras – une qui crie, se salit, et peut mourir pour de vrai – sans avoir eu le temps de grandir, d'être aimée...

FRANÇOIS. – Pas une fois, vous n'avez dit : « aimer »! Être aimée, voilà tout ce qui vous intéresse.

AZRAËL, *à* FRANÇOIS. – Et toi, sais-tu seulement aimer?

FRANÇOIS, *avec un petit ricanement.* – Demandez à Nicky!

AZRAËL, *sans dureté.* – Petit mufle! *(*FRANÇOIS *sursaute; visiblement, il ne comprend pas)* Même pas! Pour eux, c'est ça aimer. *(à* LA MÈRE DU PETIT FRANÇOIS) Que lui avez-vous donc appris?... *(à mi-voix, se parlant à lui-même)* Allons, je deviens injuste à mon tour. On ne peut enseigner que ce qu'on sait... François!

FRANÇOIS. – Quoi encore?

AZRAËL. – Tu crois toujours que les parents et les enfants sont d'une race différente? *(L'autre fait signe : « Bien sûr »)* Toute leur vie? *(Même jeu)* Quel âge as-tu?

FRANÇOIS. – Trente et un ans.

AZRAËL, *désignant* LA MÈRE DU PETIT FRANÇOIS. – Et celle-ci? *(*FRANÇOIS *la considère, calcule sur ses doigts et tourne vers l'autre un visage stupéfait.)* Oui, exactement ton âge. Alors, essaie de te mettre à sa place!

FRANÇOIS *se lève lentement et va se placer près de* LA MÈRE DU PETIT FRANÇOIS. *Le dialogue va s'établir, comme plus haut, entre eux et le petit garçon.*

FRANÇOIS, *d'une voix mal assurée.* – On épie sa mère, à présent?

LE PETIT FRANÇOIS. – Je me suis réveillé. Il devait être minuit puisqu'on n'y voyait rien... J'ai eu peur. Papa était parti.

LA MÈRE DU PETIT FRANÇOIS. – Comme d'habitude.

LE PETIT FRANÇOIS. – Alors je vous ai cherchée.

FRANÇOIS. – Mais tu savais bien que Maman était là, elle.

LE PETIT FRANÇOIS, *d'une voix sourde.* – J'avais besoin de quelqu'un de fort, de quelqu'un de chaud...

LA MÈRE DU PETIT FRANÇOIS, *à mi-voix.* – Moi aussi.

LE PETIT FRANÇOIS, *même jeu.* – Quand je suis seul, j'ai peur de mourir...

FRANÇOIS, *à mi-voix.* – Moi aussi.

LE PETIT FRANÇOIS, *reprenant son récit.* – Personne au salon... La porte sur le jardin était grande ouverte... J'ai couru, je vous appelais; et, en passant devant ma cabane, je vous ai vue avec un monsieur en gris...

LA MÈRE DU PETIT FRANÇOIS, *à mi-voix.* – Marcel... *(D'un ton sévère)* Tu n'as... tu n'as pas à t'occuper des affaires des grandes personnes!

AZRAËL. – C'est une réponse bien faible!

FRANÇOIS, *d'une voix altérée.* – Il n'y a pas de grandes personnes... *(criant sa découverte)* IL N'Y A PAS DE GRANDES PERSONNES!

AZRAËL. – C'est vrai. Seulement des enfants qui se croient tout permis – notamment, d'avoir des enfants.

FRANÇOIS, *au* PETIT FRANÇOIS. – Alors?

LE PETIT FRANÇOIS. – Je suis rentré me coucher. J'avais très froid.

LA MAMAN DU PETIT FRANÇOIS. – Tu étais bien avancé!

AZRAËL, *à mi-voix.* – Hélas, oui! terriblement « avancé »...

FRANÇOIS, *au* PETIT FRANÇOIS *avec une sorte d'angoisse.* – Mais qu'est-ce que ça pouvait te faire, leurs histoires, François? Cela ne nous concernait pas!

LE PETIT FRANÇOIS, *se jetant dans ses bras.* – Je n'avais pas reconnu maman... Je ne l'ai plus jamais reconnue... J'étais seul...

FRANÇOIS. – Oui, j'étais seul...

Il emporte le petit garçon dans ses bras et va se rasseoir sur le lit comme précédemment.

AZRAËL *à* LA MÈRE DU PETIT FRANÇOIS. – Et ce... Marcel, il vous a aimée longtemps?

LA MÈRE DU PETIT FRANÇOIS. – Une nuit.

AZRAËL. – Il était donc marin? prince? légionnaire? *(Elle hausse les épaules en secouant la tête.)* Une nuit : c'est l'unité de mesure de l'amour dans les chansonnettes et les romans de gare. *(un temps)* Si cela vous suffit!...

LA MÈRE DU PETIT FRANÇOIS. – Ça nous suffit parfois pour y penser toute une vie.

AZRAËL, *durement.* – Non : pour que votre corps y pense chaque soir, voilà tout.

FRANÇOIS, *d'une voix très douce.* – Pauvre maman!

AZRAËL, *vivement, avec un immense espoir.* – Qu'est-ce que tu as dit?

FRANÇOIS, *brutalement.* – Une connerie. Je la déteste! (*à* LA MÈRE DU PETIT FRANÇOIS) Je vous déteste!

LE PETIT FRANÇOIS. – Tais-toi!

AZRAËL, *montrant* LA MÈRE *assise au chevet du lit et qui, depuis un moment, cache ses yeux derrière sa main.* – C'est bien ce que pense celle-ci : que tu la détestais.

(La regardant de plus près) Et c'est pourquoi elle pleure.

FRANCOIS. – Elle pleure sur elle-même!

AZRAËL. – Comme vous tous.

LA MÈRE DU PETIT FRANÇOIS, *sévèrement.* – Le lendemain, quand j'ai raconté à ton père...

AZRAËL, *stupéfait.* – Votre nuit?

LA MÈRE DU PETIT FRANÇOIS, *poursuivant.* – ... Ce que tu avais fait avec la petite Françoise, il a décidé de te mettre en pension. Et c'est pour ça que tu nous détestes!

FRANÇOIS. – Mon père, j'en ai rien à foutre; mais vous, oui... Le lendemain de cette nuit où vous vous étiez conduits, tous les deux, comme des chiens, le lendemain même vous m'avez éloigné.

LA MÈRE DU PETIT FRANÇOIS. – Tu ne pouvais plus me voir!

FRANÇOIS. – Vous ne vouliez plus me voir!

AZRAËL, *doucement.* – Et tu as juré...?

LE PETIT FRANÇOIS. – Et j'ai juré de ne plus jamais aimer personne.

AZRAËL, *même jeu.* – Avec un couteau, tu as fait une croix sur ton avant-bras; tu as bu ton sang; et tu as dit...?

FRANÇOIS, *bâillonnant de sa main le petit garçon.* – Vous allez lui foutre la paix à ce gosse? *(S'adressant au petit, d'un ton suppliant.)* Mais Françoise, tu l'aimais toujours, Françoise?

LE PETIT FRANÇOIS, *du ton même de* FRANÇOIS. – J'en avais plus rien à foutre!

FRANÇOIS le gifle. *Le petit garçon se sauve en courant vers la gauche et disparaît.*

LA MÈRE DU PETIT FRANÇOIS. – François!

Elle sort à sa poursuite, très vite.

AZRAËL, *avec une sorte d'angoisse.* – François, ce serment, tu ne l'as pas tenu?... *(Le regard perdu,* FRANÇOIS *réfléchit, puis fait signe que oui.)* Toute ta vie?... *(même jeu).* Pourtant, Geneviève...? (FRANÇOIS *ricane.)* Alors, pourquoi vos fiançailles, le mois dernier?

FRANÇOIS. – Elle était riche.

AZRAËL. – Et toi?

FRANÇOIS. – Moi, je gagnais du fric; elle, elle possédait de l'argent.

AZRAËL. – Allons, tu en avais mis de côté, toi aussi!

FRANÇOIS. – Assez pour ne pas en avoir besoin; pas assez pour ne plus en avoir envie... *(ricanant).* Et puis elle me voulait, à tout prix!

AZRAËL. – Tu dis bien : « à tout prix »... Mais était-ce toi qu'elle voulait, ou bien l'amour?

FRANÇOIS, *excédé.* – Allez le lui demander!

AZRAËL, *calmement.* – Non, c'est toi qui dois le lui demander.

Il s'approche de FRANÇOIS. *L'autre devine que c'est pour l'entraîner encore devant le miroir et il se jette sur lui. Bref combat, de nouveau; et, au moment où* AZRAËL *maîtrise* FRANÇOIS, *le noir se fait.*

La lumière revient presque aussitôt mais nous ne sommes plus dans la chambre de clinique. Quelques accessoires ont suffi à la transformer (comme on se déguise hâtivement) en une chambre d'hostellerie. Derrière un paravent, FRANÇOIS *se rhabille (on le voit aux habits jetés sur le paravent, et qui disparaîtront, un à un, pris par un figurant).*

SCÈNE V
GENEVIÈVE, la voix de FRANÇOIS, puis AZRAËL et FRANÇOIS

LA VOIX DE FRANÇOIS, *derrière le paravent.* – Non, nous ne gardons pas la chambre ce soir... Merci.

(Un bras nu, sortant de derrière le paravent, repose le téléphone sur un meuble, puis happe le slip au passage tandis que la voix continue, mais s'adressant à GENEVIÈVE.*)* Quoi! ne fais pas cette tête-là!... C'était tout de même plutôt agréable, non?

GENEVIÈVE *(Elle est en robe de chambre, assise sur le lit. Pour parler, elle se tourne vers le paravent. D'une voix altérée).* – Mais pourquoi François? pourquoi avez-vous voulu cela?

LA VOIX DE FRANÇOIS. – Je me demande ce qu'il faut te faire pour que tu me tutoies! *(Il ricane.)*

GENEVIÈVE, *plus bas, presque suppliante.* – Pourquoi, François?

LA VOIX DE FRANÇOIS. – Et « l'examen prénuptial »?

GENEVIÈVE, *avec une désinvolture pathétique.* – Et si... l'examen prénuptial n'avait pas été concluant?

LA VOIX DE FRANÇOIS, *sans répondre.* – Avant de s'engager pour la vie, il vaut tout de même mieux...

GENEVIÈVE, *vivement.* – Pour la vie?

LA VOIX DE FRANÇOIS. – C'est une phrase qu'on dit dans ce cas-là.

GENEVIÈVE, *même jeu.* – Mais moi, c'est pour la vie, François! Sans quoi, je ne serais pas venue ici! *(Le bras nu sort, de l'autre côté du paravent, et met en route un transistor qui joue « Twist again », trop fort.)*

LA VOIX DE FRANÇOIS. – Tu vois, c'est la loterie aux chansons : cet air-là, tu ne l'oublieras plus jamais! *(Il chantonne le refrain.)*

GENEVIÈVE *se lève lentement, va baisser le son du transistor, hésite, puis parle en regardant le lit.* – François, ce n'est pas pour... pour ça que vous voulez m'épouser!

LA VOIX DE FRANÇOIS. – Si je réponds non, tu seras vexée; si je réponds oui, tu seras humiliée... Choisis!

GENEVIÈVE. – Répondez : Pas seulement pour ça...

LA VOIX DE FRANÇOIS. – Petite prétentieuse!

GENEVIÈVE, *avec une sorte d'angoisse.* – Et pas non plus pour...

LA VOIX DE FRANÇOIS, *très forte, exaspérée.* – Non! pas non plus pour votre argent!

GENEVIÈVE. – Vous me vouvoyez, à présent?

LA VOIX DE FRANÇOIS, *même jeu.* – Pas vous, votre argent!... Bon Dieu! je n'en ai jamais autant entendu parler que chez ceux qui en ont trop!

GENEVIÈVE, *se levant, soudain véhémente.* – Et moi, c'est depuis l'enfance que j'en entends parler. C'est le lait que j'ai bu et l'air que je respire, l'argent! C'est mon frère jumeau, et la seule compagnie qu'on m'ait jamais permise!... Défense de jouer avec les petits pauvres – les seuls, pourtant, qui sachent jouer!... Moi, les objets de mes panoplies coûtaient aussi cher que des vrais; et, si j'avais voulu jouer à la petite marchande, on m'aurait acheté un fonds de commerce...

LA VOIX DE FRANÇOIS, *ironique.* – Une princesse!

GENEVIÈVE, *même jeu.* – Les princesses, du moins, ont

un prénom, un surnom parfois; moi, j'étais « la fille Durand-Bauchart, la banque, vous savez? »

LA VOIX DE FRANÇOIS, *même jeu.* – La fille unique!

GENEVIÈVE, l'héritière... Qui allais-je épouser? Le fils des Charbonnages de Lorraine? ou celui des Pétroles britanniques? Dès le jour de mes dix-sept ans, on s'est posé la question dans les milieux boursiers. La seule annonce de mes fiançailles pouvait engendrer à Wall Street une de leurs onomatopées enfantines : un « boom » ou un « krach »! – J'ai dit non. Aux souverains sans puissance, c'est tout ce qu'on laisse : le droit de dire non. A tous, à toute la cote, valeur après valeur, j'ai dit non. *(Silence. Changeant de ton.)* C'est pour cela, d'abord pour cela, que je vous ai aimé, François : parce que vous étiez quelqu'un et pas un groupe financier... Parce que mon argent, vous « n'en aviez rien à... rien à faire », comme vous dites...

FRANÇOIS, *à mi-voix.* – Mais si!

C'est FRANÇOIS (*et non* LA VOIX DE FRANÇOIS) *qui a parlé. Un projecteur vient, en effet, d'éclairer le groupe* AZRAËL-FRANÇOIS, *à l'extrême gauche, assistant à cette scène (depuis son début sans doute). Mais la différence d'éclairage (et de ton) doit faire suffisamment sentir qu'ils ne sont pas de plain-pied avec* GENEVIÈVE *: que le Temps et l'Espace les séparent mystérieusement d'elle qui, cependant, poursuit, sans avoir entendu* FRANÇOIS.

GENEVIÈVE, *hésitant.* – Et aussi... parce que vous aviez été para.

FRANÇOIS, *même jeu.* – Quel rapport?

GENEVIÈVE *(jamais elle ne s'était livrée à ce point; elle ne parlerait pas ainsi si le paravent ne la séparait pas de l'autre).* – Parce que vous me disiez « tu », que vous étiez le premier qui osait me tutoyer...

FRANÇOIS, *même jeu.* – Et alors?

GENEVIÈVE *attend une réponse, puis.* – François, vous m'entendez?... Je viens de vous dire tout cela parce que je ne pouvais pas vous voir et que vous ne me regardiez pas. Mais maintenant, répondez quelque chose... *(suppliant)* François... quelque chose...

FRANÇOIS, *criant.* – Non! (*à* AZRAËL) Faites-le taire! Je refuse la suite! *(se bouchant les oreilles)* Je refuse la suite! (AZRAËL *lève la main*; GENEVIÈVE *se fige dans son attitude : le Temps est suspendu.*)

AZRAËL, *très calme.* – Alors, remplace-le! va!

FRANÇOIS, *éberlué.* – Mais...

AZRAËL. – Tu le peux... *(Un temps. Avec angoisse.)* Mais vite, François, vite!

FRANÇOIS, *après avoir hésité.* – A quoi bon? Ce qui est fait est fait...

AZRAËL, *d'une voix forte.* – Non, justement!

FRANÇOIS. – Qu'est-ce que ça changera?

AZRAËL. – Pour toi, beaucoup! *(plus bas)* Tout, peut-être.

FRANÇOIS, *vivement.* – Mais pour elle?

AZRAËL, *lentement.* – Tu as donc pensé d'abord à elle... *(un temps)* Pour elle aussi, cela peut tout changer. Laisse faire sa mémoire! Une mémoire vraiment « fidèle » sait travestir la vérité quand celle-ci est trop misérable... Pour Geneviève, le dialogue est déjà entamé avec votre passé, le cruel, l'interminable dialogue à une seule voix... *(Baissant le ton)* Elle vient d'apprendre la nouvelle... Elle pleure... *(un temps)* Elle... *(Très fort, soudain)* Non, Geneviève, pas ça!... *(un temps)* PAS ÇA!... *(un long temps)* Bon. Voilà. Elle cherche ses habits noirs... L'année de la mort de sa mère... Elle hésite parce qu'ils sont passés de mode... *(avec réprobation)* Geneviève!... Allons, c'est bien... Elle va venir ici. Lorsque ta mère la verra en deuil avant elle...

FRANÇOIS, *l'interrompant avec une sorte de douleur.* – Dites, vous n'êtes pas un peu dingue? *(furieux)* Mais pourquoi est-ce que je vous écoute? pourquoi est-ce que je vous...

AZRAËL. – Hélas, parce que je suis le plus fort et que tu le sais. *(Baissant la voix)* Triste métier, dompteur!... *(un temps. Désignant* GENEVIÈVE *immobile et le paravent)* François, si tu n'y vas pas, je lui rends la parole! (FRANÇOIS *ne bouge pas.* AZRAËL *reprend avec violence.*) Tu refuses le miroir, tu refuses les paroles! tu te bouches les yeux et les oreilles! Prends garde, François : c'est toi-même qui te condamnes à la mort! (FRANÇOIS *hausse les épaules et ne bouge pas.* AZRAËL *désigne* GENEVIÈVE *immobile.*) Tant pis pour elle! *(Un temps. Il lève le bras, comme tout à l'heure. Mais* FRANÇOIS *le devance, bondit dans le décor de la chambre, ferme le transistor, passe derrière le paravent et apparaît lentement.* GENEVIÈVE *semble reprendre vie; elle se tourne vers lui.)*

FRANÇOIS, *d'une voix altérée.* – Ce n'est pas moi que vous aimez : c'est l'argent que vous détestez!

GENEVIÈVE, *saisie.* – Pourquoi ce vouvoiement? *(criant presque)* Si, c'est toi, toi que j'aime!

FRANÇOIS, *sans méchanceté.* – Vous aviez besoin d'aimer quelqu'un, et je me trouvais là...

GENEVIÈVE. – Pourquoi m'humilies-tu toujours?

FRANÇOIS, *durement.* – Parce que tu adores ça! *(se reprenant)* Pardon, Geneviève... Non, c'est moi seul que j'abaisse. *(un temps)* Je ne vaux rien.

GENEVIÈVE. – Mais qu'est-ce que je vaux, moi? Mon pesant d'or!

FRANÇOIS, *avec un ricanement.* – Et moi, tout compte fait, mon pesant de whisky...

GENEVIÈVE. – Tais-toi! Je ne veux pas que l'homme que j'aime s'avilisse!

AZRAËL, *rectifiant.* – Que l'homme qui t'aime s'avilisse! (GENEVIÈVE *s'approche de* FRANÇOIS *et va poser ses mains autour de son cou.*) Ne le touche pas! *(Elle suspend son geste.)*

FRANÇOIS, *après un temps.* – D'ailleurs, votre père le sait bien!

GENEVIÈVE. – Quoi donc?

FRANÇOIS. – Ce que je vaux.

GENEVIÈVE. – Encore!

FRANÇOIS. – Il n'a pas donné son consentement.

GENEVIÈVE. – Je m'en passerai!

FRANÇOIS, *vivement – mais c'est l'ancien* FRANÇOIS *qui parle!* Et s'il te coupe les vivres?

GENEVIÈVE, *souriant.* – Nous vivrons sans vivres!

FRANÇOIS, *lentement.* – Non, Geneviève, je ne suis pas du tout le type d'« une chaumière et un cœur ».

GENEVIÈVE. – Personne! C'est toujours « une chaumière et deux cœurs »... *(un temps)* Mais mon père ne refusera pas : il peut tout se payer, sauf un scandale.

FRANÇOIS. – Même pour en éviter un pire? Mes affaires sont... minables, Geneviève.

GENEVIÈVE, *avec désinvolture.* – Tu en changeras!

FRANÇOIS, *s'écartant d'elle et l'observant.* – C'est une réponse de riche...

AZRAËL, *à mi-voix.* – Les riches qui n'aiment plus l'argent, quoi de plus triste?

GENEVIÈVE, *même jeu.* – Tu entreras dans ses affaires à lui!

FRANÇOIS. – « Gendre et successeur? » Non merci.

GENEVIÈVE, *avec un geste insouciant.* – Je n'ai jamais rien compris aux affaires. Tu feras ce que tu voudras! Du moment que tu m'aimes... Et tu m'aimes, François *(avec un regard vers le lit)* : tu n'as même pas pu attendre...

FRANÇOIS, *éclatant.* – Parce que je suis un mufle!

GENEVIÈVE, *tendrement.* – Un homme... *(Elle s'étend sur le lit et lui tend les bras.)*

FRANÇOIS, *désemparé à* AZRAËL. – Qu'est-ce que je peux faire, maintenant?

AZRAËL. – Lui parler de Nicky.

FRANÇOIS, *fortement.* – Ah non!

AZRAËL. – Elle y pense, crois-moi; elle ne pense qu'à cela!

GENEVIÈVE *attend un instant puis, se dressant brusquement.* – Tu veux me laisser maintenant! C'est ça? Tu cherches à me dégoûter de toi parce que tu ne veux plus de moi!

FRANÇOIS. – Geneviève...

GENEVIÈVE, *se mettant à genoux devant lui.* – Tu as été déçu cette nuit, tout à l'heure... Mais j'apprendrai, François, j'apprendrai...

FRANÇOIS, *se bouchant les oreilles.* – Taisez-vous! *(Elle baisse la tête. Il l'observe et, soudain, crie à* AZRAËL) Elle pleure! Vous voyez comment cela tourne quand vous vous en mêlez!

AZRAËL, *durement.* – Qui a commencé? *(montrant le paravent)* Débrouille-toi avec l'autre François!

FRANÇOIS, *calmé, lentement.* – D'ailleurs, il l'avait fait pleurer, lui aussi, ce matin-là... (À AZRAËL) Qu'est-ce que je peux faire pour elle, à présent?

AZRAËL. – L'aimer. L'aimer enfin.

Vers GENEVIÈVE *toujours affaissée à ses genoux* FRANÇOIS *se penche avec une grande tendresse et des gestes qu'on sent tout neufs. Mais il ne peut la toucher, il est comme paralysé. Il se redresse en criant.*

FRANÇOIS. – Je ne peux même pas l'approcher! Elle ne m'entend plus! Personne ne m'entend! Je suis seul!... Je suis perdu, perdu!...

AZRAËL. – Reviens!

Comme un homme ivre ou un aveugle, FRANÇOIS *retourne en titubant vers* AZRAËL *et s'abat contre lui, tête baissée.*

FRANÇOIS. – Elle pleure!

AZRAËL, *à mi-voix.* – Toi aussi. Pour l'instant, c'est l'essentiel... *(Il va caresser sa tête, mais retient son geste. Un temps. Il soupire et, changeant de ton)* Et ta mère?

FRANÇOIS, *se redressant brutalement et s'écartant de lui.* – Quoi encore?

AZRAËL. – Tu deviens laid quand je te parle d'elle!... Comment lui as-tu annoncé vos fiançailles?

FRANÇOIS. – Je ne sais plus.

AZRAËL, *le rappelant à l'ordre.* – François!

FRANÇOIS. – Comme elle le méritait.

AZRAËL, *soupirant.* – Il faut pourtant que nous revenions aussi là-dessus, François!

FRANÇOIS. – Quelle lessive!

Le noir se fait. Aussitôt, un projecteur éclaire, à droite, LA MÈRE *devant sa coiffeuse. Elle est en combinaison; elle a près de cinquante ans; c'est un spectacle assez gênant. Elle se vernit les ongles. Elle va se lever, entrebâiller une porte et parler à quelqu'un qui l'attend dans une pièce voisine.*

SCÈNE VI

AZRAËL, FRANÇOIS, LA MÈRE

LA MÈRE, *regardant l'heure.* – Déjà! *(par la porte entrebâillée)* Ne vous impatientez pas! j'arrive, mon petit Marcel!

AZRAËL, *au public.* – Ce n'est qu'une coïncidence, naturellement. Vingt ans plus tard, ce n'est pas le même Marcel. Mais il a le même âge que l'autre...

LA MÈRE, *à mi-voix, souriant à ses souvenirs.* – Marcel... *(Elle soupire puis reprend le petit pinceau à ongles. Le téléphone sonne; l'appareil (blanc) est sur la coiffeuse même.)* Zut! *(Elle décroche; son visage exprime la contrariété.)* Ah! C'est toi?... *(Hésitation)* N...on, tu ne me déranges pas... En effet, ce n'est pas fréquent! Tu n'es pas malade, au moins?... Moque-toi de moi! Je souhaiterais que tu fusses encore un petit garçon, justement... Que tu es désagréable! Je n'ai aucune envie de me rajeunir... Eh bien, je me demande le genre de femme que tu fréquentes, mon pauvre enfant!... Qu'est-ce que tu veux dire : « Je vais le savoir? »... QUOI? *(Elle s'assied)*... QUI?... La Banque?... Non, ce n'est pas un « cri du cœur »!... Tu aurais pu venir me présenter cette jeune fille... Pourquoi ris-tu? Tu n'es pas... obligé de l'épouser, au moins?... Comment ça, « on n'est jamais obligé »! J'aime autant te dire que, dans ma jeunesse, si un homme avait la goujaterie de... Qu'est-ce que ça signifie : « Ils se rattrapaient ensuite? » Ne juge donc pas ce que tu ignores!... Oui, eh bien laisse ton père où il est!

As-tu pensé à lui télégraphier la nouvelle, au moins?... Son adresse? Heu... Je crois qu'il est encore au Brésil. Attends!... *(Durant toute cette conversation elle agite comme un éventail sa main libre dans l'air, les doigts écartés pour en faire sécher le vernis. Elle pose l'appareil et va regarder l'heure puis chercher nerveusement dans plusieurs tiroirs.)* Oh! déjà 8 h 20... Qu'est-ce que j'ai bien pu faire de ce papier? *(Elle le trouve enfin, le déplie.)* Voyons, nous sommes le combien?... Ah! tiens, New York. Alors, tu notes? Madison hotel, 703... Quoi? Ah non! Tu pourrais bien câbler toi-même!... Je te défends de parler comme ça de ton père... *(Long monologue à l'autre bout du fil, sans doute, car)* Oui! oui! je connais le refrain... *(Elle pose le récepteur et, à la hâte, se vernit les ongles de l'autre main. Cela va l'obliger ensuite à tenir l'appareil entre deux doigts comme s'il était brûlant... Elle reprend la conversation au jugé.)* Je n'ai rien entendu de tout ce que tu viens de dire!... Je n'admets pas que tu parles en ces termes de ton enfance. De quoi avons-nous l'air, ton père et moi?... Je t'en prie! Et d'abord de quoi as-tu manqué?

FRANÇOIS, *à l'autre extrémité de la scène; il crie.* – D'amour! (*A* AZRAËL) J'ai répondu : « D'amour », je me le rappelle! Oui, je ne sais pas pourquoi, j'ai eu envie de pleurer et j'ai dit : « D'amour »... Mais elle n'a rien répondu. *(En effet,* LA MÈRE, *entre-temps, a posé l'appareil et crié par la porte entrebâillée.)*

LA MÈRE. – Un coup de fil assommant!... Oui, Marcel, je vais l'expédier... *(Elle reprend l'écouteur)* Parlons sérieusement, François. Cette histoire de banque m'inquiète : ce n'est pas pour tes affaires que tu as besoin de... Mais non, je ne m'en mêle pas! Simplement tu avoueras que tu nous donnes quelques sujets d'angoisse depuis ton retour d'Indochine!... Quand tu étais là-bas aussi, bien sûr, mais ce n'était pas la même chose!... Oh! je t'en prie, je ne peux pas m'éterniser au téléphone. Quand comptez-vous célébrer le... Comment ça, « un chapeau »? Mais évidemment, j'aurai un chapeau!... « Pas trop grand! » Qu'est-ce que ça veut dire : « pas trop grand »?... Assez! Alors, quand?... Mais voyons, tu sais bien qu'à ce moment-là je suis toujours à Megève!... Bon. Écoute, nous en reparlerons. C'est tout de même une chose sérieuse. Allez, je te quitte!... Tu ne m'embrasses pas?... La faute à qui si tu en as perdu l'habitude?... Oh! *(Elle raccroche et considère l'appareil avec une sorte de rancune. On entend une voix confuse à côté. Elle marche impatiemment jusqu'à la porte entrouverte et dit avec humeur :)* Oui, oui! Ne soyez pas si impatient!... *(A elle-même)* Pour ce que nous avons à faire!... *(Vers la porte)* Une minute! On va me rappeler... *(Elle demeurera devant ce téléphone muet, le visage anxieux, le regard tendu, pendant le dialogue suivant à la gauche de la scène.)*

AZRAËL, *tendant à* FRANÇOIS *un téléphone.* – Donne-lui sa chance!

FRANÇOIS. – Elle ne répondra pas.

AZRAËL, *d'un ton pressant.* – Qu'en sais-tu?... Si tu parles, tôt ou tard elle t'entendra... *(baissant la voix)* Et puis quelqu'un écoute...

FRANÇOIS. – C'est à elle de me rappeler!

Il regarde le téléphone; à l'autre extrémité de la scène, sa mère en fait autant. Tous deux sont immobiles. Long silence, puis :

AZRAËL, *d'une voix altérée.* – Choisis, François!

Et soudain, François se jette sur l'appareil et compose un numéro au moment même où sa mère haussait les épaules puis passait sa robe. La sonnerie retentit près d'elle. Elle hésite, tend la main vers le téléphone; mais elle est embarrassée avec la fermeture éclair de sa robe. Elle a un geste impatient.

LA MÈRE. – Et puis tant pis! *(Vers la porte)* Cette fois, je suis à vous, Marcel! *(Le noir se fait aussitôt sur la partie droite de la scène tandis que)*

FRANÇOIS *criant dans l'appareil.* – Maman!... Maman!... Maman!... *(Il est au bord des larmes; mais la fureur l'emporte.)* Saloperie! *(Il jette à terre le téléphone qui se fracasse. Le noir se fait. Mais la sonnerie continue. Quand la lumière revient, c'est sur le premier décor : le couloir de la clinique, et c'est la sonnerie de l'appareil mural qui continue obstinément.* LE MÉDECIN *passe venant de la droite, dépasse l'emplacement du téléphone puis revient vers lui avec un geste d'impatience et décroche.)*

SCÈNE VII
LE MÉDECIN, LA MÈRE

LE MÉDECIN. – Oui... Mais non, vous ne me dérangez pas : je passais... Quoi? Ici?... A cause du 17? Mais je n'ai rien relevé de suspect... Prévenir sa mère? Encore! Bon. *(Il raccroche, ouvre très doucement la porte N° 17 qui demeure entrebâillée. Au bout d'un instant, en sortent* LE MÉDECIN *puis* LA MÈRE *dont le visage est décomposé par le chagrin mais aussi par l'anxiété).*

LA MÈRE. – La police, dites-vous? (LE MÉDECIN *acquiesce lentement*).

LE RIDEAU TOMBE

ACTE II

Le rideau se lève sur une chambre de clinique semblable à celle de l'acte précédent. Cependant, à de certains détails, on s'aperçoit aussitôt que ce n'est pas la même (la 18 au lieu de la 17). Derrière la table, debout, se tient L'INSPECTEUR. *C'est un homme à la fois rond et carré; il fume la pipe, naturellement. Il a posé sur la table, près du téléphone, son porte-documents. En bout de table, assis,* LE SECRÉTAIRE, *maigre, jaune. Il ne prononcera aucune parole.*

SCÈNE I

L'INSPECTEUR, *explosant, après avoir observé l'autre.* – Bon! vous n'êtes pas content, Fenoux? Vous préférez notre petit bureau du quai des Orfèvres?... Pourtant, l'haleine des aveux est fétide et nos pipes puent! *(L'autre fait signe : « C'est bien mon avis ».)* Mais c'est vrai, vous ne fumez pas, Fenoux; vous ne buvez que de l'eau, vous ne mangez que des légumes – moyennant quoi, vous devez vous soigner sans cesse!... *(L'autre aligne plusieurs fioles de pilules homéopathiques, retire sa montre, l'écoute, la considère, la pose sur la table.)* Vos petites fioles... l'heure... N'allez pas vous tromper surtout! une pilule cinq minutes trop tôt, ou trop tard, et me voici avec un second cadavre sur les bras!... *(un temps. Changeant de ton)* Je vous énerve? – Vous aussi, Fenoux, depuis douze ans... non! quinze. Nous sommes quittes... *(un temps. Plus conciliant)*. Allons, une chambre de clinique pour un secrétaire qui craint les microbes, c'est inespéré! Et, pour un enquêteur *(il désigne le mur de gauche)*, la chambre voisine de celle du mort!... De toute façon, c'est le seul bureau qu'ils pouvaient nous offrir. Alors, sortez vos papiers et allons-y! *(un temps)* Une voiture écrasée contre un arbre, un mort dans la voiture – il y en a dix par jour et l'on ne nous dérange pas chaque fois, vous, moi, ma pipe et vos pilules! Mais quand le mort trafiquait d'affaires boiteuses et s'apprêtait à épouser la fille d'un milliardaire, cela change tout. Voilà pourquoi nous sommes ici, Fenoux, vous pour écrire et moi pour faire parler... Seulement, il me faut parler le premier; or je ne sais rien, comprenez-vous, ab-so-lu-ment rien. La mère, la fiancée, tous les autres, savent; moi, non! Tout le monde a quelque chose à cacher, donc à cracher, sauf nous autres – c'est le jeu... (LE SECRÉTAIRE *regarde l'heure et avale une pilule.)* Bon, alors attaquons ce mort. Par quel bout : la mère ou la fiancée? *(L'autre fait un geste.)* Vous avez raison, Fenoux : la mère. Allez la chercher à côté...

LE SECRÉTAIRE *se lève et sort. A ce moment* AZRAËL et FRANÇOIS *traversent le mur qui sépare les deux chambres. Bien entendu,* L'INSPECTEUR *ne soupçonnera pas leur présence.*

FRANÇOIS. – Qu'est-ce que c'est que ce type?

AZRAËL. – Un inspecteur de police. Cela se voit, non?

FRANÇOIS, *flairant la fumée de la pipe.* – Ça se sent! Mais pourquoi la police?

AZRAËL. – Pour enquêter sur ta fin.

FRANÇOIS, *d'une voix mal assurée.* – Eux aussi veulent savoir la Vérité!

AZRAËL. – Non, *une* vérité. Une vérité qui cadre avec les usages. Ouvrir des dossiers afin de pouvoir les classer – c'est cela qu'ils appellent l'Ordre.

FRANÇOIS, *même jeu.* – Allons-nous-en!

AZRAËL. – Sûrement pas. Un miroir déformant est déjà un miroir... *(un temps)* Et puis tu vas peut-être avoir à te défendre.

FRANÇOIS, *vivement.* – Contre qui?

AZRAËL. – Contre ceux qui t'aiment, comme toujours! Les autres... *(Il achève d'un geste.)*

FRANÇOIS *jette sur* L'INSPECTEUR *puis sur* AZRAËL *un regard de bête traquée et se précipite pour retourner par le même chemin, mais c'est redevenu un mur infranchissable.* LA MÈRE *entre, à ce moment, suivie du* SECRÉTAIRE. AZRAËL *et* FRANÇOIS *vont demeurer là, attentifs, muets, immobiles.*

SCÈNE II
LES MÊMES, LA MÈRE

L'INSPECTEUR. – Asseyez-vous, madame... Je suis désolé d'ajouter à votre chagrin ce dérangement. Je comprends combien tout cela...

LA MÈRE, *l'interrompant.* – Et moi, je ne comprends pas. Pourquoi, sur quoi prétendez-vous m'interroger, monsieur l'Inspecteur? C'est par la police que j'ai appris les circonstances de l'accident...

L'INSPECTEUR. – De l'accident – voilà toute la question, madame : s'agit-il bien d'un accident?

LA MÈRE, *sans assurance.* – Une voiture dans un arbre...

L'INSPECTEUR. – Est-ce la faute de l'arbre, de la voiture *(insistant)* ou du conducteur? Votre fils conduisait admirablement.

LA MÈRE. – Je le crois.

L'INSPECTEUR, *qui ne cesse de l'observer.* – Il pilotait en courses. Il n'avait jamais eu d'accident. *(Elle fait signe qu'elle l'ignore.)* Je l'ai vérifié.

LA MÈRE, *sans assurance.* – Les pilotes de courses eux-mêmes se tuent.

L'INSPECTEUR. – Pas à quatre-vingts à l'heure!

LA MÈRE, *même jeu.* – Mais...

L'INSPECTEUR. – Le compteur était bloqué.

LA MÈRE. – Il aurait donc eu une défaillance...

L'INSPECTEUR, *insinuant.* – Une défaillance... volontaire?

LA MÈRE, *se levant.* – Vous voulez dire...?

L'INSPECTEUR, *l'invitant à se rasseoir.* – Trente et un ans, n'est-ce pas? *(Elle acquiesce.)* Et jamais d'accroc de santé?

LA MÈRE. – Non. *(Un temps.)* Que puis-je vous répondre?

L'INSPECTEUR, *se levant à son tour et marchant dans la pièce.* – Nous sommes obligés de nous demander – et je suis obligé de vous demander : N'y avait-il pas dans sa vie un mobile grave de dépression, de... désespoir?

LA MÈRE, *sèchement.* – A trente et un ans, on ne se confie plus à sa mère!

L'INSPECTEUR. – Cela dépend.

LA MÈRE, *même jeu.* – Pas lui, pas moi.

L'INSPECTEUR, *après un silence.* – Je vous remercie, madame. Je pense que vous ne quitterez pas la clinique avant que... *(Il n'achève pas mais désigne la chambre voisine.)* Je me permettrai peut-être de solliciter de vous un nouvel entretien. *(Après un geste résigné,* LA MÈRE *sort.)*

SCÈNE III
L'INSPECTEUR, LE SECRÉTAIRE, AZRAËL, FRANÇOIS, GENEVIÈVE

AZRAËL *à* FRANÇOIS, *à mi-voix.* – « Pas lui, pas moi... »

FRANÇOIS, *furieux.* – Pas vous!

L'INSPECTEUR *au* SECRÉTAIRE. – Ce sera dur, Fenoux. La vieille ne veut pas se mettre à table; descendez me chercher la jeune!

LE SECRÉTAIRE *sort;* FRANÇOIS, *aux paroles de* L'INSPECTEUR, *s'est jeté sur lui, la main levée pour le frapper.*

FRANÇOIS, *répétant rageusement.* – « La vieille »!

AZRAËL, *arrêtant sa main au vol.* – Tes poings ne servent plus à rien, quand le comprendras-tu?

FRANÇOIS. – Je n'avais confiance qu'en eux.

AZRAËL. – Alors, qui aurait pu avoir confiance en toi?

GENEVIÈVE *pénètre dans la chambre, précédée par Le* SECRÉTAIRE. *Elle est en grand deuil.*

FRANÇOIS. – Elle aurait pu passer me voir d'abord!

GENEVIÈVE, *très vite.* – Est-il défiguré?

L'INSPECTEUR. – Non, mademoiselle. *(Il lui fait signe de s'asseoir.)* Pardonnez-moi de vous bousculer ainsi; votre témoignage...

GENEVIÈVE. – Que se passe-t-il, monsieur l'Inspecteur?

L'INSPECTEUR *lentement, en l'observant.* – Nous avons des raisons de douter que cet accident en soit un...

GENEVIÈVE, *ne comprend pas tout de suite; puis, cachant son visage dans ses mains.* – C'est affreux!... Mais pourquoi François...?

L'INSPECTEUR, *doucement.* – C'est la question que je vous pose, mademoiselle.

GENEVIÈVE, *très hostile.* – Comment voulez-vous que je sache? *(un temps bref)* Et si je le savais...

L'INSPECTEUR, *après un instant, même jeu.* – Si vous le saviez, il faudrait, *au contraire,* nous le dire, mademoiselle. D'ici là, toutes les suppositions sont permises – ce qui n'est l'intérêt de personne! *(un temps; se levant)* Je vous laisse y réfléchir quelques instants.

GENEVIÈVE, *montrant la chambre voisine.* – J'aurais voulu...

L'INSPECTEUR, *fermement.* – Tout à l'heure. C'est *ici* qu'il faut d'abord vous recueillir. Je reviens. *(Il se dirige vers la porte. En passant, il murmure au* SECRÉTAIRE) Prenez des notes et n'intervenez pas!

Il sort. FRANÇOIS *marche jusqu'à* GENEVIÈVE *et tourne autour d'elle en l'observant.*

FRANÇOIS, *on ne sait s'il se parle ou s'il lui parle.* – Geneviève... Geneviève...

AZRAËL, *avec une sorte d'espoir.* – Est-ce que tu la regrettes?

FRANÇOIS, *après un temps.* – Non.

AZRAËL, *exaspéré.* – Qu'est-ce que tu regrettes donc?

FRANÇOIS, *dans un cri.* – Moi!... Moi, mon sang, ma chaleur, ma peau, mes mains. Oh! mes mains!

AZRAËL. – Tes mains pour séduire les filles, « corriger » les types, encaisser du fric – c'est cela que tu aimais?

FRANÇOIS, *lentement et simplement.* – J'aimais... j'aimais être.

AZRAËL. – Être ou avoir?

FRANÇOIS, *même jeu.* – C'est la même chose.

AZRAËL. – Pauvre François!

LA MÈRE *entre à ce moment. Elle est étonnée de ne pas retrouver* L'INSPECTEUR *et gênée de rencontrer* GENEVIÈVE, *mais comment reculer? A-t-elle seulement remarqué* LE SECRÉTAIRE? *En tout cas, elle a aussitôt observé que* GENEVIÈVE *était vêtue de noir et pas elle...*

SCÈNE IV

LE SECRÉTAIRE toujours muet,
AZRAËL, FRANÇOIS, GENEVIÈVE, LA MÈRE

GENEVIÈVE, *allant vers* LA MÈRE *en pleurant.* – Oh! Madame...

LA MÈRE, *l'écartant.* – Tenez-vous, mon petit! Est-ce que je pleure, moi?

GENEVIÈVE. – Je l'espère. Ne me dites pas que les larmes n'ont jamais ressuscité personne? Elles en sont le seul moyen, au contraire.

LA MÈRE, *après un silence, désignant ses habits de deuil.* – Vous n'avez pas perdu de temps?

GENEVIÈVE, *comme si elle s'excusait.* – Ma mère est morte, il y a trois ans.

LA MÈRE, *vivement.* – Vous avez de la chance! *(se reprenant)* Je veux dire : la chance d'être aussi jeune... Vous aurez le temps d'oublier.

GENEVIÈVE, *sèchement.* – Vous avez de la chance de songer à l'avenir en ce moment.

LA MÈRE. – C'est à vous seule que je pensais. Moi, je n'ai plus aucun avenir. Je vais vivre avec mon passé...

GENEVIÈVE, *même jeu.* – Vous savez bien que non.

LA MÈRE. – Ce qui signifie?

GENEVIÈVE. – Qu'il n'y a aucun « passé » entre François et vous.

LA MÈRE, *après un temps.* – Depuis quand le connaissiez-vous, mademoiselle?

GENEVIÈVE. – Quatre mois.

LA MÈRE, *éclatant.* – Quatre mois! Quatre mois d'approche et de faux-semblant, quatre mois de jeu contre trente et un ans de vie! – Et vous osez...

GENEVIÈVE, *sèchement.* – Trente et un ans de malentendus.

LA MÈRE. – De quel droit...?

GENEVIÈVE. – Il me l'a dit.

LA MÈRE. – Il vous a dit la nuit entière où je l'ai veillé, tout brûlant de fièvre, sans lui lâcher la main?

GENEVIÈVE. – Il m'a parlé d'une autre nuit.

LA MÈRE, *poursuivant.* – Et lorsqu'il s'est enfui de la maison et que je l'ai attendu, folle d'anxiété, durant deux jours, il vous l'a dit?

GENEVIÈVE. – Il ne m'a pas parlé de votre attente mais seulement du motif de sa fugue.

LA MÈRE, *avec une grande douleur.* – Pas à moi. *(Un long temps. Puis, observant l'autre, elle déclare lentement.)* Vous ne m'auriez jamais aimée...

GENEVIÈVE, *éclatant.* – Et vous? Vous avez tout tenté pour dissuader François!

LA MÈRE, *même jeu.* – De se marier, oui; de vous épouser, non. (GENEVIÈVE *a un mouvement vers elle; mais elle ajoute, sans méchanceté)* J'avais trop peur qu'il ait besoin de votre argent. *(Un temps. Se parlant à elle-même)* Il m'aurait écoutée peut-être.

GENEVIÈVE, *criant presque.* – Il vous a écoutée! Vous êtes la cause de tout!

LA MÈRE. – Ne criez pas comme ça! Songez où vous êtes!

GENEVIÈVE, *baissant la voix, pas le ton.* – Voilà tout ce qui vous préoccupe, le scandale – mais pas d'avoir tué votre enfant!

LA MÈRE *se lève et la gifle.* LE SECRÉTAIRE *sursaute.* FRANÇOIS *se précipite mais* AZRAËL *le retient.*

AZRAËL *à* FRANÇOIS. – Laisse donc! Cela les soulage l'une et l'autre...

LA MÈRE, *toujours très calme.* – Et ne faites pas l'offensée! C'est moi qui le demeure!

GENEVIÈVE, *d'une voix altérée mais presque machinalement.* – Vous me devez des excuses.

LA MÈRE. – Et vous, des explications.

GENEVIÈVE, *lentement.* – François s'est suicidé parce que vous vous opposiez à notre mariage.

FRANÇOIS. – Quelle idiote!

LA MÈRE, *avec amertume.* – Vous me feriez rire! Qui l'a jamais empêché de rien? S'il avait voulu se dégager de vous...

GENEVIÈVE, *même jeu.* – Il ne le pouvait plus, justement.

LA MÈRE. – Quoi?

GENEVIÈVE, *fortement.* – Il ne le pouvait plus. (FRANÇOIS *ricane.*)

LA MÈRE, *après un instant.* – Je comprends. C'était donc cela votre chantage... Et vous m'accusiez!

GENEVIÈVE, *à mi-voix.* – Taisez-vous!

LA MÈRE, *poursuivant.* – D'abord le chantage à l'argent, ensuite l'autre! J'avais raison de me méfier de vous.

GENEVIÈVE, *même jeu.* – Taisez-vous!

LA MÈRE. – Pauvre François...

GENEVIÈVE, *criant soudain.* – François, fais-la taire!

FRANÇOIS *à* AZRAËL. – Faites-les taire toutes les deux! (AZRAËL *étend la main : les deux femmes et* LE SECRÉTAIRE *se figent dans une immobilité absolue.*) Quel salaud, ce policier!

AZRAËL. – Il a jeté n'importe quelle pierre dans la mare et toute la boue remonte en surface. *(Brutalement)* La faute à qui, si l'eau était boueuse?

FRANÇOIS, *poursuivant, tourné vers* L'INSPECTEUR. – On n'a pas le droit de jouer avec les sentiments des autres!

AZRAËL, *même jeu.* – A qui le dis-tu? A toi-même?

FRANÇOIS. – Mais il se fout de tout ça, lui! il s'en fout!

AZRAËL. – En effet, c'est son excuse.

FRANÇOIS, *après un silence.* – Alors, qu'est-ce qu'on peut faire... maintenant?

AZRAËL. – Maintenant! *(un temps)* Essaie de leur parler...

FRANÇOIS, *furieux.* – Leur « parler »? Vous êtes fou!

AZRAËL, *lui saisissant le bras.* – Tu n'as donc pas compris que tu es hors du temps mais que chaque seconde compte enfin! Tu n'as donc pas compris tout ce que tu peux, et tout ce que tu risques!... *(un temps. Avec désolation, les yeux levés – mais à qui parle-t-il?)* Ils ne comprennent rien! Si seulement ils croyaient!...

FRANÇOIS, *moins assuré.* – Elles ne m'entendront pas!

AZRAËL. – Il ne t'est donc jamais arrivé de recevoir une pensée qui ne venait pas de toi? Contrariante mais inévitable, et tellement inattendue que tu tournais la tête comme si on venait de te la souffler par-dessus l'épaule. *On* venait de te la souffler, François... *(un temps)* Te voici passé dans le camp des chuchoteurs. *(Baissant la voix)* Parle-leur!

FRANÇOIS. – Mais...

AZRAËL, *avec force.* – Donne-leur une chance de te sauver!

FRANÇOIS *hésite encore; puis il marche vers les deux femmes immobiles et, se tenant entre elles le dos au public, il leur parle avec une soudaine violence.*

FRANÇOIS. – C'est bientôt fini, tout ce cinéma, dites?... Ah! il est touchant, votre match Larmes contre Dignité, trente et un ans contre quatre mois!... *(Les parodiant)* « C'est moi qui l'aimais le plus! – Mais c'est moi que François préférait! »... Vous jouez à la poupée avec votre cher disparu, vous vous le jetez à la tête – de quoi ai-je l'air, dans tout ça, moi?

AZRAËL, *doucement.* – Arrête!

FRANÇOIS, *bourru.* – Il faudrait savoir...

AZRAËL, *poursuivant.* – Tu ne parles que de toi-même.

FRANÇOIS. – Elles aussi!

AZRAËL. – C'est ce que tu leur reproches, et tu en fais autant. Tu as prononcé sept fois « je » ou « moi » en quelques secondes. Sept fois! Même un écrivain ou un acteur n'oserait pas...

FRANÇOIS, *furieux.* – Eh bien, voici le dernier : *je* me tais!

AZRAËL. – Tant pis. Qu'*elles* parlent!

Il fait un geste : les deux femmes reprennent mouvement et langage, et LE SECRÉTAIRE *se remet à griffonner ses notes.*

LA MÈRE. – Vous appelez François au secours contre moi, quelle dérision! C'est de ma race qu'il est; c'est avec moi, moi seule qu'il a partie liée...

FRANÇOIS, *d'une voix sourde.* – Ce n'est pas vrai!

LA MÈRE, *poursuivant.* – Vous prétendiez l'aimer, et vous me détestez pour les mêmes défauts... Soyez au moins logique!

GENEVIÈVE, *lentement.* – Je vous remercie. Oui, je vous remercie d'avoir été si détestable qu'il n'ait jamais pu vous aimer. C'est un cœur neuf, un cœur tout neuf que vous m'avez livré...

FRANÇOIS, *même jeu.* – Ce n'est pas vrai!

LA MÈRE. – Je suis trop bonne de vous écouter. Qu'y a-t-il eu, qu'y aura-t-il dans votre vie? Des regrets, un monceau de regrets. C'est cela qui vous rend si hargneuse.

GENEVIÈVE. – Un monceau de remords, dans la vôtre. Vous croyez peut-être que c'est plus digne, plus enviable?

FRANÇOIS, *criant.* – Assez! *(Cette fois, elles ne vont pas se figer tandis qu'il leur parle, mais continuer – sans une parole – la mimique de leur discussion : comme un film dont le son s'interrompt.* François *va d'abord parler à sa mère d'une voix contenue, presque douloureuse.)* Maman, n'essayez donc pas de vous refaire une bonne conscience sur son dos. Nous sommes veules mais lucides, vous et moi. Elle vous irrite? Mais si elle portait une robe à fleurs et vous des voiles de crêpe, le dialogue aurait tourné différemment... Vous ne comprenez donc pas que cette gosse a besoin d'être aimée, de se savoir, de se croire aimée malgré son fric? Mais si, vous l'avez bien compris puisque vous avez su trouver ce qui la blesserait le plus : « J'avais trop peur qu'il ait besoin de votre argent »... Vous faisiez coup double avec ces mots-là : vous démolissiez la fille, et moi avec!... Allons, vous voici assez vengée de sa robe noire : laissez-la en paix maintenant! *(Il se tourne vers l'autre.)* Geneviève, tu n'as pas pensé à moi un seul instant depuis tout à l'heure. Pas un instant! C'est même pour cela que tu ne tiens pas tellement à passer dans la pièce voisine... Mais ne force pas ton rôle, toi non plus! Cela devient irrespirable. Le vrai cadavre est ici, entre vous, par votre faute. Alors, tais-toi, Geneviève... *(Soudain très vite)* Tu meurs d'envie de lui dire que tu as tenté de te suicider – ne le fais pas, Geneviève! Tu sais bien que c'est faux... *(Plus pressant encore.)* Et puis, si l'inspecteur l'apprend, il te croira coupable, l'imbécile! *(un temps)* Allons, tais-toi, tais-toi...

La Mère *et* Geneviève *ensemble.* – On parle beaucoup trop... Je vous demande pardon...

La Mère, *reprenant, seule.* – On parle toujours trop, mademoiselle.

Geneviève. – J'allais vous demander d'oublier mes paroles. Je sens bien que je vous offense depuis le début; ce n'était pas du tout mon intention.

La Mère, *lentement.* – Ce n'est jamais aux autres qu'on répond mais à soi-même : à cette part de soi-même qui vous donne tort. *(avec effort)* Oubliez ce que je vous ai dit : je *me* le disais.

GENEVIÈVE. – Une seule question, madame : croyez-vous vraiment à la thèse de l'inspecteur? (LA MÈRE *hausse les épaules.)* Mais, puisqu'il le dit, il doit avoir des preuves!

LA MÈRE. – Pensez-vous! ces gens-là commencent par affirmer; les preuves viennent ensuite, d'elles-mêmes. Chaque fois qu'un homme meurt, tout le monde se sent vaguement coupable.

GENEVIÈVE, *doucement.* – Tout le monde l'est peut-être.

LA MÈRE. – Vous voyez!

GENEVIÈVE, *après avoir un peu hésité.* – Vous-même, ne vous sentez-vous pas un peu coupable?

LA MÈRE, *nettement.* – Ah! ne recommencez pas, ma petite! *(Elle se lève, va jusqu'à la porte et, se retournant)* Venez plutôt là-bas faire silence avec moi.

GENEVIÈVE, *hésitant.* – L'inspecteur m'avait priée de l'attendre...

LA MÈRE, *avec un geste désinvolte.* – Il vous cherchera – c'est son métier! *(Au moment de sortir, elle prend enfin conscience de la présence du* SECRÉTAIRE) Tiens! il y avait quelqu'un... *(Elles sortent.* FRANÇOIS *se dirige vers le mur qui les sépare de la chambre voisine.)*

AZRAËL. – Où vas-tu?

FRANÇOIS. – Il serait plus poli d'y retourner!

AZRAËL. – Inutile. Ta forme veille. Ils la scrutent du regard comme une statue de moins en moins ressemblante et cependant de plus en plus fidèle. Il y cherchent le reflet du seul mystère qui les hante vraiment et dont leurs savants ne leur donneront jamais la clef. Ton effigie, qui change à leur insu, ils s'y regardent au miroir avec horreur et lassitude, avec une curiosité dévorante et un peu d'envie – comme il arrive qu'on envie un vieillard ou un grand malade de ce qu'ils n'ont plus à se battre. Ils guettent le plus petit frémissement de tes traits, sans bien savoir s'ils l'espèrent ou le craignent...

(Ils sortent par le mur.)

SCÈNE V

LE SECRÉTAIRE, L'INSPECTEUR, puis NICKY

Resté seul, LE SECRÉTAIRE *écrit en silence. Soudain, il regarde l'heure, sursaute, choisit l'une de ses fioles, prend une pilule, l'avale, les yeux fermés – puis une autre.* L'INSPECTEUR *entre et semble étonné de ne voir personne.*

L'INSPECTEUR. – Alors? (LE SECRÉTAIRE *lui tend sa liasse de notes. Il commence à les lire. Le téléphone sonne;* L'INSPECTEUR *décroche.*) Oui?... Ah! faites-la monter tout de suite... Chambre 18, hein! surtout pas 17! *(Il raccroche et reprend sa lecture, de plus en plus hâtive.)* Bah! des histoires de femmes! Aujourd'hui, chacune accuse l'autre; demain, chacune viendra s'accuser elle-même – et cela ne signifiera rien de plus... Pourtant, « suicide » est un mot magique. C'est un aimant, Fenoux; et savez-vous pourquoi? Pas un seul humain qui n'en ait, une fois ou l'autre, éprouvé la tentation. Je suis sûr que vous-même, l'année de vos dix-sept ans... – si jamais vous avez eu dix-sept ans!... C'est pourquoi on s'empresse de traiter le suicide de lâcheté : c'est un exorcisme.

NICKY *entre en coup de vent, le visage bouleversé, salpêtré de larmes. Elle va jusqu'au lit et se penche sur lui, étonnée de n'y voir aucun gisant.*

NICKY, *se retournant vers les deux hommes.* – Où l'avez-vous mis ?... Dites-moi où vous l'avez mis *(suppliant)*, s'il vous plaît...

L'INSPECTEUR. – Vous le verrez.

NICKY. – Est-ce qu'il...

L'INSPECTEUR, *l'interrompant.* – Non, il n'est pas défiguré.

NICKY. – S'il l'était, tant pis pour nous ! Mais ce n'est pas ce que je vous demandais. Est-ce qu'il a eu mal ?

L'INSPECTEUR. – Non, il n'a pas souffert.

NICKY. – C'est ce que disent toujours les médecins, machinalement, comme vous-même : pour avoir la paix.

L'INSPECTEUR, *commençant à s'irriter.* – Qu'est-ce que vous voulez que je vous dise ?

NICKY, *d'une voix sourde.* – Dites seulement : « Je n'en sais rien ». Personne ne sait, personne ne saura jamais rien...

L'INSPECTEUR, *après un temps.* – Vous êtes Nicole Darbois.

NICKY. – Oui. Et vous ?

L'INSPECTEUR, *éberlué.* – Inspecteur Merry, de la Brigade mobile.

NICKY, *reculant d'un pas.* – La police ?

L'INSPECTEUR. – Vous n'avez pas l'air de l'aimer.

NICKY. – Qui aime la police ?

L'INSPECTEUR, *amèrement.* – C'est vrai. Ceux qu'elle poursuit en ont peur et ceux qu'elle protège en ont honte. C'est pourquoi nous sommes si satisfaits de nous ; il le faut bien : nous sommes les seuls.

NICKY. – Pourquoi la police ?

L'INSPECTEUR. – Vous ne vous en doutez pas? *(Elle fait signe que non.)* Et Roger Beauval non plus ne s'en doute pas?

NICKY. – Qu'est-ce que vous voulez dire?

L'INSPECTEUR. – Vous êtes sa maîtresse?

NICKY. – Non.

L'INSPECTEUR. – Pourtant...

NICKY, *avec une grande simplicité.* – Je couche avec lui, c'est tout.

L'INSPECTEUR, *ironiquement.* – C'est tout!

NICKY. – Oui, je ne l'aime pas.

L'INSPECTEUR. – Mais lui vous aime.

NICKY. – Demandez-le-lui!

L'INSPECTEUR, *sèchement.* – Inutile. Il y a longtemps que nous sommes très bien renseignés sur son compte.

NICKY. – Pourquoi?

L'INSPECTEUR. – Le genre d'affaires qui lui plaisent ne nous plaisent pas.

NICKY, *avec un geste d'impatience.* – Mais c'est François, c'est François qui est mort! *(Elle cache son visage dans ses mains.)*

L'INSPECTEUR. – Oui, cette fois, c'est lui la victime; mais, dans certains milieux, les rôles sont interchangeables... *(Il ne peut continuer :* NICKY *s'est jetée sur lui avec fureur et le martèle à coups de poing.)* Hé! doucement... doucement... *(Il la maîtrise)* Asseyez-vous et bavardons.

NICKY. – Est-ce que je suis obligée de m'asseoir?

L'INSPECTEUR. – Heu... non.

NICKY. – Alors je préfère rester debout.

L'INSPECTEUR. – Prête à fuir!

NICKY, *au bord des larmes.* – A fuir qui? à fuir pourquoi? Si vous croyez que j'ai peur de vous, que j'ai peur de n'importe quoi, maintenant qu'il est mort!... *(à voix basse)* « Qu'il est mort »... Je n'avais pas encore osé le dire tout haut... *(un temps. A* L'INSPECTEUR.*)* Où est-il?

L'INSPECTEUR, *il montre le mur de la chambre voisine puis, après un assez long temps.* – Mademoiselle, j'aurais besoin...

NICKY, *très doucement.* – Non. Je n'ai rien à vous dire. Absolument rien. Laissez-moi, s'il vous plaît; laissez-moi...

Elle marche jusqu'au mur, y applique son front comme font les enfants contre une vitre et demeure en silence. L'INSPECTEUR *va vers* LE SECRÉTAIRE *et lui chuchote quelques mots. L'autre prend l'air étonné.*

L'INSPECTEUR, *à voix basse.* – Oui, mon vieux, on remet ça... Pour aiguiser les couteaux, il faut les frotter l'un contre l'autre! *(Il sort. Très peu après, rentre* GENEVIÈVE. NICKY *se retourne. Elles sont face à face, immobiles, telles deux statues dans une église. Aucune ne s'intéresse à la présence du* SECRÉTAIRE. *Le public non plus.)*

SCÈNE VI

LE SECRÉTAIRE toujours muet, NICKY, GENEVIÈVE

NICKY, *avec une sorte d'horreur sacrée.* – Vous êtes Geneviève.

GENEVIÈVE, *pareillement.* – Et vous... Nicole?

NICKY, *d'une voix dure.* – Non : « Nicky » – et vous le

savez très bien. Nicole, comme Geneviève, est un nom de calendrier; Nicky, c'est un nom d'amour.

GENEVIÈVE. – Dans les films!

NICKY. – Peut-être. Mais on est heureux dans les films, non?

GENEVIÈVE. – Pendant deux heures!

NICKY. – Cela ne dure jamais, le bonheur. C'est vous autres qui ne pouvez vous sentir heureux que si l'on vous donne la garantie que ça va durer.

GENEVIÈVE. – Qui ça, nous autres?

NICKY. – Les riches. Il vous faut un contrat de bonheur avec maire, curé, notaire... Le monde entier est déjà à votre service, mais il vous faut encore que le temps travaille pour vous!

GENEVIÈVE. – Au contraire, c'est la seule richesse des pauvres et l'angoisse des riches : le temps qui passe. C'est justement leur seule égalité.

NICKY. – Mais non! vous ne pensez qu'à vous *assurer*, vous autres! Contre le temps, le malheur, la ruine!

GENEVIÈVE. – Pas contre la douleur.

NICKY, *s'approche d'elle, pas à pas, la dévisage et soudain, criant presque.* – Non... Non, non! Ce n'est pas du vrai chagrin! Ce serait trop facile!

GENEVIÈVE, *d'une voix altérée.* – Vous êtes comme sa mère! Vous voulez tout garder pour vous : tous les souvenirs, toute la peine. Vous refusez de vous pousser pour me laisser un petit peu de place... Pourtant, je ne vous prends rien, moi!

NICKY. – Vous m'avez tout pris!... Même pas : il serait plus honorable de l'avoir pris; vous l'avez acheté...

GENEVIÈVE, *obstinément, farouchement.* – Je n'ai rien acheté. François m'aimait.

NICKY. – Il aimait votre argent.

GENEVIÈVE, *même jeu.* – C'est François que vous insultez, pas moi! Si vous l'aimiez vraiment...

NICKY. – Je l'aimais vraiment, je l'aime vraiment, avec tous ses défauts qui vous auraient fait horreur, Dieu merci!... Ah! non, jamais vous n'auriez été heureuse!

GENEVIÈVE, *d'une voix sourde.* – Vous me volez même les joies que je n'ai pas eues... Vous êtes ignoble.

NICKY. – Il vous aurait paru « ignoble », lui aussi. Vous n'aviez rien de commun, rien!

GENEVIÈVE. – C'est aussi ce que prétend sa mère. – Voilà qui me rassure! *(Froidement)* Mais qui espérez-vous convaincre? Vous-même, sans doute. S'il vous a quittée, s'il m'a choisie, c'est qu'il avait assez joué.

NICKY. – Joué!

GENEVIÈVE, *impitoyable.* – A s'encanailler, comme le fils de famille avec la petite bonne. Mais la vie n'est pas un samedi soir! Il s'est réveillé de vous...

NICKY, *après un silence, en fermant les yeux et comme parlant à elle-même.* – Je me suis réveillée entre ses bras, et il me regardait d'un tel regard que je me suis mise à pleurer, sans savoir pourquoi. J'étouffais. Je sentais que quelque chose était cassé et resterait cassé... Il m'a dit : « Nicky, mon petit oiseau, arrête! Tu es la seule que je ne puisse pas voir pleurer sans en faire autant... » François pleurant à cause de moi, ce n'était pas supportable! Je lui ai dit : « Pourquoi me regardes-tu comme ça? Tu vas partir; tu as décidé de partir pendant que je dormais. C'est mal. » Il s'est mis en colère, mais contre lui-même : « Oui, c'est vrai. Oui, c'est mal. Oui, je ne suis qu'un salaud! » – et j'ai commencé à le consoler de toute la peine qu'il me faisait. Il m'a dit : « Roger s'occupera de toi... » Et aussi avec un drôle de sourire : « Comme ça, nous nous reverrons, tu comprends ? » Oh! oui, c'était un salaud, mon amour... J'ai regardé la pendulette sur la table. Il y avait une petite aiguille qui marquait les secondes et elle courait, de plus en plus vite, toujours dans le même sens. C'était à devenir folle! J'avais posé ma tête sur la poitrine de François : pour qu'il ne me voie pas pleurer, ou pour ne pas voir son sale sourire – et son cœur, contre mon oreille, battait aussi; et je me disais, pour la première fois, que chaque seconde, que chaque battement ne reviendrait plus, que c'était une fois pour toutes, que tout était toujours une fois pour toutes... J'aurais voulu mourir avec lui, là, maintenant; mais j'avais trop peur qu'il n'en ait pas du tout envie, lui. Et justement – c'était tout mon mal – je savais, j'étais sûre alors que nous ne mourrions pas ensemble... Je lui ai dit : « Jusqu'à demain, jusqu'à ce que cette heure-ci revienne demain matin, tu ne me quittes pas, tu ne me quittes pas, je ne quitte pas tes bras!... »

GENEVIÈVE, *elle a écouté douloureusement mais sans aucune compassion.* – Et vous avez pu être heureuse, sachant que c'était pour un seul jour et le dernier!

NICKY, *sans ouvrir les yeux.* – Oui, j'ai été heureuse, à ma manière à moi, à la manière des pauvres.

GENEVIÈVE. – Encore! Vous me jetez mon argent au visage, tous; pourtant vous rêveriez de l'avoir!

NICKY, *doucement.* – Non. Plus maintenant, plus depuis ce matin-là...

GENEVIÈVE, *éclatant.* – Mais cet argent, je le déteste! Depuis toujours il empoisonne mes joies. Je n'y pense jamais que pour le vomir!

NICKY, *presque sans méchanceté.* – Vous l'avez digéré, au contraire. Vous êtes pareille aux hommes qui mangent trop : leur peau elle-même sent la viande et le vin. Vous puez l'argent...

GENEVIÈVE, *même jeu.* – Et vous l'époque! Le pressing en 24 heures, l'Uniprix, la camelote et le samedi soir, les jours sans lendemain... Oui, c'est vraiment l'époque!

NICKY. – Non, c'est la Pauvreté. Vous n'y comprenez rien. N'est pas pauvre qui veut!

GENEVIÈVE. – François en a eu assez de respirer cet air-là!

NICKY. – Et il en est mort... Vous n'avez pas su le protéger. L'argent ne sert à rien... *(se tournant vers le mur)* Oh! François, tu ne savais donc pas que l'argent ne sert à rien? *(Elle se retourne et marche vers la porte.)*

GENEVIÈVE. – Où allez-vous?

NICKY. – Près de lui.

GENEVIÈVE. – Sa mère trouvera cela tout à fait déplacé!

NICKY, *hésite puis revient lentement et s'assied sur une chaise tout contre le mur.* – Alors, c'est lui qui viendra...

GENEVIÈVE *sort.*

SCÈNE VII
LE SECRÉTAIRE, NICKY puis FRANÇOIS

NICKY *(Elle va parler d'une voix très douce, incantatoire, celle des dormeurs qui rêvent. Parle-t-elle, ou bien entendons-nous sa voix intérieure? La lumière baisse progressivement et l'isole du décor;* LE SECRÉTAIRE *a cessé d'écrire et, bientôt nous ne le verrons plus).* – François! le samedi soir... Toi aussi, tu m'appelais

« ta petite fille du samedi soir », mais en m'embrassant... (FRANÇOIS *vient d'entrer par le mur, sans un bruit; il s'assied à ses pieds, la tête posée sur ses genoux. Il va dialoguer avec elle de la même voix irréelle. Cela ne semblera pas la surprendre.)* Tu me disais encore...

FRANÇOIS. – Que nous étions faits pour nous entendre car, pour moi aussi, c'était « la vie brève »...

NICKY, *cachant son visage dans ses mains.* – La vie brève, oh! François... *(un temps)* Moi, j'avais rêvé que cela dure longtemps. Longtemps, mais au jour le jour, tu comprends? Les pauvres ne savent pas vivre autrement.

FRANÇOIS, *tendrement.* – Ma petite fille de la Presse du cœur et des chansonnettes... Ma petite fille du samedi soir...

NICKY. – Je l'attendais, notre samedi soir, comme les écoliers leur mercredi. J'allais chez le coiffeur, cet après-midi-là, pour te faire honneur.

FRANÇOIS. – Avant que je te décoiffe!

NICKY, *gravement.* – Ce n'est pas à cela que je pense. Mon corps est mort, un corps de vieille femme, à l'instant même où j'ai appris la nouvelle... « Votre amant s'est tué », m'a dit la brute au téléphone, et je l'entendais se curer les dents en même temps. Non, pas mon amant : mon frère, mon père, ma mère – j'ai tout perdu à la fois...

FRANÇOIS. – Non, Nicky, j'étais trop mauvais!

NICKY. – Mon frère, mon père et ma mère aussi, mais je les aimais. On n'a pas de mérite : on n'a presque pas le choix, et tellement besoin d'aimer!

FRANÇOIS. – Toi, Nicky! Les autres ont seulement besoin d'être aimés.

NICKY. – Mais pas toi, François, pas toi?

FRANÇOIS. – Je ne peux plus mentir maintenant. Alors, ne me pose pas de questions.

NICKY, *doucement.* – Tu me mentais, François?

FRANÇOIS. – Pas toujours.

NICKY. – Il n'y avait donc que ton corps qui ne mentait pas? J'étais donc seule, déjà? J'étais donc seule?

FRANÇOIS. – Tu sais bien que non! Mais tout était si facile avec toi, tout devenait si simple... L'air que l'on respire, on n'y pense plus!

NICKY, *à mi-voix.* – Sauf quand il manque...

FRANÇOIS, *poursuivant.* – On n'éprouve aucune gratitude envers l'air qu'on respire!

NICKY, *fermant les yeux.* – Jamais, jamais on ne m'a dit de parole aussi douce.

FRANÇOIS, *navré.* – Tu vois! C'est pour cela que je t'ai fait du mal : parce que tu te contentais d'une parole douce; parce que tu te rassasiais avec des miettes...

NICKY, *souriant.* – Oui, des miettes... *(un temps)* Tu te rappelles la foire du Trône, François? *(Cette fois, ils sont tout à fait dans le noir. On entend seulement leurs voix. Peut-être celles-ci sont-elles enregistrées depuis le début du dialogue afin de permettre la scène qui suivra.)*

FRANÇOIS. – Les avions!... Ne touche pas au levier, Nicky! Là! qu'est-ce que je te disais?

NICKY. – J'avais failli tomber... Tu m'as rattrapée... C'était un samedi...

FRANÇOIS. – Toujours!

NICKY. – Et la fois où on était resté...

FRANÇOIS, *très doucement.* – On ne dit pas « la fois où », Nicky.

NICKY. – Tu me le défendais déjà – mais je n'ai jamais su comment dire autrement.

FRANÇOIS, *même jeu.* – La fois où quoi, Nicky?

NICKY. – Celle où on était resté pour voir le film trois fois de suite...

Le pourtour d'un écran s'éclaire vers la gauche; en fait il est une petite scène encadrée de noir où NICKY *et* FRANÇOIS, *costumés, vont apparaître et parler les dialogues d'un film avec les gestes et les intonations des bandes mal « doublées ». Tout, jusqu'à leurs costumes, est noir et blanc. Le décor : un terrain vague dans un paysage nocturne de ville américaine.* FRANÇOIS *est un gangster,* NICKY *une entraîneuse de cabaret « féline et sculpturale ».* FRANÇOIS-GANGSTER *apparaît et tire une rafale avec un pistolet mitrailleur; d'autres lui répondent; il s'abrite, tire de nouveau. Les rafales s'éloignent; bruit d'automobile qui démarre.* FRANÇOIS-GANGSTER *se retourne vers* NICKY-L'ENTRAÎNEUSE *qui apparaît à son tour.*

FRANÇOIS-GANGSTER, *il porte des gants noirs.* – Maintenant, tu peux sortir, mignonne. Les gars du grand MAX ont leur compte, ouais; on ne les reverra pas de sitôt!

NICKY-L'ENTRAÎNEUSE, *elle porte des lunettes fumées.* – Pourquoi avez-vous risqué votre vie pour moi?

FRANÇOIS-GANGSTER. – Pour ce qu'elle vaut, ma vie!

NICKY-L'ENTRAÎNEUSE, *à mi-voix.* – Ne dites pas ça! Ne le dites plus jamais...

FRANÇOIS-GANGSTER, *poursuivant.* – Et puis c'est mon métier, quoi!

NICKY-L'ENTRAÎNEUSE. – Mais pourquoi pour moi?

Ils se sont mis à marcher (Il faudrait que ce fût sur un tapis roulant) Le paysage défile, ténébreux, déchiré d'enseignes lumineuses.

FRANÇOIS-GANGSTER, *ricanant.* – Je ne répondrai qu'en présence de mon avocat!

NICKY-L'ENTRAÎNEUSE, *répétant à mi-voix.* – Pourquoi?

FRANÇOIS-GANGSTER. – Mettons qu'il me soit venu à l'idée qu'on pourrait faire une chouette association tous les deux. Qu'est-ce que tu dis de ça?

NICKY-L'ENTRAÎNEUSE. – Une... association?

FRANÇOIS-GANGSTER. – Écoute, ils t'appellent « la panthère » et moi « le lion » : ça ne va pas si mal ensemble! A nous deux on tiendrait la jungle de Chicago, non?

NICKY-L'ENTRAÎNEUSE, *s'arrêtant.* – Non. Les nuits de Chicago, je les connais par cœur et elles me font vomir... Et puis « la vamp », « la statue »? « la panthère » : des surnoms, j'en ai trop. *(un temps)* Je n'ai plus envie que d'une seule chose : que quelqu'un m'appelle par mon vrai nom.

FRANÇOIS-GANGSTER, *ricanant.* – Je ne le connais même pas!

NICKY-L'ENTRAÎNEUSE. – Personne ne le connaît! Le prénom que ma mère disait le matin en m'éveillant et le soir en m'embrassant; celui qu'on appelait tout haut en classe avant que je ne sois chassée de toutes les écoles... Oh! *(Elle cache son visage dans ses mains.)*

FRANÇOIS-GANGSTER, *changeant de ton.* – Dis-le-moi.

NICKY-L'ENTRAÎNEUSE. – Non. Je ne veux pas qu'il devienne la marque d'une « association » ni, un matin, la légende d'une photo dans une page de faits divers du *Chicago-Tribune...*

FRANÇOIS-GANGSTER, *lui retirant doucement ses lunettes.* – Dites-moi votre vrai nom, s'il vous plaît.

NICKY-L'ENTRAÎNEUSE, *après un temps, changeant de ton.* – Nicky.

FRANÇOIS-GANGSTER, *il ôte ses gants noirs.* – Et moi, je t'appellerai « mon petit oiseau »... *(Un temps. Il l'observe.)* Tu ne rigoles pas ?... Hé ! ne pleure pas non plus !

NICKY-L'ENTRAÎNEUSE, *avec un sourire triste.* – Sûrement pas : il faut choisir entre le rimmel et les larmes...

FRANÇOIS-GANGSTER, *la prenant dans ses bras, brusquement.* – Et si on choisissait de foutre le camp, tous les deux, loin du rimmel et du colt ? Loin du fric et des coups ? Un ranch, Nicky, sans téléphone et sans voisins ? Avec pour seuls compagnons, des animaux...

NICKY-L'ENTRAÎNEUSE, *doucement.* – Et des enfants... *(un temps)* Mais les autres diront que vous êtes un dégonflé !

FRANÇOIS-GANGSTER. – Les salauds ! *(un temps)* Il faut donc que je les supprime, d'abord. C'est eux qui m'y obligent, mon petit oiseau, tu comprends ? Oui, oui, c'est la seule solution ?

NICKY-L'ENTRAÎNEUSE, *navrée.* – La seule solution ?

A ce moment éclate une rafale toute proche. FRANÇOIS-GANGSTER *porte les deux mains à son ventre, se courbe en avant et tombe en murmurant* « Les salauds ! » NICKY-L'ENTRAÎNEUSE *se jette sur son corps en gémissant :* « François !... François !... François !... » *On entend alors, très forte, exaspérée, la voix* d'AZRAËL *qui crie : «* Coupez ! » *L'écran s'éteint et un projecteur de cintre éclaire, de haut en bas,* AZRAËL, *blanc, droit, immobile, face au public, mais les yeux levés. On ne voit que lui sur la scène.*

SCÈNE VIII
AZRAËL seul, puis L'INSPECTEUR et LE SECRÉTAIRE

AZRAËL. – Coupez!... Je n'en peux plus... Je n'y vois plus rien... Je me perds parmi tous les personnages... Combien, mais combien faut-il donc en traverser pour les atteindre?... Ceux qu'ils sont, et ceux qu'ils croient être, et ceux qu'ils voudraient être... Et ce troupeau de fantômes plats, issus de leurs écrans, de leurs affiches, de leurs bandes dessinées, et auxquels il s'agit pour eux de ressembler... Ce siècle entier qui se rue au miroir pour n'y voir qu'une seule figure et la plus vide!... – Mais leur âme dans tout cela? *(criant de douleur)* leur âme?... *(un temps)* Leur âme, c'est Jeanne au cachot, moquée, condamnée – pire! oubliée... Savent-ils encore seulement qu'ils en ont une *(baissant la voix)* et qu'elle est unique?... Oh! ce gâchis d'âmes, ce gâchis d'amour... Oh! celle de la petite Nicole, éclatante et emmurée... François, François, si tu la voyais comme je la vois, aveuglante de pureté *(répétant d'une voix très forte)* – oui, ne ricane pas, de pureté! – d'humilité, de pauvreté... De l'étoffe dont on fait les saintes et vous en avez fait une petite putain, vous les riches, vous les malins, vous les fils du Siècle! Toi, François, qui t'attendris maintenant, mais sur vous deux, non sur elle! Sur vous deux, c'est-à-dire sur toi... L'attendrissement, pas l'amour; la pitié, parfois, jamais l'amour... Vous n'êtes donc capables que de sentiments d'Uniprix, de sentiments de cinéma? Race de spectateurs! Le monde entier est devenu une salle obscure... Et tout ce temps qui passe, votre seule richesse, qui coule entre vos doigts disjoints... Je n'en peux plus!... *(criant vers le ciel)* JE N'EN PEUX PLUS!... *(Long silence. Il semble écouter, la tête inclinée. Puis il acquiesce plusieurs fois; baisse lentement la tête et va parler d'une voix altérée, presque un souffle.)* Oui... oui... Pardon... *(un temps)* Pardon, François...

Le projecteur qui l'éclairait s'éteint brusquement; la partie droite de la scène s'allume lentement. LE SECRÉTAIRE *est toujours à sa table, indifférent.* L'INSPECTEUR *marche de long en large, des feuillets à la main (ce sont les notes prises par l'autre et qu'il vient de lire); il est exaspéré.*

L'INSPECTEUR. – Je n'en peux plus, Fenoux! Leur imprudence; leur stupidité, leurs histoires de fesses... Quelquefois, j'ai l'impression que le monde entier est un dancing, un immense bordel, un samedi soir permanent... Et aussi que chacun d'eux n'est plus qu'un sexe, un sexe énorme, sans cesse en chasse de partenaire... Avec seulement des yeux pour envier, des mains pour voler et pour tuer, et des jambes pour fuir... Même pas! leur voiture leur sert de jambes, et leur pistolet de mains... *(S'arrêtant et se tournant vers l'autre.)* Fenoux, vous ne trouvez pas qu'ils commencent à ressembler aux portraits que font d'eux leurs peintres abstraits? – On a la peinture qu'on mérite... *(un temps)* Je n'en peux plus Fenoux, je n'en peux plus... Toujours plus méprisants et plus violents – moi, le premier! – Mais toujours aussi enfantin, quant aux moyens. Ils jettent leur arme dans le fleuve et cachent le cadavre sous terre, où nous les découvrons toujours. Bon vieux fleuve, bonne vieille terre! Quelle patience – et quel enfantillage!... Et nous autres, policiers, médecins, juges, confesseurs, condamnés à tourner en rond, vieux chevaux de manège, avec nos gros sabots... Si ce n'est pas un accident, c'est un suicide; pas un suicide, un meurtre. Accident, suicide, assassinat, pour nous autres, c'est la Sainte-Trinité! Seulement je n'y crois plus, Fenoux, personne n'y croit plus en dehors des stagiaires *(il l'observe et ajoute)* et des abrutis... *(Le téléphone sonne; il décroche et, repris par le métier, change de ton.)* Allô!... Bonjour, vieux... Mal!... Mal sans raison, c'est le pire... Écoute, tu es bien gentil, mais il n'y a pas de Courrier du cœur pour les « gorilles ». N'en parlons plus! Alors quoi de neuf?... Et ce fameux Roger Beauval?... *(Sursautant)* Quoi? il refuse de venir? *(Au* SECRÉTAIRE*)* Vous vous rendez compte, Fenoux?... *(D'un ton doucereux)* Bon, eh bien, tu vas lui expliquer gentiment, très gentiment, que s'il ne se présente pas ici *(regardant sa montre)* dans la journée, je lance un mandat d'arrêt contre lui... Quelle inculpation? – *(lentement)* Meurtre ou complicité de meurtre sur la personne de son meilleur ami...

LE RIDEAU TOMBE

ACTE III

SCÈNE I

L'INSPECTEUR, LE SECRÉTAIRE, ROGER

Décor : la chambre 18, « bureau » de l'Inspecteur. ROGER, *assis, semble écouter avec passion le récit que fait et mime* L'INSPECTEUR. ROGER *est le type même du brave gars, mais laid, vraiment très laid...*

ROGER, *après un temps.* – Et alors?

L'INSPECTEUR. – Alors, vous n'avez pas pu supporter cette dernière humiliation. Ç'a été, pour vous, un trait de lumière...

ROGER, *fasciné.* – Un trait de lumière?

L'INSPECTEUR, *penché sur lui, comme un psychiatre, comme un hypnotiseur.* – Ce copain, ce prétendu copain qui s'arrangeait toujours pour passer devant vous...

ROGER, *même jeu.* – Devant moi!

L'INSPECTEUR, *avec une belle indignation.* – En Indochine, qui a eu le bout de galon et décroché la médaille?... Mais qui a reçu la blessure? *(Machinalement* ROGER *porte la main à l'épaule où il a été blessé.)* Et, revenus à Paris, qui a trouvé l'argent pour monter des « affaires »?

ROGER *à mi-voix.* – Lui, heureusement!

L'INSPECTEUR, *poursuivant.* – Qui les dirigeait?

ROGER, *même jeu.* – Lui, bien sûr!

L'INSPECTEUR. – Qui décidait d'en changer afin de gagner davantage encore et vous refilait l'ancienne affaire?

ROGER, *éperdu de reconnaissance.* – Lui!

L'INSPECTEUR, *triomphant.* – Lui! toujours lui! et toujours devant vous! Et pourquoi?

ROGER. – Parce que c'était comme ça...

L'INSPECTEUR, *martelant ses mots.* – Parce qu'il avait de l'argent! Parce que son père était industriel et le vôtre ouvrier; parce qu'on lui avait donné de l'instruction, et pas à vous... (ROGER, *résigné, exprime : « peut-être »... L'autre poursuit, lyrique.)* On n'en finirait donc jamais avec cette injustice! Est-ce que cela allait durer toute la vie? – Non! Cette fois, la coupe est pleine... Ce faux copain, ce faux associé, vous ne pouvez plus le supporter... Votre détermination est prise : c'est lui qui va payer, enfin!

ROGER, *timidement.* – Lui qui?

L'INSPECTEUR. – François.

ROGER, *à mi-voix, à lui-même.* – Payer quoi? – Je ne comprends rien.

L'INSPECTEUR, *poursuivant avec feu.* – Et c'est facile! Justement, il vous a laissé sur les bras son trafic de voitures, votre pseudo-garage, car il vient de trouver plus juteux : les affaires immobilières. Celles-là, il ne vous les refilera que plus tard, quand il aura encore trouvé mieux, pour lui-même.

ROGER, *même jeu.* – Sûrement! il était si chouette...

L'INSPECTEUR, *qui n'écoute que lui.* – C'est votre garage qui prend soin de ses voitures; c'est vous-même qui les bricolez... Alors, hein? ni vu ni connu! Le crime parfait!

ROGER, *passionné.* – Ah bon!

L'INSPECTEUR, *comme s'il y était.* – Ce soir, il prendra sa *Mercedes;* il vous a prévenu : il doit rouler, cette nuit... Alors, hein? le « réglage » des freins... ou l'axe de la direction... ou même simplement les boulons d'une roue avant... Que ça survienne à minuit, en pleine vitesse et sur une route déserte... Rrran vrrraou bang! – Voilà ce que je vais combiner!

ROGER, *éberlué.* – Vous?

L'INSPECTEUR. – Non, toi!... Allons, avoue! C'est bien ainsi que ça s'est passé?

ROGER, *dégrisé, après un instant.* – Dites, vous n'êtes pas malade? Et moi qui vous laissais débiter votre feuilleton! J'y croyais presque...

L'INSPECTEUR, *glacé.* – Vous niez les faits?

ROGER. – Quels faits? Que François était mon meilleur copain, qu'on travaillait ensemble, que je bricolais ses voitures? Non.

L'INSPECTEUR. – Que vous avez délibérément provoqué l'accident.

ROGER, *se levant, terrible.* – Je vais délibérément vous casser la gueule, ça oui!

Il se jette sur L'INSPECTEUR *qui le maîtrise à grand-peine.* LE SECRÉTAIRE *qui amorçait un mouvement de fuite, se rassied.* ROGER *aussi, tout essoufflé.*

L'INSPECTEUR. – Du calme! *(Il remet de l'ordre sans ses vêtements.)* C'est facile de nier. Malheureusement pour vous, ma démonstration est solide, irréfutable. Elle prouve...

ROGER, *avec une douceur surprenante.* – Elle prouve une seule chose : c'est que moi, sans François, je n'étais rien, *(baissant la voix)* je ne suis rien. Sans lui, je redeviens ce que je n'aurais jamais cessé d'être. Un second, sans premier, dites ça vaut cher?... *(un temps bref)* Et vous pensez que j'aurais été le bousiller, moi? A quoi ça rime, toute votre affaire?... *(Se tournant vers le mur de la chambre voisine)* Mon pauvre vieux, je te demande pardon. Mais tu connais les flics! Ils nous ont assez emmerdés aux temps heureux, tu te rappelles?

L'INSPECTEUR, *furieux.* – Dites donc!

ROGER. – Ce n'est pas à vous que je parlais. Vous ne pouvez pas comprendre... *(lentement)* François et moi... la confiance... le partage... Rien ne pouvait nous séparer...

L'INSPECTEUR, *flairant une nouvelle piste.* – Même pas les femmes?

ROGER, *tombant dans le piège.* – Vous voulez parler de Nicky? Eh bien, oui, je l'aimais. Et François le savait si bien qu'il me l'a donnée...

L'INSPECTEUR, *sursautant.* – Quoi?

ROGER, *de bonne foi.* – Du moment qu'il se mariait, il en avait plus rien à faire!

L'INSPECTEUR. – Et il vous l'a « refilée », elle aussi?

ROGER, *soudain inquiet.* – Dites, n'allez pas le lui raconter!

L'INSPECTEUR. – Elle le sait sûrement! *(Remontant sur ses grands chevaux)* Et croyez-vous qu'une femme puisse supporter un tel affront? Et qu'elle ne fera pas tout pour s'en venger, tout?

ROGER, *avec résignation.* – Allons bon, le voilà reparti !

L'INSPECTEUR, *il marche de long en large en pensant tout haut.* – Cela expliquerait son désespoir, tout à l'heure; et aussi sa première question : « A-t-il souffert ? » – Le remords... *(s'arrêtant)* À moins que... *(Repartant)* Mais oui. Ce n'était qu'un marché de dupes et la dupe s'en est avisée. Geneviève et Nicky : on prenait l'une et on gardait l'autre en sous-main, à tout hasard... Une fois de plus son copain jouait sur les deux tableaux... Pardi, le voilà le mobile!... *(s'arrêtant de nouveau)* Ou peut-être... Tiens, tiens... La fille trahie et l'ami trompé s'associant pour exercer leur double vengeance...

Il poursuit son monologue, mais un autre s'élève qui va oblitérer le sien : c'est ROGER *qui pense tout haut lui aussi. Mais il ne parle pas et les autres paraissent bien ne pas l'entendre; sa voix est enregistrée et étrangement réverbérée.* ROGER *se souvient;* ROGER *prie à sa manière. La lumière va décroître progressivement et bientôt c'est dans les ténèbres que s'élèvera cette voix.*

LA VOIX DE ROGER. – Tu fous le camp, François. A une allure vertigineuse, comme un rêve au réveil... J'essaie de te retenir, de rattraper nos souvenirs – mais tout se débine, François... Tu es en train de faire mentir le proverbe : tu l'emportes avec toi, toute notre vie... Et puis, par instants, tu te ramènes en gros plan, si proche, si vivant que j'ai peur... *(un temps)* Un cadet sans aîné, dis, ça n'existe pas! Qu'est-ce que je vais devenir?... Tu ne t'es pas demandé ce que j'allais devenir, François; c'est la première fois... Mais moi je sais : je vais devenir vieux. J'ai bien compris : ce n'est pas une question d'âge, mais de solitude. Et veux-tu que je te dise, François ? Je m'en fous. Oui, je m'en fous... Tu te rappelles ce que nous disait le capitaine : « Vous n'avez pas l'instinct de conservation »... Il devait avoir raison. Depuis hier, François, je n'ai plus peur de mourir... J'ai toujours eu peur de tout jusqu'à ce qu'un copain y passe devant moi. En Indochine, je ne te l'ai jamais dit mais c'était ainsi : quand tu y allais, moi je te suivais. Je n'étais pas courageux : j'étais tranquille. Quand je me suis foulé la patte en sautant en parachute, c'est la seule fois où j'avais sauté avant toi... *(D'une voix soudain altérée)* Oh! l'Indochine, François! C'est là que tout a commencé... Ça y est... Les gros plans... les images... *(criant presque)* Pas si près, François!... J'étouffe!... J'étouffe...

Un nouveau décor apparaît à gauche (comme l'écran tout à l'heure.) C'est un coin de bistro ou de cantine, en Indochine. FRANÇOIS *est accoudé au comptoir. Il est en tenue « léopard » de parachutiste.*

SCÈNE II
FRANÇOIS, ROGER

FRANÇOIS, *s'adressant à un serveur invisible.* – Pour lui? La même chose, naturellement... *(parlant vers le fond)* Alors, papa, tu t'amènes? Toujours à la traîne! Le jour où ils nous rendront à la vie civile, tu courras sur le quai pendant qu'on lèvera la passerelle...

ROGER, *qui est entré pendant cette réplique. Il porte la même tenue.* – Je te jure que, ce jour-là, je serai à l'heure!

FRANÇOIS. – Et pour quoi faire, bonhomme?

ROGER, *interloqué.* – Mais...

FRANÇOIS. – Tu as des idées précises sur ta « reconversion », toi?

ROGER, *même jeu.* – Ben...

FRANÇOIS. – Parce que, enfin, ce qu'on nous a appris ici n'est pas d'utilité courante!

ROGER. – Bah! on mettra une annonce dans *France-Soir*...

FRANÇOIS. – Quelque chose comme : « Tueur héroïque cherche emploi sédentaire »... ou encore : « Casseur de Viets accepterait casser cailloux, sur route, ombragée de préférence »... (ROGER *rit*) Tu rigoles, toi? Tu as bon cœur!

ROGER. – Enfin quoi, ils ne nous laisseront pas tomber!

FRANÇOIS. – Qui ça « ils », les Viets? – J'en ai bien peur.

ROGER. – L'armée.

FRANÇOIS. – L'armée, l'armée, elle ne peut pas nous inventer du boulot! Ah! si elle trouve une autre petite guerre à nous mettre sous la dent, tout ira bien! On ne serait pas exigeant, hein, Roger? Une guérilla nous suffirait. Nous sommes devenus des artisans, nous autres : modestes, consciencieux et tout...

ROGER, *sérieusement*. – Il paraît qu'en Algérie...

FRANÇOIS, *assez méprisant*. – Oui, mais ça ne peut pas durer longtemps : cinq cents types avec des fusils de chasse, ce n'est pas du gibier sérieux! *(changeant de ton)* Non, il va falloir penser à gagner de l'argent de nouveau...

ROGER, *doucement*. – Tu vois, François, c'est là où tu es un bourgeois et pas moi...

FRANÇOIS, *furieux*. – Dis donc!

ROGER, *bonnement*. – C'est drôle, il n'y a que les vrais bourgeois qui prennent ce mot-là pour une injure...

FRANÇOIS. – Et en quoi est-ce que je suis... ce que tu dis?

ROGER. – Ce n'est tout de même pas un gros mot! – Eh bien, tu as beau jouer les affranchis, vomir tes parents et ta jeunesse dorée, la vie civile, pour toi, c'est l'argent; le retour à la vie civile : c'est le moyen d'en gagner de nouveau.

FRANÇOIS. – Et pour toi?

ROGER. – Pour moi? *(un temps; puis, d'un autre ton)* Un dîner de saucisson et de fromage avec des copains, un samedi d'avril... Un tour de danse avec une fille encore capable de rougir et à qui l'on dit vous...

FRANÇOIS, *ricanant sans conviction.* – Tu as une fleur bleue à la mitraillette!

ROGER, *très calmement.* – Ta gueule, François! Je te laisse toujours parler; mais là, franchement, ta gueule! Tu n'y connais rien. Ton whisky, tes bagnoles à cinq briques pièce et ton Eden-roc, c'est minable. L'argent ne vous sert qu'à camoufler combien tout cela est minable. Le vrai bonheur, c'est toujours un petit bonheur. Le vrai bonheur... – mais tu ne peux pas comprendre!

FRANÇOIS, *d'une voix un peu sourde.* – Je crois que si *(un temps. Brusquement)* Alors pourquoi l'as-tu quitté, imbécile?

ROGER, *lentement.* – Parce que je suis laid. Oui, c'est pour ça que je me suis engagé : parce que j'étais trop moche.

FRANÇOIS, *avec une tendresse brutale.* – Moche, toi? – Idiot, ça oui!

ROGER, *même jeu.* – Tu ne sais pas ce que c'est qu'une fille qui se détourne quand tu vas vers elle, ou qui rigole de toi avec ses copines.

FRANÇOIS. – Des poupées!

ROGER, *même jeu.* – Pas du tout. Des jeunes filles qui deviendront des femmes pour les autres, qui leur feront des enfants. Et eux les appelleront « la patronne »; et, le moment venu, elles les aideront à mourir...

FRANÇOIS, *décontenancé.* – Une fille qui se foutrait de toi, Roger, elle aurait affaire à moi!

ROGER, *doucement.* – Elle *a* affaire à toi, c'est vrai.

FRANÇOIS. – Qui donc?

ROGER, *même jeu.* – La petite, avant-hier, dans le bar. C'est moi qui l'avais trouvée; c'est avec toi qu'elle est allée...

FRANÇOIS, *vivement.* – Je n'y ai pas touché!

ROGER, *avec une sorte d'espoir.* – A cause de moi?

FRANÇOIS, *après un instant.* – Non, mon vieux *(un temps)* Mais je te jure que tu l'auras!

ROGER. – Je ne veux pas « l'avoir », je veux l'aimer.

FRANÇOIS. – Alors là tu compliques le problème, Roger. En tout cas, elle t'aimera, je te le promets.

ROGER. – Et comment...?

FRANÇOIS. – Je lui expliquerai ce que c'est que l'amitié, le courage, la...

ROGER, *l'interrompant brutalement.* – Et une sale gueule, tu lui « expliqueras » ce que c'est? *(un temps)* Un chien laid, on l'aime; pas un homme.

FRANÇOIS, *avec hargne.* – Allons, ce qui leur plaît en nous c'est l'uniforme, le chapeau de brousse – le cinéma! Parce que nous tuons des gars, elles se sentent protégées. Nous sommes tous pareils à leurs yeux!

ROGER. – Il faut coire que non. *(Il lève son verre)* Bon courage! *(Il le boit, le repose et s'éloigne; mais il se ravise et revient près de son ami.)* Et toi, pour ta « reconversion » à la vie civile, qu'est-ce que tu prévois?

FRANÇOIS. – Les affaires.

ROGER, *sincère.* – C'est compliqué de réussir dans les affaires?

FRANÇOIS. – Non, il suffit d'une guerre mondiale. Je t'apprendrai...

ROGER, *il s'éloigne de nouveau mais se retourne encore, hésite et demande enfin.* – François, la fille d'avant-hier, pourquoi ne l'as-tu pas touchée?

FRANÇOIS *hésite à son tour puis répond d'un ton qu'il voudrait désinvolte.* – Parce qu'elle s'appelait Françoise.

ROGER. – Et alors?

FRANÇOIS, *même jeu.* – Rien. Une histoire de gosses...

Il boit son verre. La lumière s'éteint. Lorsqu'elle se rallume, c'est sur le couloir de la clinique. NICKY *est debout, près de la porte 17 qui est fermée. Un certain temps; puis* ROGER *sort de la chambre 18, aperçoit* NICKY *et cherche instinctivement à partir par la droite. Mais il revient lentement vers elle et se tient, lui aussi, immobile de l'autre côté de la porte 17. On dirait deux cariatides.*

SCÈNE III
NICKY, ROGER puis FRANÇOIS et AZRAËL

ROGER, *se décidant enfin à parler.* – On reste à la porte, comme des chiens...

NICKY. – Les chiens, c'est souvent eux qui ont le plus de peine!

ROGER, *après un temps.* – Pourquoi tu n'y retournes pas, Nicky? Il t'aimait plus que l'autre.

NICKY. – Le regard que sa mère m'a jeté tout à l'heure!... *(un temps)* Et toi, pourquoi...?

ROGER, *d'une voix sourde.* – Il me fait peur. Je ne le reconnais pas. Au premier moment...

NICKY, *après avoir attendu un peu.* – Au premier moment?

ROGER. – J'ai cru qu'il me faisait une blague. (NICKY *se met à pleurer*) Je te demande pardon... *(un temps)* Tu veux que je m'en aille, Nicky?

NICKY. – Non. Pourquoi?

ROGER. – J'ai honte d'être là... Lui, allongé, sans mouvement; et moi debout, libre de faire ce qui me plaît mais n'ayant plus envie de rien faire – c'est le monde à l'envers!

NICKY, *après un instant.* – Tu es gentil, Roger.

ROGER. – C'est toi qui es gentille de ne pas me détester *(baissant la voix)* pour ne pas être mort à sa place... *(un temps)* Souvent, j'ai souhaité que tu me détestes.

NICKY. – Mais pourquoi?

ROGER, *d'une voix forte.* – Pour exister, Nicky; pour avoir l'impression d'exister. François prenait toute la place...

NICKY, *un peu agressive.* – Il n'avait pas besoin de la prendre : il la tenait!

ROGER, *à mi-voix.* – Justement!

NICKY. – Il la tient toujours.

ROGER, *très triste.* – Tu vois, il vaut mieux que je m'en aille. *(Il s'éloigne.)*

NICKY, *dans un cri.* – Non! ne me quitte pas.

ROGER, *prêt à espérer.* – Nicky!

FRANÇOIS, *qui vient d'apparaître à gauche suivi* d'AZRAËL, *d'une voix suppliante.* – Nicky, ne me quitte pas, toi non plus!

ROGER, *revenant vers elle, même jeu.* – Tu veux vraiment que je reste avec toi?

NICKY, *montrant la porte.* – Avec lui.

ROGER, *avec une immense déception.* – Ah! oui.

FRANÇOIS *vient se placer entre* NICKY *et lui; il les regarde, l'un puis l'autre, avec une espèce d'angoisse. Puis il va parler en regardant* NICKY *fixement comme s'il la fascinait.*

FRANÇOIS, *à mi-voix.* – Tu te rappelles Nogent?

NICKY, *après un instant.* – Roger, tu te rappelles Nogent?

ROGER. – Oui. Vous étiez allongés dans le fond de la barque, et c'est moi qui ramais.

NICKY, *elle ne l'a pas entendu.* – Le soleil, les oiseaux, les rumeurs de Nogent... Ma main au fil de l'eau...

ROGER, *parlant à lui-même.* – Nogent, c'était vraiment du « petit bonheur »... C'est bien grâce à moi...

NICKY, *brusquement.* – « Grâce à toi »? Qu'est-ce que tu veux dire?

ROGER. – Rien.

NICKY. – C'est lui qui nous avait emmenés!

ROGER. – Bien sûr.

FRANÇOIS, *après un temps.* – Et la piscine de Chatou?

NICKY. – Et la piscine de Chatou?... (ROGER *acquiesce*) Comme tu nageais bien!

ROGER. – Je ne sais pas nager.

NICKY, *sans grâce.* – Ce n'est pas à toi que je parle!

AZRAËL, *d'une voix forte.* – Assez, François! (NICKY *et* ROGER *s'immobilisent*).

FRANÇOIS, *se tournant vers lui.* – Mais...

AZRAËL. – Cesse de te tenir entre eux!

FRANÇOIS. – Ce sont eux qui m'appellent!

AZRAËL. – Au contraire, tu les effraies.

FRANÇOIS, *criant presque.* – Je ne veux pas! C'est trop injuste!

AZRAËL, *froidement.* – Qui est injuste en ce moment? *(un temps)* Naturellement, tu restes libre : libre de continuer ton double jeu jusqu'au dernier moment; libre de les perdre – et de te perdre.

FRANÇOIS, *même jeu, montrant les deux statues.* – Mais ils n'existaient pas sans moi!

AZRAËL, *exaspéré.* – Même sous terre, il crierait d'orgueil!... *(Marchant vers* FRANÇOIS) Tu es donc si fier de toi? Alors, au miroir! Viens le répéter devant le miroir! (*Il l'empoigne.* FRANÇOIS *se dégage en criant* « non »! *un temps.)* Retire-toi d'entre eux, François. Laisse-les échanger la chaleur qui leur reste. Deux alpinistes perdus en montagne, s'ils s'écartent l'un de l'autre, ils meurent de froid... (FRANÇOIS *continue de faire non de la tête.*) Laisse-les retrouver le « petit bonheur » qu'ils t'ont appris et auquel tu jouais seulement...

FRANÇOIS, *désespéré.* – C'est le seul vrai!

AZRAËL. – Si tu les aimes, laisse-le-leur.

FRANÇOIS, *même jeu.* – Vous me demandez de mourir deux fois!

AZRAËL, *hochant la tête.* – Fais vite! J'ai bien d'autres choses à te demander.

FRANÇOIS. – Et pourquoi accepterais-je?

AZRAËL, *lentement.* – Parce que tu sais que j'ai raison et parce que tu ne peux plus mentir...

FRANÇOIS, *d'une voix altérée.* – C'est donc cela, la mort?...

AZRAËL. – Notamment, oui.

FRANÇOIS, *après un temps, d'une voix déchirante.* – Mais Nicky va m'oublier! Nicky va m'oublier!

AZRAËL, *sans dureté.* Tu as fini de jouer avec la petite Nicky; fini de jouer avec tous les vivants...

FRANÇOIS, *sans bouger.* – Alors, emmenez-moi d'ici, emmenez-moi de force!

AZRAËL. – Non, décide tout seul. Cela aussi, c'est la mort.

FRANÇOIS *regarde longuement* NICKY *puis cache son visage dans ses mains et s'écarte d'elle pas à pas. A chacun de ses pas semblera correspondre une réplique des autres.*

NICKY, *à* ROGER, *doucement.* – Tu disais : « pour exister »... – Mais tu « existes » aussi, Roger!

ROGER. – Pas pour toi.

NICKY, *lentement.* – Au contraire. Il me semble que je vais avoir besoin de toi.

ROGER, *méfiant.* – Parce que François te l'avait dit!

NICKY. – Pourquoi me parles-tu sans cesse de lui?

ROGER. – Je croyais te faire plaisir...

NICKY. – Que tu es bête! *(soupirant)* Que j'aurai du mal avec toi!

FRANÇOIS, *s'arrêtant, à mi-voix.* – Qu'est-ce que tu viens de dire?

ROGER, *bouleversé.* – Qu'est-ce que tu viens de dire?

NICKY, *étonnée de le voir étonné.* – Que j'aurai du mal avec toi.

ROGER. – Je ne crois pas. *(Il la regarde encore avec une immense joie puis se met à pleurer en détournant son visage.)*

NICKY, *inquiète, s'approche de lui.* – Roger!

ROGER, *vivement.* – Ne me regarde pas! Je suis encore plus laid quand je pleure... *(Elle s'approche encore, prend le visage de* ROGER *entre ses mains, le tourne de force vers elle et le considère.)* Tu es la première que ça ne fait pas rire! *(Lentement elle baise sa joue.)* Nicky...

NICKY, *après un temps, d'une voix sourde.* – Allons-nous-en! ça sent la mort dans les cliniques.

FRANÇOIS, *faisant un pas vers elle, suppliant.* – Nicky!

AZRAËL. – François!

ROGER, *montrant la porte de la chambre.* – Mais... lui?

NICKY. – Il n'est plus ici.

ROGER, *désignant l'autre porte.* – Et l'inspecteur?

NICKY. – Bah! il a dû changer d'idée... Vite! sortons respirer! *Ils sortent.* FRANÇOIS *est au comble du désespoir. Il se jette sur* AZRAËL *comme pour le battre.*

FRANÇOIS. – Je vous déteste!

AZRAËL, *très doucement.* – Et moi je commence à t'aimer. *(un long silence; puis, plus doucement encore)* Et l'autre?

FRANÇOIS, *rudement.* – Qui encore?

AZRAËL. – Geneviève. Qu'est-ce que tu vois pour elle?

FRANÇOIS, *même jeu.* – Un suisse en velours grenat; et son père, en jaquette, serrant des mains et procurant une belle situation à son gendre.

AZRAËL. – Probablement. Mais votre aventure restera son trésor, le roman secret qu'on se remémore indéfiniment en l'embellissant et en finissant par y croire, comme font les anciens combattants.

FRANÇOIS. – Tant mieux! Elle n'a plus besoin de moi pour cela.

AZRAËL, *impérieusement.* – Absolument, immédiatement besoin de toi, au contraire! pour se persuader que c'était vraiment une histoire d'amour et qu'au moins une fois dans sa vie, son argent n'aura pas compté.

FRANÇOIS, *avec confusion.* – Mais vous savez bien...

AZRAËL, *même jeu.* – *Elle* ne le sait pas.

FRANÇOIS, *après un instant.* – Alors?

AZRAËL, *tranquillement.* – Alors tu vas lui mentir.

FRANÇOIS, *explosant.* – Mentir à présent? Et c'est vous qui me le demandez!... Vous faussez tout!

AZRAËL, *illustrant son propos d'un geste.* – Quand tout est déjà faussé, comment le redresse-t-on? *(un temps).* (FRANÇOIS *soupire et se dirige vers la porte 17.* AZRAËL *reprend avec effort*) Avant de les passer près d'elle, il faut que tu saches, François, que ce sont les derniers instants qui te restent.

FRANÇOIS, *faisant volte-face.* – Qui me restent?

AZRAËL, *très lentement, avec une grande tendresse.* – Bientôt tu vas mourir pour de vrai.

FRANÇOIS, *bouleversé.* – Les quitter tout à fait? *(criant presque)* Non!

AZRAËL, *même jeu.* – Mon pauvre petit...

FRANÇOIS, *d'une voix altérée.* – Oh! J'ai mal... Mal partout comme aux temps où je grandissais trop vite...

AZRAËL. – Tu as mené ta vie sans jamais penser que le temps t'était mesuré. Pourtant, c'est votre seule certitude.

FRANÇOIS. – J'ai perdu ma vie!

AZRAËL, *dans un cri.* – Non, puisque tu t'en avises avant de l'avoir quittée tout à fait. Tu peux tout rattraper en un instant...

FRANÇOIS *assiégé d'images.* – Pas les visages! pas les regards!... Oh! quel tourbillon! Qu'est-ce qu'ils me veulent?... Mais qu'est-ce qu'ils me veulent?

AZRAËL. – Que tu les aimes.

FRANÇOIS, *d'une voix sourde.* – Ils ont tous des regards d'enfants!

AZRAËL, *le regardant.* – Toi aussi... D'enfants qui mendient qu'on les protège, et qu'on les croie.

FRANÇOIS, *même jeu.* – Personne ne m'a appris cela! Personne! jamais!

AZRAËL. – Tu le savais. On te l'a désappris.

FRANÇOIS, *à voix basse.* – Oh! tout recommencer...

AZRAËL, *après un silence.* – Tu vas rester avec Geneviève... *(un temps)* N'est-ce pas?

FRANÇOIS, *désespéré.* – Mais c'est Nicky que j'aime, elle seule!

AZRAËL, *presque durement.* – Elle le sait. Elle a eu son content; l'autre, non. L'autre n'a rien que ses milliards. Aie pitié d'elle, François!

FRANÇOIS, *même jeu.* – Qui aura pitié de moi!

AZRAËL. – Dans quelques instants, tu...

FRANÇOIS, *l'interrompant.* – Mais dans quelques instants, c'en sera fini des arbres, des oiseaux, des gosses – de tout ce que je n'ai jamais regardé... *(au comble du désespoir)* Oh! Le sourire des filles!...

AZRAËL. – Le sourire de leur corps, oui, c'en sera fini.

FRANÇOIS. – Mais c'est leur corps que j'aimais!

AZRAËL, *durement.* – Alors, tu as eu ta part.

FRANÇOIS, *à mi-voix.* – Pas ma suffisance...

AZRAËL, *poursuivant.* – Et de Geneviève aussi tu as volé ta part. Vas-tu la laisser seule maintenant? *(un temps)* Décide-toi!

FRANÇOIS, *se défendant.* – Les derniers instants!...

AZRAËL, *très doucement, après un long silence.* – François, tu te rappelles le chien?

FRANÇOIS. – Quel chien? *(Il fait un effort pour se souvenir, et soudain haussant les épaules)* Ah! le Pont-Neuf? Cette connerie!

AZRAËL, *même ton.* – Ta seule bonne action, François : celle que personne n'a vue et que tu n'as jamais racontée... Il était passé, ce chien, on ne sait comment, de l'autre côté du parapet, sur le rebord étroit du pont. Et il tremblait de peur, là, vingt mètres au-dessus du fleuve, comme s'il se rendait compte qu'il n'y avait aucune issue – et il n'y en avait aucune... Tu as enjambé le parapet, François. Cela te faisait horreur. D'abord, c'était ridicule; et puis, tu as toujours eu le vertige, sauf en parachute. Tu as pris le chien dans tes bras...

FRANÇOIS, *souriant.* – Il se débattait, l'imbécile!

AZRAËL, *à mi-voix.* – C'est toujours ce que vous faites quand on veut vous sauver!

FRANÇOIS, *même jeu.* – On a failli tomber tous les deux! Je crois bien que je lui ai flanqué une raclée...

AZRAËL. – Pas longtemps : il te léchait les mains. Lui ne s'y trompait pas.

FRANÇOIS, *après un silence.* – J'ai l'impression d'avoir fait un peu mieux chez les paras!

AZRAËL. – Jamais.

FRANÇOIS, *furieux.* – Comment?

AZRAËL. – Il y avait les copains à venger, les officiers à suivre, le plaisir de la chasse, l'ivresse de sauter, les décorations – la patrie...

FRANÇOIS. – Parlons-en!

AZRAËL. – Le chien « tu n'en avais rien à foutre »... *(un temps)* Geneviève est sur le rebord du pont, François, toute seule...

FRANÇOIS *demeure, un moment, indécis; puis brusquement, il marche vers la porte 17 et l'ouvre avec violence. La lumière s'éteint. Elle va se rallumer presque aussitôt sur le décor de la chambre 17.* LA MÈRE *est assise à la droite du lit vide, nous tournant le dos;* GENEVIÈVE *à sa gauche, en retrait.* FRANÇOIS *marche lentement vers elle; il restera debout à son côté.*

SCÈNE IV

LA MÈRE et GENEVIÈVE, muettes – FRANÇOIS

FRANÇOIS. – Geneviève, c'est à toi que je parle, à toi seule... Écoute-moi bien. Tu ne t'es pas trompée : je t'aurais aimée, malgré ton argent... Alors, n'y pense plus, Geneviève... *(un temps)* Une seule minute ou une vie entière, pourvu qu'il s'agisse d'amour vrai, ce doit être la même chose. Oui, il me semble que ce doit être la même chose. Alors, prends cette minute-ci, Geneviève... Fais vite!... *(un temps)* Je te tutoie, et à jamais; mais ce n'est pas du tout le même tutoiement... (GENEVIÈVE *étend la main vers lui*) Ne me touche pas!... *(Il la regarde longtemps, comme s'il venait de la découvrir puis couvre de sa main ses deux yeux.)* Ah! que c'est aveuglant!... Nous perdons tous notre vie à vouloir être *aimé malgré*!... Toi, malgré ton argent... Nicky... (GENEVIÈVE *a un haut-le-corps*) Si! écoute-moi – Nicky, malgré sa pauvreté... Roger, malgré sa laideur... Nous vivons tous à une marche l'un de l'autre. Suffisait de se retourner! Suffirait de se retourner... Quel gâchis! *(Très doucement, après un temps)* Mais toi, tu as fini d'attendre; tu peux vivre maintenant. Va-t'en Geneviève! *(lentement)* Va m'inventer...

GENEVIÈVE *se lève, se penche un instant vers la forme invisible sur le lit, se relève très vite, va saluer* LA MÈRE *et sort de la pièce. Au même instant* AZRAËL *apparaît par la gauche.*

AZRAËL, *doucement.* – Et toi, François, « malgré quoi » voulais-tu être aimé?

FRANÇOIS, *d'une voix altérée.* – Je le sais maintenant : toute ma vie j'ai couru après mon enfance...

AZRAËL, *à mi-voix.* – Te voici parvenu au seuil de ton enfance.

FRANÇOIS, *poursuivant.* – Après le temps où je pouvais croire aux grandes personnes...

AZRAËL. – Croire à ta mère?

FRANÇOIS, *violemment.* – Ne me parlez pas d'elle!... *(un temps. Avec une grande douceur)* Aimer la petite Françoise, l'aimer « de tout mon cœur » comme disent les enfants...

AZRAËL, *plus fermement.* – Aimer ta mère?

FRANÇOIS, *avec brutalité.* – Assez!

AZRAËL. – Écoute, François, c'est la dernière écluse...

FRANÇOIS, *même jeu.* – Jamais!

AZRAËL, *désespéré.* – Le soir tombe...

FRANÇOIS, *même jeu.* – Qu'elle commence! qu'elle commence par m'aimer!

AZRAËL, *même jeu.* – Vous perdez votre vie à vous attendre!... François, il n'y a que le premier pas qui compte.

FRANÇOIS. – Je la déteste.

AZRAËL. – Vite!

FRANÇOIS. – Adieu. *(Il se couche sur le lit, la face contre l'oreiller et demeure immobile.)*

AZRAËL, *avec un geste très las vers la chambre voisine.* – Alors, à vous maintenant!

Le noir se fait. La scène se rallumera, le plus tôt possible, sur le décor de la chambre 18. LE MÉDECIN *et* L'AUMONIER *encadrent* L'INSPECTEUR.

SCÈNE V

LE SECRÉTAIRE, LE MÉDECIN, L'INSPECTEUR, L'AUMONIER puis FRANÇOIS et AZRAËL

LE MÉDECIN. – Je me permets d'insister, M. l'Inspecteur. Une clinique n'est pas une morgue!

L'INSPECTEUR. – Je ne peux pas donner le permis d'inhumer avant d'avoir clos mon enquête.

LE MÉDECIN. – Justement! Cette enquête, votre présence ici ne sont guère compatibles avec... le bon fonctionnement de la clinique.

L'INSPECTEUR, *se tournant vers* LE SECRÉTAIRE. – Vous avez entendu, Fenoux? Nous faisons mauvais effet...

LE MÉDECIN. – Ma foi!...

L'AUMONIER. – Il y a autre chose, M. l'Inspecteur. Je voudrais intercéder en faveur de la mère, de la fiancée et des amis de la victime. Ces interrogatoires sont-ils encore bien utiles?

L'INSPECTEUR, *assez sèchement.* – J'en reste seul juge, M. l'aumônier.

L'AUMÔNIER, *avec un geste vers la chambre 17.* – La présence constante de la police dans la pièce voisine rend la prière difficile.

L'INSPECTEUR. – Je ne vois pas pourquoi! Il y a bien des confessionnaux dans les églises...

L'AUMÔNIER, *doucement.* – La confession, elle, est volontaire et s'achève par le pardon.

L'INSPECTEUR. – Un non-lieu? Je ne demande pas mieux que tout s'achève ainsi! Quant aux aveux, ils sont volontaires, eux aussi, croyez-moi. Nous ne les obtenons que dans la mesure où ils soulagent les coupables! Non, la police n'a de mérite qu'avec les innocents...

LE MÉDECIN. – Vous me permettrez de penser que c'est précisément le cas ici.

L'INSPECTEUR, *avec irritation.* – Tous innocents, hein? – Malheureusement, je pencherais plutôt vers l'opinion contraire!

L'AUMÔNIER, *surpris.* – Tous coupables?

LE MÉDECIN, *se tournant vers lui.* – C'est le penchant favori des policiers!

L'INSPECTEUR. – Parce que vous, Docteur, vous croyez vraiment qu'on ne meurt que d'une maladie à la fois?

(Haussant les épaules) Ce serait un peu trop simple. Et à quoi serviriez-vous?

L'AUMÔNIER, *après un temps.* – Qui vous reste-t-il à interroger, M. l'Inspecteur?

L'INSPECTEUR. – Le cadavre.

L'AUMÔNIER, *sursautant.* – Comment?

L'INSPECTEUR. – Je suis revenu, ce matin, avant tout le monde...

LE MÉDECIN, *à mi-voix.* – Je sais.

L'INSPECTEUR, *poursuivant.* – Questionner ce visage hautain, fermé – le seul qui sache!... J'y retournerai. *(Avec une sorte de hargne)* Il faudra bien qu'il parle!

L'AUMÔNIER, *après un silence, doucement.* – Moi, j'interroge plutôt le regard des vivants. Il parle plus vite et plus franchement que leurs lèvres. Les regards sont nus.

L'INSPECTEUR, *assez ironiquement.* – Et votre « enquête » avance?

L'AUMÔNIER. – Elle est close.

L'INSPECTEUR. – Peut-on savoir...?

FRANÇOIS *et* AZRAËL *entrent par la gauche, invisibles aux autres.*

L'AUMÔNIER, *souriant.* – Nos points de vue diffèrent, M. l'Inspecteur. Le crime complique votre besogne, et le suicide la simplifie. Pour moi *(changeant de ton),* celui-ci me désespère et me désarme, au contraire : le meurtrier meurt en même temps que sa victime...

L'INSPECTEUR, *agacé.* – Bref?

L'AUMÔNIER. – « Bref »? – Quel mot futile! – *(un temps. Lentement.)* Bref, le suicide n'est le plus souvent qu'un assassinat par personne interposée.

L'INSPECTEUR, *après un silence.* – Et vous, Docteur?

LE MÉDECIN, *lentement.* – Moi aussi j'ai regardé longtemps ce visage torturé, puis absent, puis définitivement absent. Et, brusquement, il m'a semblé... *(Il s'arrête)* Non, c'est absurde!

L'AUMÔNIER. – Je vous en prie.

LE MÉDECIN, *après avoir hésité encore un peu.* – Il m'a semblé que j'avais devant moi le visage même du siècle...

L'INSPECTEUR *(Il ne comprend pas).* – Du siècle?

LE MÉDECIN. – Ce parachutiste qui fait des affaires, ce héros sans scrupules dont le sang est moins précieux, à ses yeux, que le « fric » – oui, c'est bien l'enfant de ce siècle. Il était inévitable qu'il mourût de la mort même du siècle. Aucun de nous n'y pouvait rien; c'était le jeu...

L'AUMÔNIER, *doucement.* – Il aura seulement poussé le jeu un peu trop loin.

L'INSPECTEUR, *les regardant l'un puis l'autre.* – Hum... *(se tournant vers* LE SECRÉTAIRE*)* Et vous, Fenoux, vous avez une opinion? *(Mais* LE SECRÉTAIRE *est fort occupé : il a consulté l'heure longuement; puis il prend une pilule dans une fiole et une seconde dans une autre. Il n'a rien entendu...)*

AZRAËL, *d'une voix forte.* – Dis-lui, François! Dis-lui ta vérité!

FRANÇOIS, *scandalisé.* – Au flic?

AZRAËL, *même jeu.* – Justement! Livre la vérité à un homme que tu méprises, afin de te guérir à la fois de ton secret et de ton mépris...

FRANÇOIS, *à mi-voix, lentement.* – La vérité? Est-ce que je la sais moi-même?

AZRAËL, *inflexible.* – Je t'aiderai.

FRANÇOIS, *se défendant encore.* – Il ne comprendra pas!

AZRAËL, *même jeu.* – C'est ce que dit chaque homme de chaque homme.

FRANÇOIS, *dans un cri.* – Mais c'est tout ce qui me reste!

AZRAËL. – Alors débarrasse-t'en vite!

Le noir se fait. Il durera pendant toute la scène suivante qui n'est que sonore et aura été très soigneusement préenregistrée. D'ailleurs, c'est plutôt une « symphonie » qu'une scène. Les différents éléments symboliques du décor : le comptoir du bar avec ses bouteilles, la machine à disques, le billard électrique, le coin du téléphone et celui des toilettes apparaîtront successivement et progressivement, assez mystérieusement éclairés. Ils ne sont pas à la même hauteur; et si l'un est à même le plateau, un autre sera notablement plus haut à gauche, un troisième, quelque part dans l'espace, à droite, etc. Ils formeront une sorte de constellation clignotante. La musique d'accompagnement (qui pourra devenir fracassante entre les répliques) sera la musique de danse frénétique de l'époque, celle que moud le « juxe-box » du bar, avec ses paroles absurdes et haletantes.

SCÈNE VI

LA VOIX DE FRANÇOIS,
celle d'un BARMAN, des VOIX DIVERSES

Le bar s'éclaire.

LE BARMAN. – Et pour vous, M. François, un petit scotch?

FRANÇOIS. – Un double, Raymond.

L'appareil à disques s'éclaire. La musique va monter puis s'assourdir, encadrant les échanges de répliques.

LA RADIO. – Votre linge exige PRIXE, la seule lessive qui contienne du vrai déterjavellisant!

Musique. Le téléphone s'allume.

UN JEUNE HOMME. – Allô, c'est Chantal?... Ah bon! Alors, dites-lui qu'elle rappelle Tony... TONY!... Oh! elle saura où!

Musique. Les toilettes s'allument.

UNE FILLE. – Mais, mon chou, un type comme Jean-Marc, tu ne l'auras jamais autrement!

UNE AUTRE FILLE. – Pourtant, Bernard...

LA PREMIÈRE FILLE. – Bernard, c'était Bernard! Si j'avais manœuvré avec lui comme avec Philippe, ça n'aurait pas duré longtemps!

L'AUTRE FILLE, *à mi-voix.* – Ça n'a pas duré longtemps...

Musique.

LA RADIO. – « Je lave sans bouillir », c'est la devise de TRAXE, la lessive du XXe siècle, le château fort de votre linge, la fée de votre maison...

Musique. Le billard électrique s'allume. Il cliquette et sonne pendant l'échange de répliques.

UN HOMME. – La Jaguar, je peux vous l'obtenir à 3 millions 5, mais faut venir la chercher vous-même à Douvres.

UN AUTRE HOMME. – A Douvres?

LE PREMIER. – Oui, je vous l'immatricule en TTX. Au bout de trois mois... vous m'avez bien dit trois mois?

L'AUTRE HOMME. – Oui, c'est juste pour traiter une affaire.

LE PREMIER. – Au bout de trois mois... *(Il cogna sur le billard électrique)*. Dis donc, Raymond, il est coincé, ton bastringue! – Ah non! voilà... *(le billard sonne.)*

L'AUTRE. – Au bout de trois mois?

LE PREMIER. – Je vous la revends par un circuit à moi.

L'AUTRE. – Mais quand est-ce que je retrouve mon fric?

LE PREMIER. – Je vous échelonne ça sur treize semaines. Tilt!

L'AUTRE. – C'est bien long...
Musique.

LE JEUNE HOMME, *au téléphone.* – Allo, c'est toi Danou?... Ah! pardon... Dites-lui que c'était Tony... TONY... Qu'elle me rappelle, elle sait où...
Musique.

LA RADIO. – DROXE, DROXE – grâce à DROXE, madame, votre linge sera trois fois plus blanc et durera six fois plus longtemps...
Musique.

LE BARMAN. – Dites donc, c'est le tirage ce soir, M. Émile. Un petit billet, ça ne vous intéresse pas?

M. ÉMILE. – Non, mon vieux. C'est du gagne-petit. Moi, j'attends le sweepstake.

LE BARMAN. – A propos, dimanche, M. Edmond m'avait refilé un tuyau pour Vincennes. En plaçant trois tickets sur Fantome à vendre et en reportant le tout sur Pauvre Job dans la cinquième, c'était un coup de deux briques!

M. ÉMILE. – Et qu'est-ce que vous avez fait?

LE BARMAN. – J'ai eu le tort d'écouter M. Albert. J'ai joué Padock III : cent mille balles en tout!

M. ÉMILE. – C'est pas juste.
Musique.

LA RADIO. – BRUXE, la poudre à laver atomisée électroniquement. Cette semaine, en réclame, le paquet superman, emballage géant avec son cadeau plastique, pour le prix d'un paquet standard. BRUXE!
Musique.

UNE FEMME. – Essayez donc la Tecradomycine!

UNE AUTRE FEMME. – Pour un rhume, vous croyez? On m'avait parlé du DT3...

LA PREMIÈRE. – Pensez-vous! C'est comme la sulfuramycine 22 : c'était l'année dernière tout ça! Maintenant ça n'agit plus...
Musique.

LE JEUNE HOMME *au téléphone.* – Elle est pas là, Anita?... Tant pis! *(Il raccroche)* Dis-donc, y'en a pas une. Qu'est-ce qu'on fout?

UN AUTRE. – Qu'est-ce que tu veux qu'on foute? On va draguer!
La musique devient plus frénétique encore. Elle ne s'interrompra plus que pour laisser place à ces répliques brèves.

L'HOMME. – 140, sans la bricoler!... Et, sur l'autoroute, le 160, facile!
Musique.

LA FILLE. – Alors, il m'a dit : « Tu veux un vison? Gagne-le... »
Musique.

LA RADIO. – Et maintenant, voici un disque pour Dédé, caporal-chef en Algérie, de la part de sa petite femme toute chaude qui l'attend...
Musique.

LE JEUNE HOMME. – Raciste, moi? Tu rigoles! – La preuve, c'est que je me suis tapé des négresses!

La musique reprend puis s'arrête net.

FRANÇOIS, *d'une voix méconnaissable.* – Encore un, Raymond!

LE BARMAN. – Ça fait le sixième, M. François!

FRANÇOIS. – Tant mieux pour toi!

La musique stupide est oblitérée, peu à peu, par une musique angoissante. Bruit d'une voiture qui démarre et accélère trop fort. Musique et bruit de moteur se mélangent avec la voix de FRANÇOIS *qu'on entend répéter :* « Je ne peux plus les voir... Je ne peux plus les voir » *Puis le même bruit qu'avant le lever du rideau : les freins qui grincent, l'écrasement contre un arbre. Silence absolu. Un oiseau chante. Puis les sirènes des ambulances et de la police.*

SCÈNE VII
AZRAËL, FRANÇOIS, LA MÈRE puis LE PETIT FRANÇOIS

La lumière se lève, comme une aube, lentement, et éclaire le décor de la chambre 17. LA MÈRE *monte toujours sa garde immobile, dos au public, au chevet droit du lit. Assis sur le lit, de côté,* FRANÇOIS *paraît accablé.* AZRAËL *se tient debout;* FRANÇOIS *lève les yeux vers lui.*

FRANÇOIS. – Je ne comprends même plus...

AZRAËL. – C'est pourtant simple! Tu n'aimais plus personne : tu as coulé au fond.

FRANÇOIS. – Comment voulez-vous aimer ces...

AZRAËL, *l'interrompant.* – Deux fois plus, justement! pour les tirer de là. *(lentement)* Seulement tu t'es aperçu que tu leur ressemblais...

FRANÇOIS, *criant.* – Non!

AZRAËL, *poursuivant, même jeu.* – Tu n'avais plus plaisir à vivre avec toi-même. Tu étais à la merci d'un whisky et d'un platane...

FRANÇOIS, *après un silence.* – L'inspecteur ne le comprendra jamais. Il a trop de plaisir à vivre avec lui-même!

AZRAËL. – Crois-tu? *(Un temps. Il s'approche de* FRANÇOIS, *lui touche l'épaule et, lui désignant sa mère).* A vous deux, maintenant!

FRANÇOIS, *se levant d'un bond.* – Jamais!

AZRAËL. – Si vous saviez ce que cela signifie, « jamais »! Si seulement vous le saviez!... *(Un temps)* C'est ton dernier mot?

FRANÇOIS. – Oui.

AZRAËL. – Alors, ce sera aussi ta dernière parole. *(Il le regarde, soupire, secoue la tête et s'éloigne vers la gauche. A mi-chemin, il s'arrête et se retourne)* François... *(un temps)* Et je ne peux même pas lui dire « A Dieu »...

Il continue lentement vers la gauche. FRANÇOIS *se tient debout tournant le dos à sa mère. Soudain, avec une stridence qui doit faire sursauter le public, retentit la sonnerie du téléphone. (Un projecteur, de plus en plus insistant, éclaire l'appareil tout blanc qui se trouve sur la table, entre le lit et le canapé).* AZRAËL *et* FRANÇOIS *s'immobilisent.* LA MÈRE *se lève lentement et va, avec une sorte de majesté, décrocher le récepteur. Elle répondra d'une voix étouffée en jetant parfois des coups d'œil vers le lit.*

LA MÈRE. – Marcel?... Non... Non... Non! laisse-moi tranquille. Je veux être seule... Justement je ne tiens pas à « me changer les idées »!... C'est mon affaire... Mais non, Marcel! tous ces endroits me font horreur... *(Comme parlant à elle-même)* Tous des mannequins, pourquoi est-ce que je les vois tous comme des mannequins?... Ce que j'ai dit? – Que je vous voyais tous comme des mannequins... Cela passera? – Peut-être. Sûrement même, hélas... Mais j'ai mal, comme jamais!... Cela s'oublie? – Je le sais bien. J'en ai honte d'avance. Mais là, maintenant, je suis heureuse d'avoir mal. *(D'une voix sourde)* Je paye, enfin! Depuis ce matin, je paye autrement qu'en argent, tu comprends?... *(un long temps. Avec lassitude)* Non, Marcel, j'ai besoin d'être seule, d'ÊTRE SEULE!... « C'est grave »? – *(Lentement)* Je crois que oui... « Définitivement » grave?... *(Hésitant une dernière fois)* Je crois que oui, Marcel. Et puis... – Non, laissez-moi parler! – Et puis il y a autre chose, mon petit Marcel : j'ai cinquante ans... Bien sûr, je ne vous l'avais jamais dit. Jamais dit à personne... Merci. Je sais que je ne les parais pas. Toute ma vie passait à ne pas les paraître. *(Avec une sorte de dureté)* Maintenant, je vous le dis : j'ai cinquante ans, et vous trente et un. Alors, allez-vous-en, Marcel! allez-vous-en! *(Elle s'appuie l'écouteur contre sa poitrine et les yeux clos dans un visage bouleversé, elle répète)* Cinquante ans... Oh! cinquante ans...

Elle éclate en sanglots. L'appareil échappe de ses mains. Elle tombe presque sur le canapé où, allongée, la tête cachée derrière son bras replié comme les enfants lorsqu'ils ont honte, elle pleure. Mais FRANÇOIS *se jette brusquement à genoux près d'elle.*

FRANÇOIS. – Non, non, tu as vingt ans et je suis ton petit enfant!... Tu as vingt ans, je viens de naître, et tu m'aimes plus que tout au monde. Sans quoi, je serais déjà mort... Oh! maman, comme on va être heureux tous les deux!... Je t'aime! je t'aime à jamais... Regarde! je pleure... Moi aussi, je pleure... Regarde!

AZRAËL *est venu vers lui, du seuil gauche de la scène. Il le prend tendrement par les épaules, le relève, murmure* « Viens! » *et le conduit jusqu'au miroir. Un projecteur les suit; le reste de la chambre (et notamment le canapé) entre dans l'ombre.* FRANÇOIS, *très lentement, relève la tête et se regarde enfin au miroir tandis qu'*AZRAËL *s'écarte de lui. Au bout d'un instant,* LE PETIT FRANÇOIS *sort lentement du miroir; il est souriant; il prend* FRANÇOIS *par la main et le conduit vers la gauche. Ils sortent en silence.* AZRAËL *s'avance alors face au public, jusqu'au bord de la scène. Un projecteur l'éclaire de haut, tout blanc. Il lève les yeux et, d'une voix forte, dit :* « Merci! ». *Puis il baisse lentement la tête avec un sourire mystérieux en gardant ses yeux clos, et semble s'incliner profondément devant le public.*

TANDIS QUE
LE RIDEAU TOMBE

UN MÉMORIAL
DE MARBRE NOIR

Il y a trente-cinq ans que ma mère est morte et je ne parviens plus à entendre vraiment le son de sa voix. De ses gestes, de ses expressions, de son visage même, il ne me reste que quelques images brèves. Je suis comparable à un homme dont la cinémathèque a brûlé : il ne possède plus que quelques fragments de films, il se les projette, toujours les mêmes, et au lieu de se réjouir parce que cela, du moins, a été sauvé, il se désole à la pensée de tout ce qui est perdu.

Cette infirmité de mémoire touchant ma mère me navre et me blesse bien plus que toute autre atteinte du temps. A ce point que je me réjouis parfois de voir péricliter ma mémoire quant à tout le reste : il m'est odieux de me souvenir de ceci ou de cela et pas de l'être que, vingt ans durant, j'ai le plus aimé.

Cet évanouissement, cette seconde mort dont nous sommes coupables, constitue l'un des plus humiliants rappels de notre condition humaine. Ceux qui en sont exempts et qui, après des années, prétendent voir et entendre encore ceux qu'ils ont perdus, sont soit des privilégiés, soit des menteurs : de « pieux menteurs », les pires! Il faut, au contraire, affronter ce désolant, ce déshonorant oubli et en tirer la leçon en silence.

Il me paraît l'illustration de cette parole si dure. « Laissez les morts enterrer leurs morts ! » Cette distance infranchissable, qui grandit entre eux et nous, oblige à une fidélité vraie. S'il suffisait, pour se montrer vraiment fidèle, de pénétrer dans la salle obscure de sa mémoire et de projeter des films témoins, il s'agirait d'une vertu toute passive, c'est-à-dire du contraire même d'une vertu. Comme les diamants, les larmes ne sont pas toutes de la même *eau* ; et celles qui coulent ainsi, sous la douce contrainte d'une évocation qu'on peut reproduire à volonté, me semblent bien claires. L'eau vive de la fidélité naît d'un rocher avare et seulement aux instants où l'on allait périr de soif. Mais assez d'images !

Je me souviens seulement, d'une manière brûlante et brève, du visage de ma mère ou de sa main, mais je n'entends plus sa voix. Lorsqu'elle mourut, le 2 février 1934, je me jetai sur des cahiers que je vêtis de noir, comme moi-même, et j'y poursuivis obstinément un dialogue dont l'une des voix était mémoire et l'autre désespoir. J'y dressais fiévreusement l'inventaire de tous les gestes, expressions et habitudes de ma mère avec la hâte anxieuse de celui qui, à son réveil, tente de se rappeler un rêve. C'est un homme qui court le long du quai pour attraper le train, mais celui-ci a pris une avance insensible et l'écart entre eux s'accroît d'instant en instant. J'engrangeais pêle-mêle, très vite, tous mes souvenirs, car je sentais monter, après ce coup de foudre, l'orage qui est solitude, désespoir, honte de survivre. J'étais étonné, alors, de ne transcrire que des circonstances minuscules, des phrases familières, presque *impensées*. Quoi ! Il ne nous était donc rien arrivé « d'important », à ma mère et à moi, durant qu'elle vivait ? – Rien. Ou plutôt, s'il en avait été autrement, elle seule le savait, l'avait su ; à moi tout paraissait, tout avait paru naturel. C'est cela, le bonheur; mais, à vingt ans, comment le comprendre, l'admettre ? Comment ne pas s'en tenir humilié, fautif? Sa mort elle-même, dans le blanc cotonneux, comateux d'une clinique, n'avait rien montré de ce tragique apparent dont on fait les souvenirs complaisants. Le vrai tragique – trente années m'en ont convaincu – est tout intérieur, indiscernable. Ce sont les visages impassibles qui me passionnent. Il y a une pitié de faits divers, sans racines, et une profonde compassion qui est participation muette aux drames que l'autre cache de son mieux : c'est silence, ici comme là, et dignité sur dignité. Il est finalement plus aisé de compatir à une arcade sourcilière fendue qu'à un cancer.

Ainsi, tout ce que j'inscrivais sur ces cahiers était-il menu mais irremplaçable. J'écrivais, à travers larmes, les faits les plus quotidiens et les paroles les plus simples; mais celles-ci étaient désormais entre guillemets, guillemets de bronze, paroles qui se fanaient aussitôt que transcrites. « Jamais plus! Jamais plus! » Le corbeau d'Edgar Poe volait dans cette pièce hantée où je n'écrivais que la nuit, à cause du détestable romantisme de cet âge. Mots qui n'avaient été que prononcés, jamais écrits, gestes vécus tout naturellement, mais qui, d'être notés, prenaient un poids définitif, leur pesant de marbre. Je sentais bien que, quels que soient les cris dont je les entourais, ces petits faits n'intéressaient, n'intéresseraient jamais que moi – et j'en étais douloureusement heureux, moi déjà l'écrivain, l'homme impudique qui se livre et, pareil à certaines bêtes, périrait de ne plus se délivrer de ce qu'il sécrète.

Aujourd'hui, on me demande des souvenirs sur ma mère : il me suffirait d'ouvrir à n'importe quelles pages ces cahiers qui se nomment *Mémorial* I, II, III. Ce serait un geste déshonorant et, de plus, dérisoire car ces textes, comme ceux d'un message secret, sont intransmissibles.

C'est ce code mystérieux et naïf entre deux êtres vivants qui constitue le mot de passe de leurs retrouvailles à venir, puisque Dieu est amour. D'ailleurs, je ne suis même plus digne de les relire aujourd'hui, et je ne les conserve que par une superstition assez pitoyable : comme les témoins d'un temps où j'avais le cœur plus vivant, comme le témoignage d'une expédition aux grottes périlleuses. Vraiment, j'ai vécu à la frontière de la mort, en ce temps-là ; beaucoup plus que pendant la guerre, par exemple. Car, alors, elle ne me serait pas advenue par quelque circonstance extérieure mais par une nécessité interne ; on ne m'aurait pas tué : je serais mort.

« Tu mourras de mort... » Je ressens parfois encore quelque chose d'analogue sous l'effet de trop de beauté, de trop de compassion, de trop d'amour : le cœur prêt d'éclater, mais dans une joie et une assurance qui fait, de cette menace, le contraire même de « l'angoisse » des cardiaques. Mourir des faiblesses de son cœur, non des défaillances et trahisons de son corps, quel privilège ! Être enlevé, *ravi* au-delà des frontières avec la soudaine certitude que celles-ci ne sont rien, ni haut mur, ni montagne abrupte, mais « juste un peu plus » : juste un peu plus de douleur, ou d'amour, ou de joie. Ce serait cela, mourir, avant d'entrer dans infiniment plus d'amour et de joie. « Et j'essuierai toute larme de leurs yeux... » A seulement reproduire cette promesse, il m'en vient aux yeux. Je suis un homme de larmes ; quel pitoyable vieillard ne ferai-je pas, si je dure jusque-là ! Et pourtant j'étais déjà tel, jeune homme. Je crois pouvoir avancer que, si j'étais affligé de l'orgueil et de la présomption qui, malgré tant de grâce, rendent cet âge odieux, je n'en avais pas du tout l'égocentrisme.

J'ai été façonné par ma mère, sans une remarque, sans une leçon. Je n'ai cessé d'écouter et d'admirer les autres, et premièrement mon père, mais ne leur ai jamais ressemblé. Je regarde cette photo d'enfance où ma mère me tient si serré, joue contre joue, qu'on dirait que nous sommes faits de la même étoffe. Le pâlissement du temps accentue encore cette osmose. La seule différence entre ces deux visages est que, dans l'un, le regard est le complice du photographe, tandis que l'autre ne s'y est pas encore apprivoisé. L'un sourit, l'autre fait une moue de défiance, mais c'est bien le même visage; et ce divorce ne parvient pas plus à atténuer notre ressemblance que le désaccord, si fréquent, entre l'expression des yeux et celle de la bouche ne démantèle une figure.

Façonné par elle, en silence, et peut-être une fois pour toutes, comme si le cordon vital qui me reliait à ma mère jusqu'à la naissance n'eût été tranché que par sa mort. Et pourtant, je n'écoutais que mon père, si passionnant, je n'admirais que lui, admirable de courage, d'esprit, de générosité, de prestance. Il était mon rempart. J'ignorais que ma mère me protégeait plus sûrement, puisque sa mort nous laissa aussi vulnérables, mon père et moi. Des hommes réveillés en pleine nuit, et ils s'aperçoivent qu'ils sont nus et que c'est l'hiver... Quant à mon frère aîné, durant plusieurs jours il ne prononça pas une parole : il ne cessait de secouer la tête, comme quelqu'un qui refuse. Il me fit peur. Je ne savais pas qu'il aimait notre mère à ce point et sans doute en conçus-je alors de la jalousie. N'était-il pas implicitement « convenu », une fois pour toutes, qu'il était l'enfant de mon père et moi celui de maman? – Voilà sur quelles caves nous bâtissons nos pitoyables chateaux forts...

Nous n'avons jamais parlé de ma mère, mon père, mon frère et moi, ni alors, ni depuis. Au début, parce qu'un seul mot eût suffi à nous faire fondre en larmes. Nous nous tenions debout comme des statues de sel. Nous avions encore forme humaine, mais rien de plus :

trois robots noirs, parfaitement honteux de survivre, chacun uniquement attentif à sa compagnie invisible, mortellement *distraits.* Peut-être étions-nous si sûrs de recenser les mêmes images, les mêmes mots, que toute parole entre nous eût été vaine. Ou, au contraire, chacun sentait-il que son fantôme n'était pas tout à fait le même et, jaloux autant qu'inquiet, craignait-il toute confrontation. Jaloux, je l'étais de leur peine; et, persuadé que la mienne ne me quitterait jamais, je guettais avec une espérance mauvaise les premiers signes de leur consolation. J'avoue cela, qui est une bassesse, avec l'espoir enfantin, trente ans plus tard, d'être à demi pardonné.

Lorsque, dans *Il est plus tard que tu ne penses,* je rédigeai le chapitre « Journal du survivant », je pus enfin, suivant la lâche habitude de l'écrivain, exorciser ce temps-là. Mais je conjuguais mes souvenirs avec l'insupportable imagination de ce que pourraient être mes jours et mes nuits si la mort frappait Dominique mon épouse. C'était licite : ces deux sources de larmes se fondaient dans le même océan puisque Dominique est mon plus grand amour vécu, comme ma mère avait été mon plus grand amour reçu. L'un était de naissance, l'autre de choix; l'un inconscient, l'autre volontaire. Il n'y eut ni opposition, ni transfert; les hasards de la vie et de la mort ont seulement fait qu'il y eut succession. Mais ils étaient du même tissu, le seul qui m'ait été octroyé, celui dont est fait mon amour pour le Christ. « Qui ne me préfère pas à sa mère, à son épouse, à ses enfants, n'est pas digne de moi. » Cette parole ne m'a jamais offusqué : mon amour pour le Christ contient naturellement tous les autres; il les domine et les nourrit; parfois il les engendre, et parfois c'est lui qui les ressuscite. Je n'espère pas me faire comprendre en écrivant cela; pourtant, c'est ma vérité. Et c'est pourquoi il m'a paru évident que je ne pouvais dédier à personne d'autre que Dominique *La Tradition Fontquernie,* livre débordant de l'amour de ma mère et, de tous mes écrits, celui qui a le plus de prix à mes yeux.

« Fontquernie », c'était Couvicourt, une vaste et belle demeure en Normandie où nous vécûmes – sans le savoir, Dieu merci! – les dernières années de la vie de ma mère. J'étais étudiant; elle aimait l'automne, qui s'accordait à sa secrète tristesse : quatre années de suite nous y passâmes l'arrière-saison, seuls. Ce temps tremble dans ma mémoire, et je ne veux pas davantage l'évoquer qu'on expose au soleil des œuvres trop précieuses : tant pis pour le public! Paix, mélancolie, bonheur un peu triste : pour moi, ces mots ont pris figure à jamais au cours de ces journées fugitives et qui s'assombrissaient dès le milieu de l'après-midi, pris la figure de ma mère sur un fond d'arbres royaux. Ce mois d'octobre est à l'année ce que le crépuscule est au jour : *Stella Vespertina,* l'heure où Rouault cernait silencieusement son mystère, le répit de Béthanie, l'instant d'Emmaüs : « Reste avec nous car le jour tombe... » C'est l'heure où Pissaro nous livre ses jardins, immortalisant une certaine définition du bonheur. Car il ne serait pas humain, le bonheur, s'il ne s'y mêlait une angoisse indistincte et résignée. Le soir préfigure moins la nuit qu'il ne la pressent avec une crainte muette. Le cœur de l'arbre est déjà investi de sommeil ténébreux; l'oiseau chante vers le ciel attentif, et nous sentons que c'est pour la dernière fois aujourd'hui; les fleurs brillent comme les yeux du malade condamné. Mais, fleurs, oiseaux, humains, nous sommes tous condamnés : Couvicourt me survivra comme il a, contre toute logique, survécu à ma mère.

Cela, nous ne l'avons pas supporté. Au lendemain des funérailles, nous quittions l'appartement où j'étais né et Couvicourt était mis en vente avec tout son mobilier, les plus beaux meubles et les collections ayant été donnés à deux musées. C'était, bourgeoisement parlant, un acte démentiel et j'aime que – sans même nous consulter, tant il était sûr de notre assentiment – mon père l'ait accompli. Nous nous retrouvions des passagers, ayant ainsi rayé quelques siècles de main morte et dispersé tant de meubles et d'objets longtemps convoités, acquis un à un, puis héréditairement transmis selon des inventaires calligraphiés dans des études de notaires plus mortes que le *de cujus.* D'ailleurs (je cite ce détail infime mais non insignifiant), il n'y eut, après le décès de ma mère, ni succession, ni notaire, ni partage. Tout était réduit à néant, mais rien, du moins, ne fut changé. Nous tentâmes, dans un nouveau décor qui ne fût pas hanté, de vivre à trois comme le faisait « le quatuor »; c'était pitoyable. Et comment, désormais, « faire passer le fluide »? Je fais ici allusion (c'est la seule indiscrétion que je commettrai sur notre vie) à une petite coutume absurde chez les miens. La table des repas était carrée; quelquefois, chacun des quatre prenait la main de chacun de ses voisins, puis, cette chaîne établie, on y faisait courir un frémissement en pressant le bout des doigts de l'autre au moment où le second voisin serrait les vôtres. C'était « faire passer le fluide » et le symbole même de notre bonheur. Dans mes jours de grâce, quelle que soit la famille que j'observe, la plus criarde, saucissonnante, agressivement retranchée dans son chateau fort Peugeot, je songe qu'elle possède aussi ses petits secrets, ses traditions enfantines, qu'à sa manière elle fait sûrement quelquefois « passer le fluide », et je prie afin qu'elle sache à temps distinguer son bonheur de ses plaisirs.

Ni succession, ni notaire et, de testament, pas d'autre, quant à moi, que cette enveloppe qui porte « Pour mes petits poulets chéris » et que je n'oserais pas ouvrir ni relire parce que je me sens coupable de n'être plus celui auquel elle s'adressait. J'ai perdu le code. Cette écriture fantasque induit le geste qui la traçait, et celui-ci ressuscite la main, la très longue main blanche de ma mère. L'une de mes filles possède la même, exactement, et cela me paraît un sacrilège béni. Je lui avais, pour cette raison, donné la bague chevalière que portait cette « grand-mère » qu'elle n'a jamais connue (et morte si jeune que l'appeler ainsi me semble une dérision). Cette bague alourdissait sa main, à son insu, de la même manière, et je trouvais, à l'observer, une joie mêlée d'un obscur remords – mais les plus profonds et les seuls durables sont toujours obscurs. La bague est tombée au fond de l'eau, un jour de baignade, et c'est bien ainsi. J'ai dit, alors, que j'en étais fâché, et je l'ai cru moi-même – mais non. Elle brille pour personne, inaltérable et seule, au lit d'un sable pur : pareille à l'étoile que je fixais, sans ciller, en quelque endroit écarté du ciel nocturne après la mort de ma mère, me persuadant absurdement que c'était elle – comme ce morceau de pain blanc est Lui – elle, qui tremblait au bord des larmes, voyant, veillant et se taisant comme autrefois.

Tout ce que je raconte ici, profonds enfantillages, j'ai conscience que chacun l'a éprouvé à sa manière; ou qu'il l'éprouvera, et je l'en plains avec le lâche soulagement de celui qui a déjà franchi les premières étapes de la Douleur. C'est pour cela que je l'écris : je puise dans notre misérable trésor commun et je l'exprime. Mais de souvenirs personnels relatifs à ma mère, je n'en livrerai pas. Dieu sait pourtant que j'aime lire ceux des autres. Il me semble boire dans leur verre, signe d'amitié, un petit vin de pays qui ne ressemble à tous les autres que pour les piètres goûteurs. Durant qu'ils peignent le portrait de leur mère, ils oublient leur âge, leurs honneurs et le prix qu'il a fallu les payer et qui avoisine toujours trente deniers. Ils redeviennent les enfants de quelqu'un, ils la saluent, pleine de grâce, et eux-mêmes s'en trouvent bénis. Je crois bien que je n'aime rien lire autant que les souvenirs d'enfance des grands hommes, du moins quand le grand homme ne les souffle pas à l'enfant. Moi-même, qui ne serai jamais un grand homme et qui ai conscience d'être resté un enfant, j'ai livré beaucoup des miens dans plusieurs romans, mais non sans les travestir avec soin. « Un manteau couleur muraille » : l'écrivain qui est vraiment *couleur de son récit* y demeure introuvable. Mais écrire « Je », et que ce *Je* soit, à visage découvert, ce petit étranger qui m'en impose et que je n'ai cessé de trahir depuis un demi-siècle, j'en suis incapable. L'homme qui se meurt sur un champ de bataille appelle sa mère au secours; le vieil écrivain qui rédige ses souvenirs d'enfance ne fait pas autre chose. Écœuré des alcools et des sirops de la gloire, il monte boire à la source. Entraîné par l'habitude et la complaisance, pressé par l'éditeur, il publie ce livre; mais, devrait-il le conserver inédit, qu'il l'écrirait, j'en suis sûr : pour se racheter aux yeux de ce petit garçon exigeant, pour exorciser le reste de sa vie. Ce livre serait son passeport pour l'au-delà, où chacun sent obscurément que cet enfant l'accueillera. Pour être plus sûr de le reconnaître, on l'évoque; et on le provoque, afin qu'il tourne son regard vers vous et parvienne à vous reconnaître. C'est le seul livre qu'on écrit pour soi seul.

Toutes mes vues et, davantage, mes convictions concernant les femmes me sont venues de ma mère, sans un mot. Ma vie avec Dominique me les a confirmées. Quel naufrage si les deux grandes amours entre lesquelles se sera partagée mon existence entière ne s'étaient pas rejointes en cela, et si je devais aujourd'hui, l'expérience aidant, considérer que ma vision première de la Femme n'était qu'une illusion de petit garçon! Mais il n'en est rien.

Ma mère et Dominique ne se sont jamais connues; elles se sont succédé comme si le Ciel, connaissant mes démons Solitude et Désespoir, ne m'avait laissé chancelant que quelques années, le temps d'apprendre à regretter et à espérer, le temps d'apprendre le prix des êtres. Je ne cherche pas à simplifier, encore moins à purifier ce que fut mon existence : elle eut, comme toute autre, ses folies, ses traverses exquises ou navrantes. Mais, lorsqu'on ne les cultive pas, le temps émonde les souvenirs. Je n'ai pas besoin de l'assistance du Dr Freud pour voir clair en moi, et il ne parviendra pas à me donner honte d'avoir aimé ma mère au-delà du raisonnable. Tellement que, près de quarante ans après, je persiste inconsciemment à voir dans chaque femme d'abord une mère. C'est une manière d'être peu commune chez les mâles, et peut-être est-elle « contre nature », comme la chasteté : mais je pense qu'elle m'a préservé de ces bassesses dont se vantent la plupart. Il y a de grands écueils, sans doute, à éprouver une telle considération pour les femmes. Elles-mêmes, le plus souvent, s'en accommodent mal. Il s'agit quelquefois de les respecter malgré elles. Même celles qui ne se respectent pas, je les respecte pour deux. C'est d'une grande naïveté, je le sais; mais j'ai dépassé, sinon l'âge du ridicule, du moins celui de la crainte du ridicule. Et puis, chemin faisant, j'ai découvert le plaisir d'être à contre-courant, assez semblable à celui du nageur sous-marin.

J'ai longtemps souffert de ne jamais me trouver à l'unisson des autres hommes lorsqu'ils parlent des femmes. Et puis, une fois pour toutes, sans reproche mais sans dépit, je me suis dit : « Tant pis pour eux! » Sur ce sujet, la plupart des hommes, quels que soient leur âge et leur « importance », me font penser à ces garçons au regard sournois qui, au lycée, colportaient des histoires sales, importées en fraude du monde des adultes, et se chargeaient d'informer les purs. Il y a du gamin vicieux chez tous ces vantards qui se croient toujours dans un compartiment de chasseurs ou à un banquet de commis voyageurs. S'ils lisent ces lignes, quelques-uns comprendront peut-être pourquoi je ne les fréquente plus.

Rien ne me touche plus, dans un visage d'homme, que la pureté, laquelle se lit aussi clairement que la droiture ou la fatuité. Un homme pur (je ne dis pas : chaste) en impose comme un cavalier de haute école : il a dompté la bête et il en tire, sans contrainte, toutes sortes d'attitudes et de démarches aisées et belles. Ce n'est pas s'éloigner du sujet que d'écrire cela; il s'agit toujours de ma mère. Je suis un fils de femme. Durant un demi-siècle, j'ai consenti, par docilité ou, hélas! par lâcheté, à faire confiance aux hommes. S'ils dirigeaient le monde, universellement et depuis l'origine, c'est qu'ils le méritaient, n'est-ce pas? Il a fallu plusieurs guerres et l'imminence de désastres pires pour m'ouvrir les yeux, ou plutôt la bouche. A présent, je prédis et voudrais proclamer que l'humanité sombrera, corps et biens, si la Femme ne prend pas enfin sa place dans la Société et si les hommes persistent à la conduire à leur seule manière, ingénieuse et violente. Tout ce dont cette civilisation a besoin pour survivre, ce n'est plus le génie masculin qui peut le lui fournir. Et, de même que sans « les moyens pauvres », le christianisme est en chemin de perdition, de même sans le bon sens, la patience, le respect de la vie qu'incarnent les femmes, l'humanité me paraît condamnée. Tous les mots qui expriment cette conviction sont le plus souvent dévoyés : « promotion de la femme », « égalité des sexes » – tout cela ne veut à peu près rien dire; mais *parité, complémentarité* sont des termes plus justes et des bases raisonnables.

L'obstacle le plus têtu à cette révolution est constitué par les femmes elles-mêmes : leur veulerie qui s'allie au courage le plus tenace, leur servitude qui fait si bon ménage avec cette force tranquille. Mais quoi! On ne peut pas, en deux générations, changer le cours d'un fleuve de source immémoriale. Les premiers esclaves qu'on a affranchis se trouvèrent désorientés et beaucoup refusèrent leur libération. « Quand est-ce que les Français vont revenir? » vous demandent parfois de vieux Noirs, et les colonialistes impénitents triomphent. Quoi qu'il advienne, il y a toujours quelqu'un pour nous brandir son *je vous l'avais bien dit!* Apprêtons-nous à l'entendre souvent à propos des femmes...

Quand la Société leur aura fait la place qui leur revient, d'autres inconvénients surgiront, je n'en doute pas; mais l'âge m'a également appris qu'il fallait, en toute chose, se contenter du moindre mal. Or, tout ce qui fait reculer la violence et la mort est un moindre mal, et c'est le domaine des femmes. Il faudra changer de folklore, c'est certain : de définitions surtout. Les mots *héroïsme, honneur, courage,* en passant au féminin, changeront de couleur : bleu ciel ou gris quotidien, mais plus rouge sang. Alors on comprendra enfin la IIIe Béatitude, alors les Non-violents seront en chemin de « posséder la terre » : le Royaume sera plus proche.

« Ce que femme veut, Dieu le veut » : sans doute est-ce un des proverbes les plus profonds et le plus mystérieusement vrai, quoiqu'on ne s'y réfère guère que pour illustrer des sottises. Il signifie que Dieu a, quant à l'essentiel, misé sur cette créature mère et qu'il compte davantage sur sa persévérance taciturne que sur nos bravades. Ce que Dieu veut, femme le fait. A son image, elle donne la vie (elle seule, la science l'affirme à présent – et c'est un symbole qui devrait faire réfléchir nos coqs). Elle élève, éduque, protège, soigne, pardonne, espère. Elle laisse au « père noble », personnage de comédie, la burlesque satisfaction de maudire. C'est vers sa mère que l'enfant prodigue aurait dû revenir : partout ailleurs que dans l'Évangile, son père lui ferait payer cher son incartade! Il est vrai que, s'il avait encore eu sa mère, il ne serait sans doute point parti. Elle est la terre; l'homme est le soleil; il se déplace beaucoup, apparaît, disparaît, brûle, aveugle, réjouit; il fait croître la végétation, certes, mais sans la terre stable, patiente, silencieuse, nourricière, à quoi servirait-il vraiment? Je suis du côté de la terre; c'est dans mon signe astral, paraît-il. Je suis à jamais du parti de ceux qui travaillent en silence et – sans jeu de mots – de ceux qu'on piétine.

Du côté de la terre où l'on a enfoui ma mère, un matin de février, comme une graine dont je suis l'arbre vivant. Mes racines, aveugles hélas! parviennent jusqu'à elle, je le sens. Ce n'est là qu'une image, car les cimetières ne sont rien pour moi. Mais je veux dire que la présence muette de ma mère, vivante ailleurs, me souffle encore l'essentiel. Elle était taciturne; elle a seulement changé de silence. Elle m'a confié, elle a confié l'enfant que je demeure, si proche des larmes, l'enfant sans espérance que je n'ai jamais cessé d'être, elle l'a confié à une autre femme de sa race. Je suis passé d'un amour à l'autre, privilège et bénédiction dont je n'étais pas digne, mais sans lesquels je me demande parfois avec angoisse et humilité quelle sorte d'infirme je serais resté. Un survivant, tout au plus. Il est bon de crier sa gratitude, sans complaisance. Il est bon de fermer les yeux, de rechercher un visage humain que la mort a cru détruire, que la faiblesse de notre mémoire incinère à demi, et de se dire : « Je viens d'elle et je retournerai à elle, et alors je retrouverai son visage. » Il se fond dans la sainte Face; l'amour du Christ et l'amour de nos morts, c'est tout un. La fidélité est le refus obstiné de la frontière de marbre : le refus du lit blanc, et des tentures noires, et de la pierre grise. La foi – et c'est le même mot – est le refus de l'évidence; c'est pourquoi elle prête à rire aux esprits forts qui ne sont, à leur heure, que de pauvres enfants nus. Les esprits forts sont des orphelins remplis de jactance. C'est encore ma mère qui, par l'exemple, m'a façonné à placer le cœur plus haut que l'esprit et, excès pour excès, à faire davantage confiance à celui-là qu'à celui-ci. Cette disposition explique la plupart des défauts de mes livres : ils me ressemblent. C'est à la mort de ma mère que j'ai commencé à écrire; je veux dire, à écrire comme on respire : pour vivre et sans s'en aviser. Auparavant, je composais des poèmes imités, au fil des années, des auteurs que j'admirais le plus, de Francis Jammes à Paul Valéry. Mais on aurait dit qu'en ouvrant l'écluse des larmes, cet horrible février avait, du même éclair, libéré l'écriture. J'ai *Claudelisé* et *Stendhalisé* encore quelque temps, et puis, défauts et qualités, je suis devenu moi. Comme si, par un mystère déchirant, ma mère me mettait une seconde fois au monde en mourant. Peut-être est-ce la raison pourquoi j'ai tressailli si longuement en lisant MORELLA, l'une des plus pathétiques, des plus méconnues aussi parmi les *Histoires Extraordinaires* d'Edgar Allan Poe. « Voici le jour des jours, dit-elle. Je vais mourir, cependant je vivrai... »

Le meilleur ami de mon père, médecin lui aussi, se pencha sur cette statue à peine moins blanche que les draps, puis il se retourna vers mon père. Il était petit, assez gros, et, dans cet instant, je le reconnus mal car le chagrin lui faisait un visage de petit garçon. Il se retourna vers mon père et lui dit : « Va, tu peux l'embrasser à présent... » Mon père se jeta au pied du lit avec une sorte de sanglot qui ressemblait à un cri. Moi, je ne compris pas aussitôt; je ne voulais pas comprendre; je demeurais hors du temps dans une hébétude où tout me paraissait encore possible. Notre ami vint à moi et il me serra si fort dans ses bras qu'il me rendit à la vie, c'est-à-dire à la douleur. Durant notre enfance entière il nous avait soignés, mon frère et moi; mais il venait de me communiquer un mal dont ni lui ni personne ne me guérirait. Dans le jardin de la clinique, il y avait un arbre noir et nu; je le revois encore. C'était le 2 février 1934.

(1969)

« IL Y AVAIT LÀ UN JARDIN... »

« Il y avait là un jardin dans lequel il entra avec eux... » C'est Jean qui parle, et de Jésus, et du Jardin des Oliviers.

Il fallait que le fils de l'homme passât par cette agonie, cette solitude; par cette tentation aussi : « ... toutefois, ta volonté et non la mienne! »

Il faut que tout homme y passe à son tour, à sa suite. C'est le prélude à sa mort, quelle qu'elle doive être – c'est-à-dire à la Rencontre : « Jésus, il est temps de nous voir... »

Je suis entré au Jardin des Oliviers le 14 mai 1978 quand j'ai appris – c'était à la fin du repas – que j'avais un cancer et seulement peu de temps à vivre.

Le regard droit mais le menton tremblant, Dominique eut le courage de me l'annoncer enfin. Je jure devant Dieu que je n'ai, sur l'instant, pleuré que sur elle : sur cette insupportable attente avant d'oser parler, sur cette solitude, cette force et cette faiblesse.

Depuis, je me suis accoutumé à la nouvelle – longues, lentes fiançailles. Comme j'avais passé ma vie à noter ce qui me traversait le cœur et l'esprit, j'ai continué ici. Je comprends que certains puissent juger peu convenable que je publie ces notes. Mais j'ai toujours affirmé, parce que c'est ma vérité, que la justification de ma vie et de mes écrits était de tenter d'aider les autres à vivre. Il se pourrait que ces pages en aident certains à continuer de vivre dans des conditions difficiles, et certains autres à les y aider.

La plus grande souffrance du Christ au Jardin des Oliviers a peut-être été de se trouver seul. « N'avez-vous donc pu veiller une heure avec moi? »

Comme au soir des jours de fête dans les très grandes familles, il me faut commencer très tôt les adieux.

L'esprit d'Enfance consiste à regarder tout être, toute chose comme pour la première fois; l'esprit de Pauvreté (auquel me voici enfin acculé), à les regarder comme pour la dernière fois.

Par instants, je m'en sens le regard agrandi, *comme celui du spectateur dans les ténèbres de la salle avant le lever du rideau.*

(A mon tour, je deviendrai une photographie sur un mur...)

Depuis que j'ai appris la nouvelle, mon esprit se refuse à emmagasiner, comme auparavant, les informations, les publicités, les programmes à venir. De cette prolifération de vie, de ce cancer-là, du moins, je me tiens à l'écart.

Et soudain, l'amour déchirant du moindre décor, du moindre détail, même laid...

C'est un tout autre regard que nous portons sur les choses lorsque nous les savons condamnées, ou lorsque nous nous savons condamnés.

Le jour où j'ai appris cette nouvelle, j'écoutais le bulletin d'informations d'une oreille distraite. Il me semblait – quelle forfanterie! – qu'ils en oubliaient une...

Une telle annonce entraîne, mais pas sur-le-champ, bien des réactions, des conséquences, des décisions. Chaque fois que l'une d'elles me vient à l'esprit, je ressens de nouveau cette nausée puissante. Tant que je n'en aurai pas fait le tour, je ne trouverai pas la paix, la part de paix qui m'est encore permise.

La « punition » de l'écrivain, c'est que ce qu'il a cru inventer lui arrive.

Les soirs sont difficiles. Gestes de chaque soir, si apaisants jusqu'alors, soudain si déchirants. « Encore une journée achevée... » – et elles sont comptées, strictement.

Par une grâce apparemment cruelle, merveilleusement douce, c'est donc par la voix et le regard de l'être que j'aime le plus au monde que m'est venue la nouvelle.

J'éprouve désormais chaque instant de bonheur à l'ombre de la mort. C'est ainsi que nous devrions toujours l'éprouver si nous n'avions pas reçu le don précieux de la frivolité.

Une attention passionnée aux êtres, une indifférence absolue pour les détails. Je me contrains à répondre aux questions inutiles, à en poser moi-même; j'en ai la bouche sèche.

La « déprime » consiste à ne pas avoir envie de vivre et à s'y sentir astreint. Mon mal, *en ce moment, est juste le contraire : être plus passionné de vivre que jamais et se savoir condamné.*

Cette boule dans la poitrine, étouffement et nausée, je sais bien ce qu'elle me rappelle : les temps de la mort de ma mère. Me voici devenant orphelin de moi-même.

Puissance de renfermement *d'un homme qui apprend qu'il va mourir.*

Au fond contrairement à ce que l'on dit, ce serait assez simple de mourir seul, pourvu que ce soit vite.

« Être en sursis »... Pour la première fois je ressens pleinement cette expression, moins provocante mais bien plus vraie que le « mort à crédit » de *Céline. Je me sens vraiment* créature : *recréé à tout instant, soutenu en vie comme l'apprenti nageur. Alors, à l'angoisse inévitable succède une sorte de gratitude.*

« Vivre à l'instant l'instant... » Ai-je assez écrit cette formule! J'étais alors entièrement sincère. Mais à présent je la vis. Il y a une sincérité absolue de l'écrivain qui demeure cependant un jeu. Il faut que le corps s'en mêle, sans recours. Alors, la plume vous tombe des mains. « Voir la mort de près », finalement cela ne veut rien dire. Voir la Vérité de près non plus.

Le seul « cadeau » que je puisse faire à Dieu, c'est ma peur.

A présent, je fais provision de tout. Je ne cesse d'observer ceux que j'aime, à leur insu. Et les voix! N'oublie pas de retenir les voix! – Quel étrange besoin, quel bagage inutile... A quoi bon?

Et me voici, d'un coup (parabole obscure et soudain aveuglante), me voici « serviteur inutile ».

Tentation proprement enfantine de comparer avec ceux qui se portent bien, qui parviennent à un grand âge. C'est le stupide « Moins que toi! » des écoliers...

Quel droit *aurais-je donc de vivre plus ou moins longtemps que tel ou tel? Le Ciel m'a-t-il demandé mon avis lorsqu'il m'a comblé de privilèges? Eh bien, il y avait déjà (les biologistes l'assurent) cette petite graine de mort enfouie profond, cette « tare » qui équilibrait pour partie le reste. Non, le Ciel « ne se paye pas d'avance sur la bête »; mais je découvre là une justice secrète, apprêtée depuis longtemps, qui me déchire et me rassure.*

Un balcon sur le vide...

On voudrait parler à tout le monde : « Écoutez, donnez-moi la main. Je suis seul. J'ai l'air semblable à vous – mais si vous saviez... Donnez-moi la main! »

De grands creux de fatigue (c'est le symptôme, paraît-il) suivis, bien sûr, de coups de cafard... C'est tellement logique, tellement simple. *Cela va de soi. Pourquoi faire tant d'histoires?*

Heureux celui qui, au dernier instant, peut songer : « A nous deux! » ou : « Jésus, il est temps de nous voir... » Pour moi, c'est la perspective d'une longue nuit et, très loin, le petit matin. D'ailleurs, je serais incapable de supporter, d'un coup, la Lumière.

Cérémonie « pour le repos de l'âme » de Untel. Et comment pourrait-elle se reposer en attendant? *Et, une fois parvenue au terme, à l'océan, de quelle cérémonie peut-elle avoir besoin?*

Le faciès, le teint, la maigreur, etc. – Quand la mort aura abattu toutes ses cartes, elle fera le pli.

Le cancer m'a, d'un coup, rendu un regard neuf sur les êtres et les choses. Il m'a rendu des yeux, un cœur, le sens du temps qui passe. Il m'a rendu la vie.

A celui qu'on sait capable de la supporter, il faut certainement dire la vérité sur son état. Il faut lui permettre de reprendre son souffle avant de le perdre.

« Mon Dieu, je vous aime de toute mon âme, de tout mon cœur, de tout mon esprit, de toutes mes forces... » Il y a des années déjà que j'avais ajouté à cette prière immémoriale (elle figure dans l'Ancien Testament) : « ... et de tout le temps qui me reste. »

A partir du moment où l'on sait de quoi elle est le symptôme, la fatigue creuse en vous, corps et âme, des gouffres hors de proportion avec elle.

Il est singulier d'éprouver à la fois *le sentiment d'avoir fait le tour des choses et celui de n'être qu'un enfant. Mais peut-être est-ce le secret final.*

Instants de bonheur total. Certitude inexplicable qu'il arrête la marche du mal. « Là, maintenant, rien ne peut m'arriver.. »

C'est cette sorte de zoom *(comme disent les photographes) qui est épuisant : tantôt la mort si proche tient toute la place; tantôt la voici reléguée à son rang : un événement naturel, une créature parmi des milliards d'autres et qui suit le chemin de tout le monde. Mais je ne suis pas encore le maître de penser ceci ou cela à volonté. Parfois, le « gros plan » surgit et me terrasse. Il me faut rameuter patiemment ces arguments que, jour après jour, j'ai mis au point afin de désarmer toute peur et que je croyais si décisifs.*

Rien ne révolte plus un enfant que l'injustice. *Et, contre toute raison, toute comparaison, tout sang-froid – oui, c'est un injuste sentiment d'injustice qui soudain me submerge.*

Je suis un homme qui va mourir – mais tout homme va mourir! Mais je suis un homme qui le sait : qui le sait de corps, et non d'esprit. J'ai déjà changé de planète.

Je me respecte comme on respecte un homme qui va mourir. C'est une bonne disposition pour mourir poliment.

Je ne me regardais pas souvent au miroir. A présent, je l'évite absolument. J'appréhende d'y voir l'autre, *celui que j'observe de l'intérieur, celui que je crains et que je plains.*

Il y a la vraie, la « bonne » fatigue, celle qui provient de l'effort physique; et puis l'autre, qui est l'un des symptômes du mal. Quelquefois, j'essaie d'accumuler la première afin qu'elle masque l'autre.

Si je leur disais bonnement : « J'ai un cancer », ils s'écarteraient insensiblement de moi. Son avantage sur la lèpre est qu'il n'est guère visible qu'aux cœurs très attentifs. Ou encore, si la courtoisie ne nous muselait pas tous, ils s'étonneraient : « Quoi! vous allez et venez, vous continuez de vivre? » – Oui, et bien plus intensément que vous...

(Moi, je m'en vais. Je sais où, mais pas comment.)

« Ne craignez rien de ceux qui tuent le corps mais ne peuvent tuer l'âme... » Il peut tuer les deux, justement. Le doute, le désespoir, la souffrance, une certaine solitude peuvent détruire l'âme plus vite que le corps. La grâce de ne pas souffrir au-delà de sa force d'âme...

Le père B. me dit : « A partir de maintenant, il faut vivre dans la gravité. *» – Et, tout ensemble, dans le sourire.*

L'inconsistance ou la rareté des symptômes, au début, l'impossibilité où se trouve le médecin de préciser un délai, tout contribue à fausser les unités de mesure habituelles du temps : à vous contraindre à vivre dans l'instant.

Spontanément, j'acquiers une « vision marginale » de tout ce qui est distractions, plaisirs organisés, spectacle, anecdote – de tout ce que auparavant j'enregistrais à mon insu tout aussi spontanément.

Je ne sais pas quand aura lieu l'embarquement, mais je suis entré dans le salle de transit.

Je regarde d'un œil neuf tant de choses belles ou seulement pratiques; et je pense que les humains appliquent leurs dons et leur ingéniosité à se fabriquer un décor qu'il leur sera – qu'ils m'en croient – déchirant de quitter.

(J'aperçois de loin, dans le reflet d'une devanture, ma silhouette, mon profil, et je me dis sans aucune affectation : « J'en ai assez de ta vieille gueule... » – C'est une bonne disposition.)

Je me regarde vivre. Tous ces gestes devenus si efficaces, ces petits trucs-à-aller-plus-vite, ce rituel quotidien tellement « au point »... Et tout cela va donc devenir inutile d'un seul coup? Et je me sens pareil à l'homme qui change de métier ou s'expatrie.

Cette sorte de « courage » (qui vient sans doute de ce que je ne souffre pas) est une ruse du Diable. Satan-courage... *Car il naît de ce que je m'observe sans cesse; qu'à la fois je me renferme et me dédouble. « Je... je... je... » – Ces notes mêmes le prouvent.*

La seule façon de ne plus y penser, c'est de ne penser qu'aux autres – voilà une évidence.

L'humour, dans ce cas, n'est une forme de courage que s'il ne met pas les autres mal à l'aise.

Le plus inhumain, dans la condamnation à mort en France, c'est peut-être l'espoir laissé au condamné jusqu'au dernier réveil à l'aube. Alternances d'espoir et de désespoir, quel esprit, quelle âme sont capables de les supporter longtemps?

Pareil au coureur dont on chronomètre chaque passage, je ne peux m'empêcher d'observer à quelle fréquence *me revient à l'esprit le souvenir de ma disgrâce.*

Et la vie, soudain, comme un immense malentendu. « Si vous ne redevenez semblable à des petits enfants, vous n'entrerez pas dans le Royaume... » – Mais peut-être suffit-il d'un instant.

Dans l'un des plateaux de la balance toutes ces années plus qu'à demi perdues; dans l'autre, le temps qui me reste, pourvu qu'il ne soit pas vécu mais survécu.

Je songe, pour la première fois, à tous ceux qui, en ce moment même, sont atteints de la même maladie. Non pas d'un cancer, mais du « mien ». Association anonyme, une sorte de club *silencieux dont les membres se rencontrent peut-être sans même se reconnaître. Je pense à eux avec une sorte d'affection.*

Tous ces gestes familiers, machinaux (surtout ceux du matin, si nombreux), me procurent parfois une sorte de nausée. A la pensée qu'ils représentent toute une vie d'habitude et que le bonheur est fait d'habitudes? Ou qu'ils sont les témoins d'une aisance physique (la machine tourne toute seule) si provisoire désormais? Ou que, confrontés au mystère qui les abolit, ils sont dérisoires? – Ou pour toutes ces raisons à la fois?

Pour l'heure, je ne souffre pas. *C'est peut-être ce qui retire à ces observations tout intérêt; ou leur en confère un, au contraire. La vie, le reste de vie de l'homme condamné est aimanté par deux pôles :* SAVOIR *et* SOUFFRIR. *Le second finit par oblitérer le premier; mais, dans les débuts, le premier exerce à lui seul une force redoutable.*

J'ai un cancer. Bon. Cela me revient à l'esprit; j'y songe d'une manière tout intellectuelle. Et puis je pense au mal en soi, en moi : *à ce travail aveugle, continu; à cette dévoration incessante, même si, pour l'instant, elle est insensible. Alors, cela cesse tout à fait d'être « intellectuel »...*

Le traitement chimique que je suis me procure par instants la nausée. Et je ne sais jamais si celle-ci est physique ou morale; ni si celle-là entraîne celle-ci, ou l'inverse. C'est assez humiliant.

J'éternue; on me dit : « Ne prends pas froid! » – et cela me donne envie de rire. La pensée de tout autre malaise ou maladie venant se greffer sur celle-ci me fait rire : me fait songer à un liseron s'enroulant autour d'un arbre.

Certains matins on se sent si fragile qu'il vaut mieux ne pas respirer une rose, cela s'achèverait en larmes.

Ou alors se donner un alibi : écouter « la mort d'Yseult » ou ce fragment de « Roméo et Juliette » de Berlioz que je ne puis guère entendre sans que les larmes me viennent aux yeux. Pleurer de beauté pour ne pas pleurer de désespoir.

Le ricanement, voilà l'ennemi.

L'humour, le « courage », tout ce qu'on voudra, pourvu qu'ils soient spontanés – *sinon, ils contribuent à vous « recentrer » alors qu'il faut absolument se détourner de soi. Le comportement idéal, pour les autres comme pour soi-même, est le « naturel ». Malheureusement, par instants, il s'enfuit au galop...*

Est-ce bien enfin cet esprit de Pauvreté après lequel j'aurai couru toute ma vie, ou n'est-ce pas plutôt une sorte de lâcheté (qui m'aura, elle, poursuivi toute ma vie) qui me permet, pour l'instant, de renoncer *si aisément?*

(De ces choses-là on peut écrire, mais difficilement parler.)

Il m'apparaît plus facile de renoncer à la Beauté, à la Joie, qu'à ces petites fêtes réitérées et si souvent ratées qui sont à notre échelle.

Dieu ne nous a pas laissé construire, poussé, aidé à construire la cathédrale de Chartres pour, un jour, nous contraindre à y renoncer à jamais. Sous quelle forme la retrouverai-je? Mais je la retrouverai.

C'est la fin des matins *qui me paraît peut-être le plus difficile : la fin de cette sensation qu'on se réveille neuf pour une journée neuve, que tout recommence. Le compte à rebours est officiellement (car il l'est, de toute façon) commencé.*

(Avec, dans mes meilleurs moments, une immense curiosité *de ce qui va arriver, plus forte que la peur, que le doute.)*

Les premiers temps, on fait spontanément provision de toutes choses, avec l'arrière-pensée que c'est peut-être bien la dernière fois qu'on les voit. Et puis, quand vos armoires sont pleines, on en détourne son regard; c'est une période dangereuse.

Détruire un corps humain, il suffit d'un instant; mais que c'est long de le miner...

(Perdu pour perdu, pourquoi pas là, maintenant – s'il vous plaît?)

On se jette dans les autres, avec une violence qui parfois les étonne : c'est pour sortir de soi.

Vous le plaignez, mais vous ne pouvez plus *vous mettre dans sa peau, quelle que soit votre compassion. Il a franchi une frontière; il suit son chemin, celui de tout le monde mais au jour dit. Il le suit en boitant : espoir, désespoir; abandon de confiance, abandon de lâcheté... Et vous ne le quittez pas des yeux mais vous ne le voyez plus que de dos.*

(Le plus souvent, je ne suis pas bien sûr qu'il s'agisse de moi. Cela aide à paraître.)

Désormais, il s'agit de « sur-vivre », dans les deux sens du mot.

On a passé sa vie à répandre de mauvaises nouvelles, heureux d'être le premier à annoncer des désastres, comme si leur sinistre lumière vous mettait en relief. Et voici qu'en possédant une inédite, voici que, sûr de son « effet », on la tait, on se tait. C'est que, hormis ceux qui vous aiment vraiment, les autres, en apprenant que vous êtes condamné, vous considéreraient aussitôt comme déjà mort. Leur regard, faussement compatissant, vous tuerait. « Il vaut mieux faire envie que pitié », dit un dicton ignoble. Il faut surtout ne jamais faire peur.

Vis-à-vis des objets, des décors, des saisons, se méfier du navrement, du « jamais plus! » Et, comme on ne peut guère choisir qu'entre deux attitudes opposées (telle est notre infirmité), mieux vaut le « blindage ». Je ne reverrai plus jamais Venise, ni peut-être même ce hêtre pourpre dans sa splendeur? Et alors?

Il faut donc prendre ses distances avec les délices. Mais l'homme qui décide d'entrer dans les Ordres ne fait pas autre chose; et nous savons qu'il a choisi d'aller vers la vérité et la vie.

Il y a quelque chose de dérisoire à continuer de pratiquer la culture physique : d'entretenir extérieurement ce corps qui se détruit intérieurement. Mais tout ce qui est en notre pouvoir pour ne pas se dégrader avant l'heure devient, vis-à-vis des autres et même de son âme, *un devoir.*

Je savais déjà que les grands malades habitaient une autre planète que les bien-portants ou les malades occasionnels. Il en existe donc une troisième.

On regarde le paysage familier d'un œil désenchanté, d'un regard détaché comme quelqu'un que vient de frapper un grand deuil. En fait, on est en deuil de soi.

Jean Giraudoux partant pour la guerre, où il prévoit qu'il sera tué, éprouve le sentiment de devenir l'aîné de ses parents : plus proche qu'eux de la mort.. Sentiment profond. Devenir soudain l'aîné de presque tous. Et cette phrase de parents me revient : « Tu es l'aîné, c'est à toi de te montrer le plus raisonnable... »

« J'aurais pu... J'aurais voulu... J'aurais dû... » Le conditionnel passé devient plus que jamais notre ennemi.

Voilà, il faut bannir toute alliance avec le cancer : il fait son travail et moi le mien. (Mais sans doute est-ce facile à dire tant qu'on ne souffre pas vraiment.)

Pas besoin de penser à lui *: il pense à moi pour deux !*

Ce que nous appelons « une longue et douloureuse maladie », et saint Paul : « la légère tribulation d'un instant ».

Ayant amassé, plus ou moins laborieusement, un arsenal d'arguments qui donnent un sens à ce qui nous arrive et nous protège du désespoir, il y a danger à les ressasser sans cesse : ils s'éventent.

Jamais on ne m'a tant parlé de ma bonne mine. (« Vous êtes florissant », m'assure quelqu'un.) Mais ceux qui m'en félicitent ainsi ne s'adressent qu'à eux : à ce pressentiment qu'ils repoussent, à la fois par compassion et par peur, inconsciemment. C'est eux-mêmes qu'ils voudraient convaincre.

Nous sommes trois dans ma peau. Celui des dernières heures, et comment ne pas penser à lui? Celui qui s'y prépare, dont le temps est compté et qui le compte. Et celui qui les observe et, parfois, n'y croit qu'à demi – et quel est le vrai*?*

La hantise d'en finir proprement. *Et plus ce sera rapide, et plus tôt ce sera, et plus ce sera « net ». Lâcheté ou politesse? Ou le comble de ce comportement consciencieux de bon écolier qui ne m'aura jamais quitté?*

Je n'ai pas mal, je suis *mal. Quelquefois, je préférerais avoir mal : ce serait plus humain, plus naturel. Il y a en chacun du Gribouille.*

Cette nausée presque permanente, qui est l'effet du mal (ou de son traitement), aide beaucoup à se détacher de tous les enchantements. Nous sommes le 15 juillet et jamais, cette année, la nature n'aura été plus belle – et je la regarde à peine. Les autres années, cet excès de beauté me mettait parfois les larmes aux yeux.

Il me faut transférer patiemment tous mes amours,

toute la beauté du monde dans la nuit qui m'attend. Il me faut la meubler d'avance.

L'odeur du tilleul en juin. Et brusquement je me suis dit : « Non, ce n'est pas pour la dernière fois que je la respire, mais à jamais... » – *Tout est là.*

(Quelquefois, il me semble que quelqu'un va me souffler dessus et que je m'éteindrai.)

J'ai tellement prévu et imaginé cet instant, je l'ai si souvent raconté dans mes livres que cela m'empêche à présent d'y croire tout à fait.

Le danger de connaître la vérité au sujet de la maladie qui vous condamne est d'engendrer en vous, à l'insu de tous, un second cancer qui prolifère parallèlement à l'autre, une sorte de cancer de l'âme.

« Une longue et douloureuse maladie... » – Si elle continue à ne pas être plus douloureuse, *alors, qu'elle soit la plus* longue *possible!*

Le difficile est qu'il faut à la fois y penser et n'y pas penser.

Les prévenances mêmes dont on m'entoure et qui me mettent les larmes aux yeux, me font penser aux Saturnales des Romains. le « roi Saturne » était l'objet de toutes les attentions, on prévenait tous ses désirs; et puis, la fête achevée, il était mis à mort misérablement.

« J'éprouve une difficulté d'être... » – Cette parole de Bayle ou Fontenelle agonisant, j'en admirais la politesse et, pour ainsi dire, la désinvolture. A présent que je la vis

déjà, qu'elle seule, par instants, définit ce que je ressens, je la trouve profonde.

Ce qui nous rend malheureux (et fait sourire les médecins), c'est la vision que nous nous figurons de nos maux et qui relève des dessins animés. Le cancer s'y prête d'une manière redoutable.

Quand le train est annoncé par cette sonnerie si distante, si grêle, l'anxiété s'empare de chacun. On s'assure de ses bagages, on se prépare trop à l'avance, on se demande quelle place on va trouver et, déjà, l'on se détourne des lieux que l'on va quitter. Une anxiété bizarrement mêlée de soulagement.

Quand la mort est « annoncée »...

(Aujourd'hui, j'ai su de toute certitude qu'ils ne m'en tireraient pas. Je croyais bien ne plus espérer, pourtant. Eh bien, l'animal en moi espérait sans doute. Plus maintenant.)

Le point commun de cette épreuve avec la passion du Christ, ce n'est pas encore la souffrance physique : c'est de savoir d'avance.

Ne te trompe pas de larmes! Il n'y a que les autres qui comptent : leur navrement ou leur ignorance inquiète. Cette conspiration de tendresse qui te donne à temps la mesure et la gamme de l'amour humain.

Quoi! un demi-milligramme de poudre blanche pourrait le rasséréner? pourrait faire équilibre à l'angoisse, à l'attente, au déchirement? – quelle humiliation... Vous imaginez le Christ prenant un tranquillisant?

(Durant des jours, je m'oblige à ne rien écrire sur ce cahier. Comme si chaque ligne était un pas vers la dernière.)

Et toujours si consciencieux... Pareil au condamné qui fait son lit avant de partir pour l'échafaud.

Je ne puis tenir qu'en ne m'accordant aucune importance. Les prévenances dont certains m'entourent me retiennent, *tirent sur les liens et me font mal.*

Quelquefois, je me dis : « Eh bien, je vais enfin échapper à ces rues pleines d'infirmes, à ces métros remplis de visages pathétiques, à toute cette douleur, cette injustice, cette compassion épuisante, leur échapper, enfin! » – Dans ces moments-là, on dirait que je me venge de Dieu, comme un petit enfant qui a mal bat sa mère.

Bien sûr, ce mal m'habite sans cesse, sensiblement. Mais, les jours où l'Esprit m'habite aussi, c'est lui qui a le dessus.

J'écoute, d'une oreille plus sensible, parler les autres. Combien paieront comptant ce qu'ils annoncent, ce qu'ils énoncent? Que de chèques sans provision! *Mais j'en ai beaucoup émis moi-même... A présent, impossible!*

Il existe un folklore, une imagerie de la mort qu'il faut, si l'on veut tenir droit, délibérément repousser. Même au prix d'une sorte d'égoïsme, se dire : ce qu'il doit advenir d'insoutenable à mon sujet concerne les autres, pas moi.

Pensées du matin et pensées du soir, si différentes;

pensées des jours de malaise et des jours de « roue libre »...

Quand on se trouve avoir pénétré soi-même dans cette zone d'approche, les propos des autres au sujet de leur mort éventuelle, ces principes, ces bravades, ce courage gratuit semblent dérisoires.

Tout ce travail *détestable qui se fait en soi, invisiblement et comme sous terre... Prendre la mesure de son impuissance – mais aussi de cette étrange dignité.*

(Cette horrible solitude, par instants : le temps de passer de leur amour au Sien.)

Tout ce qui me survivra intact : le paysage, la maison, les objets – tout cela qui, les premiers jours, m'attendrissait tant, a cessé de m'intéresser. Je me recroqueville; pas sur moi : sur ces vivants que j'aime et qui me paraissent à la fois si forts et si fragiles.

Tu l'as assez aimé, ton Jésus! Jusqu'aux larmes, jusqu'à l'insomnie, jusqu'au désert dans la ville : entrer dans une église obscure, fraîche, vide – vide? allons donc! – et, seul à seul : Je vous aime, je vous aime, je vous aime...

Tu l'as assez aimé, ton Jésus, et maintenant, quoi? Tu aurais peur? »

C'est un vers de Supervielle :
« Et mourir sans souffrir, comme fait le nuage. »

L'avenir est devenu mon ennemi. Et le passé aussi.

*Il arrive qu'*on n'envie plus que soi-même : *cette vie, si* *pauvre qu'elle soit devenue, qu'elle continue encore, sans changement! Aucune n'est plus enviable...*

Toute ma vie, j'aurais voulu incarner pour de vrai la parole de l'Évangile : « A chaque jour suffit sa peine! » A présent, c'est la suivante qui devient chaque jour un peu plus vraie : « Demain se souciera de lui-même. »

Et, brusquement, un regain de passion pour ce décor : « C'est exquis, et j'en profite encore... C'est exquis et ça leur restera... »

On meurt par anticipation – ces notes mêmes en sont la preuve. Si je vivais vraiment à l'instant l'instant... Si je me disais vraiment : « Alors comme alors! »...

On me dit gentiment : « Personne ne sait le temps qu'il lui reste à vivre. Peut-être qu'en sortant d'ici, je vais me faire écraser! » – Peut-être. Mais, du moins, vous ne le savez pas. Le compte à rebours est commencé pour vous aussi, mais vous n'en avez pas conscience.

« C'est pour de vrai ou pas pour de vrai? » demandent les enfants quand on leur raconte une histoire. Je me le demande aussi, par éclairs, et j'ai du mal à croire à la réponse.

Accepter de devenir inutile. (J'ai très bien parlé de cela, à propos de Bernadette, dans Il suffit d'aimer. *Il y a beaucoup de choses dont j'ai « très bien parlé » ; il s'agit à présent de les vivre.)*

(Cette constante observation de soi, attendrie, apitoyée : cette dérisoire et humiliante parodie de l'amour maternel est notre tentation et mon tourment. Qu'on se

dégoûte physiquement, qu'y faire? Mais moralement...)

La pensée de ne plus jamais revoir tel ou tel m'est indifférente; tel ou tel autre, très peu nombreux, insupportable. Ce critère permet de mesurer sans aucune complaisance l'amitié, mais aussi mon état.

Je continue à prendre des notes pour un roman que je n'écrirai jamais. Cette « duplicité » illustre bien la différence entre l'instinct vital, *qui est irrépressible et se nourrit de la moindre rémission, et* l'élan vital, *qui est irrémédiablement perdu. Voilà une distinction inexplicable aux bien portants.*

Ceux qui croient devoir m'en parler – et comme je les plains. Seuls comptent leur visage et cet effort qu'ils font. Et ceux qui se taisent – et j'entends leur pensée.

Puisque « mille ans sont comme un jour » là où nous allons, il faut, en chemin, qu'un jour – chacun de ceux qui nous restent – soit comme mille ans.

Déjà, je n'ai plus qu'une vision marginale *de choses que j'aimais tant. Le regard, le vrai, est ailleurs.*

Soulagement de se trouver dans un lieu public, dans un train, parmi des inconnus qui ne peuvent pas savoir que j'ai changé de visage.

Toute aisance, toute faculté, tout pouvoir que l'on perd est désormais sans retour. *C'est le signe. Comme dans ces interrogatoires où l'inculpé s'enferre progressivement. Et c'est bien la même angoisse.*

Vis-à-vis de ses vieux vêtements, qu'on eût remplacés en temps ordinaire, il arrive qu'on éprouve une sorte de tendresse, non exempte de dépit : « Bah! ils dureront autant que moi... »

Puisque je vais sortir du temps, autant m'y apprivoiser en en changeant dès maintenant les repères, en brisant les routines, en m'abandonnant à la durée. *Et cependant, jamais je n'ai ressenti un tel besoin de vivre selon une Règle : que chaque jour, chaque semaine, chaque mois forment des cercles tout simples où il me semble que « l'instant », quand il surviendra, trouvera place* naturellement. *Le contraire même de la « fuite à Samarcande »...*

(Je m'avise maintenant qu'avant même d'apprendre la nouvelle, je sentais bien que je m'acheminais.*)*

« Contentons-nous d'être vivant un jour de plus
D'entendre en nous ce cœur qui ne s'est pas couché
Et peine nuit et jour dans d'égales ténèbres... »

Certains matins, ces vers de Supervielle me serrent la gorge.

(Et tantôt ce qui va advenir prend les proportions d'une aventure cosmique, unique; et tantôt, l'humour et l'humilité aidant, on en revient à cette définition si pudique du Christ : « Aussi bien, ce qui me concerne touche à sa fin. »)

J'avais bien cru parvenir à prendre mes distances, avec le décor du moins; mais l'automne m'a vaincu par sa splendeur, par sa ressemblance avec tout ce que j'aurai aimé.

Par instants, je sens le poing de la Mort qui se serre au fond de moi.

J'ai si souvent vécu à l'avance tous les événements de ma vie qu'aucun d'eux, au fond, ne m'a apporté de surprise. C'est sans doute qu'il ne m'a pas été donné d'en vivre de vraiment importants. En sera-t-il de même de ce qui va m'advenir? Jusqu'ici j'accomplis point par point des préliminaires prévus de longue date. Mais voici que je passe du troisième au « second degré ». Et je pressens un premier degré, un immédiat qui seul compte, où je serai comme ligoté, où j'aurai passé la main.

La bête dans sa tanière. Elle a longtemps hiberné; à présent la voici réveillée.

En passant devant le miroir, on « rectifie le visage ».

Dieu semble m'avoir fait la grâce de murer toutes les issues de ma cathédrale. M'y voici seul, mais sans peur.

Le cancéreux, monstre sacré. Certains visiteurs entrent dans votre chambre comme si un assassin était caché sous le lit.

(Ne jamais se donner le spectacle à soi-même.)

On change de visage comme un enfant grandit : par à-coups. On s'en avise au miroir. On regarde ce nouvel inconnu. Ou plutôt, c'est lui qui vous regarde, avec une sorte de timidité.

> *« ... Regarde-toi qui changes*
> *Après tant d'orgueil, après tant d'étrange*
> *Oisiveté mais pleine de pouvoir... »*

Aussi longtemps que ces souffrances ressembleront à d'autres que j'ai déjà endurées, je me sentirai appartenir encore à ce monde rassurant.

(Serpents minute. Il y a aussi des « malheurs minute » qui, en un instant, vous détruisent. Le 14 mai 1978, vers 13 h 20...)

Rester attentif aux petits ennuis, aux petits problèmes des autres. Pas attendri : attentif.

Je soupèse cette saloperie de petit objet en matière plastique qui sera encore là quand je n'y serai plus.

Si l'on savait à quoi se réduit le dialogue avec Dieu d'un homme qui se sait condamné, on rirait des traités d'exégèse et de théologie. Mais qui a jamais écrit – et à quoi bon? – un livre, une page, une ligne sur l'échange de sourire et de regard d'un tout petit enfant avec sa mère qu'il distingue à peine?

Qui m'a volé toute ma force jour après jour, nuit après nuit? Qui m'a dédoublé *de la sorte, personnage tragi-comique?*

« Aplanissez le chemin du Seigneur... » – C'est le monde à l'envers : c'est lui qui aplanit le mien.

La victoire, ce n'est pas d'en sortir vivant mais intact.

Cette sorte de plaisir que j'éprouve à mettre mes affaires en ordre, à achever mes manuscrits, c'est celui du garnement qui joue un tour à quelqu'un. Mais à qui? – Au cancer : il ne me prendra pas de vitesse.

LA REGARDER EN FACE

Ce que j'écrivais me servait souvent de canne, pour avancer; à présent, de béquilles, pour ne pas tomber.

Impossible de mettre en route un roman, de donner la vie. *Je dois la garder pour moi. Citerne fissurée : le peu d'eau qui me reste...*

Transfusion sanguine. Ce que j'ai la force de faire aujourd'hui et que je n'avais pas hier, c'est l'autre *qui l'accomplit en moi, cet inconnu que je remercie dans ma nuit, pour qui je prie.*

« Comment, il est si mal? Pourtant, il me semble qu'il n'y a pas si longtemps que je l'ai vu bien portant... » – Durant toute sa vie, on l'a dit ou pensé à propos de tel autre; à présent, ils vous rendent naïvement la pareille. On sort de leur temps avant de sortir du temps.

La prière réduite au souffle, au battement du cœur...

L'impression d'être maintenu là, encombrant et cependant précieux, comme un objet de compassion, mais surtout comme un mystérieux témoin.

Prenez garde! Dieu nous prend au mot...

(A présent, tais-toi l'écrivain!)

TABLE DES MATIÈRES

ŒUVRES
DE GILBERT CESBRON

Romans

LES INNOCENTS DE PARIS (1944, Buchet/Chastel).
ON CROIT RÊVER (1946).
LA TRADITION FONTQUERNIE (1947).
NOTRE PRISON EST UN ROYAUME (1948).
LA SOUVERAINE (1949).
LES SAINTS VONT EN ENFER (1952).
CHIENS PERDUS SANS COLLIER (1954).
VOUS VERREZ LE CIEL OUVERT (1956).
IL EST PLUS TARD QUE TU NE PENSES (1958).
AVOIR ÉTÉ (1960).
ENTRE CHIENS ET LOUPS (1962).
UNE ABEILLE CONTRE LA VITRE (1964).
C'EST MOZART QU'ON ASSASSINE (1966).
JE SUIS MAL DANS TA PEAU (1969).
VOICI LE TEMPS DES IMPOSTEURS (1972).
DON JUAN EN AUTOMNE (1975).
MAIS MOI JE VOUS AIMAIS (1977).

Contes, récits, nouvelles

TRADUIT DU VENT (1950).
TOUT DORT ET JE VEILLE (1959).
IL SUFFIT D'AIMER (1960).
DES ENFANTS AUX CHEVEUX GRIS (1968).
LA VILLE COURONNÉE D'ÉPINES (1974).
UN VIVIER SANS EAU (1979).
LEUR PESANT D'ÉCUME (1960).
TANT D'AMOUR PERDU (1981).

Essais

CHASSEUR MAUDIT (1953).
CE SIÈCLE APPELLE AU SECOURS (1955).
LIBÉREZ BARABBAS (1957).
UNE SENTINELLE ATTEND L'AURORE (1965).
LETTRE OUVERTE À UNE JEUNE FILLE MORTE (1968, Albin Michel).
CE QUE JE CROIS (1970, Grasset).
DES LEÇONS D'ABÎME (1971).
MOURIR ÉTONNÉ (1976).
HUIT PAROLES POUR L'ÉTERNITÉ (1978).
PASSÉ UN CERTAIN ÂGE (1980).

Journal sans date

JOURNAL SANS DATE (1963).
TANT QU'IL FAIT JOUR (1967).
UN MIROIR EN MIETTES (1973).
BONHEUR DE RIEN (1979).

Théâtre

I. IL EST MINUIT, DOCTEUR SCHWEITZER, *suivi de* BRISER LA STATUE (1952).
II. L'HOMME SEUL, *suivi de* PHÈDRE À COLOMBES *et de* DERNIER ACTE (1961).
III. MORT LE PREMIER, *suivi de* PAUVRE PHILIPPE (1970).

Divers

TORRENT (poèmes, 1934, Corrêa).
LES PETITS DES HOMMES (album, 1954, Clairefontaine).
MERCI L'OISEAU ! (poèmes, 1976).
CE QU'ON APPELLE VIVRE (entretiens, 1977, Stock).

LA COMPOSITION, L'IMPRESSION ET LE BROCHAGE DE CE LIVRE
ONT ÉTÉ EFFECTUÉS PAR FIRMIN-DIDOT S.A. PARIS-MESNIL
POUR LE COMPTE DES ÉDITIONS ROBERT LAFFONT

ACHEVÉ D'IMPRIMER LE 17 FÉVRIER 1982

Imprimé en France
Dépôt légal : mars 1982
N° d'édition : M 550 – N° d'impression : 9331